GERNOT GRICKSCH

Die denkwürdige Geschichte der Kirschkernspuckerbande

ROMAN

Knaur

Von Gernot Gricksch ist im Knaur Taschenbuch Verlag bereits erschienen:

Die Herren Hansen erobern die Welt

Kurzgeschichten von Gernot Gricksch sind im Knaur Taschenbuch Verlag bereits in folgenden Anthologien erschienen:

Herz & Schmerz – Geschichten für Regentage
Übernachtung mit Frühstück – Erotische Geschichten
Realitätsverluste – Das offizielle Buch zum Allegra-Literaturwettbewerb
Das süße Fleisch der Feigen – Erotische Geschichten
Hot'n'Holy – Der erotische Adventskalender

Im Schneekluth Verlag ist bereits erschienen:

Als die wunderbarste Frau der Welt sagte: Wir sind schwanger
Draußen nur Kännchen – Was wir schon immer über Deutschland sagen sollten *(mit einem Beitrag von Gernot Gricksch)*

Besuchen Sie uns im Internet:
www.knaur.de

Originalausgabe
Copyright © 2001 bei Droemersche Verlagsanstalt
Th. Knaur Nachf., München
Alle Rechte vorbehalten. Das Werk darf – auch teilweise – nur
mit Genehmigung des Verlags wiedergegeben werden.
Umschlaggestaltung: ZERO Werbeagentur, München
Umschlagabbildung: oben: Tony Stone, München,
unten: ZEFA, Düsseldorf
Umbruch: Ventura Publisher im Verlag
Druck und Bindung: Clausen & Bosse, Leck
Printed in Germany
ISBN 3-426-61892-3

5 4 3 2

Prolog

13.7.2000

Heute ist mein Geburtstag. Mein Vierzigster. Aber mir ist weiß Gott nicht nach Feiern zu Mute.

Ich stehe hier an einem offenen Grab und wünschte, es würde regnen. Doch die Julisonne brennt, durch kein Wölkchen gemildert, auf uns herab. Der Pastor redet irgendetwas, Phrasen, nichts als Phrasen. Aber was soll er auch sagen – den Menschen, der in diesem Sarg liegt, hat er schließlich gar nicht gekannt. Genauso wenig wie wir. Obwohl wir wirklich dachten, wir täten es.

In wenigen Minuten wird die schlichte Holzkiste in dieses Loch versenkt werden. Und all meine Fragen werde ich auf ewig für mich behalten müssen. Der Trost, den ich hätte spenden können, wird in mir eingesperrt bleiben. Und ich werde damit leben müssen, dass vieles, woran ich geglaubt habe, eine Illusion war. In diesem Sarg liegt ein Mensch, den ich für meinen Freund hielt. Doch ich war nicht Freund genug, um das Wesen seines Geheimnisses zu erkennen. Ich habe nicht einmal geahnt, dass er überhaupt ein Geheimnis mit sich herumtrug. Ein Geheimnis, das ihn schließlich umgebracht hat.

Die anderen stehen neben mir. Keiner von ihnen weint, aber ich weiß, dass sie alle den selben Schmerz empfinden. Es tut weh, einen Teil seiner Träume begraben zu müssen.

Ich hole eine kleine, zerknitterte Tüte aus meiner Jackentasche. Als ich sie öffne, knistert es ziemlich, und ich merke, wie der Pastor, obwohl er immer weiterredet, kurz aufschaut. Ich nehme ein paar Kirschen heraus, die ich heute Morgen extra noch besorgt habe, und gebe jedem meiner Freunde um mich herum eine.

Die anderen sind erst ein wenig überrascht, doch dann begreifen sie. Wir grinsen schief, als wir uns die Kirschen in den Mund stecken. Der Pastor wirft uns einen missbilligenden Blick zu. *Jetzt fangen die schon an, bei Beerdigungen kleine Snacks zu verteilen*, denkt er vermutlich.

Als die sinnlose Rede endlich zu Ende ist, lassen zwei Männer den Sarg in das Grab hinab. Wir sehen uns an, nicken, und gehen dann alle gleichzeitig an den Rand der Grube. Den kleinen Kübel mit Sand, in dem eine Schaufel steckt, ignorieren wir. Wir werden unseren Freund nicht mit Dreck beschmeißen. Stattdessen legen wir alle gleichzeitig, als hätten wir's wochenlang geübt, den Kopf zurück. Und dann spucken wir, in hohem Bogen, unsere Kirschkerne in das Grab. Der Pastor funkelt uns mit wütenden Augen an.

Doch was weiß der schon!

1960

Mein Vater verschwand, als meine Mutter in den Wehen lag. Die Hebamme erinnerte sich, dass sie meinen alten Herrn kurz zuvor noch gesehen hatte; er saß im Flur des Krankenhauses, kratzte sich nachdenklich am Kopf und atmete, so erzählte sie, auffallend schwer. Die Hebamme hatte ihm freundlich zugelächelt und war dann in den Kreißsaal zurückgekehrt, wo meine Mutter schrie wie am Spieß. Kein Wunder: Ich wollte unbedingt nachschauen, was da draußen auf mich wartete, und ging bei meinem Aufbruch in die Außenwelt nicht gerade zimperlich vor.

Als ich geboren war, wollte die Hebamme dann meinen Vater holen. Doch der war, wie gesagt, weg. Einfach nicht mehr da. Zuerst dachte sich niemand etwas dabei. »Vielleicht ist er irgendwo draußen, eine rauchen«, mutmaßte die Schwester. Aber meine Mutter wusste, dass etwas nicht stimmte. Mein Vater war Nichtraucher. Und wenn er erst einmal irgendwo saß, dann blieb er da auch sitzen. Mein Vater war noch nie sehr unternehmungslustig.

Nach einer Weile hob meine Mutter mich, der sich gerade gemütlich an ihre Brust gekuschelt hatte und die neue Welt recht nett zu finden begann, hoch und übergab mich kurzerhand der Schwester. »Heinz ist irgendetwas passiert!«, insistierte sie. Dann stand sie auf, so gut es eben ging nach Dammriss und Geburtsstress, und stampfte wankend aus dem Zimmer. Die Schwester legte mich eiligst in eine schnöde Keramikschale, die in Sachen Gemütlichkeit weit, weit hinter einem Busen rangierte, und rannte meiner Mutter hinterher. Die Arme hielt sie ausgestreckt, weil sie fest damit rechnete, dass die Frau mit dem blutigen Nachthemd und den wirr rollenden Augen gleich zusammenklappen würde.

Doch da kannte sie meine Mutter schlecht!

Eine Viertelstunde rumpelte und torkelte Mama durch die Flure und zog mit der Zeit einen immer größeren Tross an Leuten hinter sich her. Ein Arzt, eine Hebamme, zwei Schwestern und ein anderer werdender Vater, dem wohl gerade langweilig war, eilten ihr nach. Meine Mutter grölte immer wieder: »Heinz! Heinz!«, stieß Türen auf, wo sie schreiende Frauen, essende Ärzte und einen verdutzten Elektriker vorfand. Von meinem Vater aber gab es keine Spur.

Schließlich – der Suchtrupp war mittlerweile fest überzeugt, mein Vater hätte sich aus dem Staub gemacht, und angesichts dieser Furie von Frau wäre das weiß Gott auch kein Wunder – fanden sie ihn. Die Putzfrau hatte ihn versehentlich in der Herrentoilette eingeschlossen.

»Warum hast du denn nichts gesagt?«, schnauzte ihn meine wütende Mutter an. »Warum hast du dich nicht irgendwie bemerkbar gemacht?«

»Das habe ich doch versucht«, schwor mein kleinlauter Vater. »Aber keiner hat mich gehört.«

Meine Mutter, die wusste, welch immense Abneigung mein Papa dagegen hat, aufzufallen, sah ihn nur missbilligend den Kopf schüttelnd an.

Ich glaube ihm. Wer jemals auf einer Entbindungsstation war, weiß, dass die Schreie gebärender Frauen sehr, sehr laut und mitunter so exotisch klingen wie kopulierende Nilpferde oder Mudschahedin-Gesänge. Eine Männerstimme, die – wie ich meinen Vater kenne – immer wieder eher zaghaft »Hilfe, Hilfe!« repetiert, würde tatsächlich niemand zur Kenntnis nehmen.

Natürlich kann ich mich selbst an diesen Vorfall nicht erinnern. Aber ich habe ihn oft erzählt bekommen: Die Geschichte von meinem Vater im Herrenklo der Entbindungsklinik Hamburg-Finkenau zählt zu den Anekdoten-Klassikern unserer Familienfeiern. Ich habe die Geschichte so oft gehört, dass es mir mittlerweile vorkommt, als hätte ich sie wirklich bewusst miterlebt. Und immer, wenn ich sie höre, stelle ich mir vor, wie ich in meiner Keramikschale liege, gerade geboren und schon mutterseelenallein im abgedunkelten Kreißsaal, und leise rufe: »Hallo. Hallo. Ist da jemand? *Äh* … War's das jetzt etwa schon?«

Diese Frage ist mein Mantra geworden: »War's das etwa schon?« Man möge es, wenn's denn einmal so weit ist, in meinen Grabstein meißeln: *Piet Lehmann – War's das etwa schon?*

* * *

Franz kicherte: »Du hast einfach nur auf dem Klo gesessen?«

Heinz seufzte: »Ich weiß auch nicht. Plötzlich war mir, als bräuchte ich einen Notausgang …«

»Einen Notausgang … auf dem Klo?« Franz prustete jetzt. »Wolltest du dich runterspülen?«

Jetzt grinste auch Heinz: »Ja, ich weiß. Es klingt bescheuert. Aber … weißt du, ich hatte das Gefühl, dass mich jemand wohin zerrt, wo ich nicht hin will …«

Franz wurde ernster. »Aber du wolltest doch auch ein Kind. Hast du jedenfalls gesagt.«

»Will ich auch!«, rief Heinz – und senkte dann, erschrocken über sich selbst, sofort wieder die Stimme. »Ich liebe den kleinen Scheißer schon jetzt. Aber in diesem Moment, als ich da saß und mir die feuchten Hände knetete und Vera so schreien hörte … da dachte ich plötzlich: Halt! Hier stimmt etwas nicht! Ich kann nicht Vater werden – der Schuh ist ein paar Nummern zu groß!*«*

»Und?«, fragte Franz, »hast du das Gefühl immer noch?«

»Manchmal«, flüsterte Heinz.

Die beiden Männer schwiegen für einen Moment. Dann grinste Franz wieder: »Weißt du, es gibt ein englisches Sprichwort, das heißt Shit or get off the pot.*«*

*Heinz, der kein Englisch konnte, zuckte fragend mit
den Achseln.*

»Das heißt so viel wie Entweder kackst du jetzt
oder du kommst endlich von der Schüssel runter«.

*Die beiden Männer sahen sich kurz an. Dann fingen
sie an loszuprusten.* »Noch nie«, *lachte Franz aus
ganzem Herzen,* »hat ein Sprichwort besser gepasst!«

*Sie kicherten noch eine ganze Minute, laut, befreit,
und dann nahmen sie sich kurz in die Arme, drückten
sich unbeholfen, und Heinz klopfte Franz auf die
Schulter.*

»Ich will's ja auch gar nicht anders!«, *sagte er.*
»Nur … manchmal ist man sich einfach nicht sicher,
ob man die richtige Abzweigung genommen hat.«

Franz wurde still. Und dann nickte er. Wissend.

* * *

Ich habe mir nie recht vorstellen können, dass die
Sterne wirklich einen Einfluss auf den Charakter haben. Wie kann man ernsthaft der Umlaufbahn von
Pluto die Schuld daran geben, dass jemand ein ausge-
machtes Arschloch, ein Jammerlappen oder eine
Knalltüte geworden ist? Meine Vermutung ist vielmehr, dass nichts uns mehr prägt als die ersten zehn
Minuten unseres Lebens. Die ersten 600 Sekunden
nach unserer Geburt.

Ich selbst bin, wie gesagt, ein exzellentes Beispiel.
Mich hat man mit viel Gebrülle und Anfeuerungsrufen
herausgedrückt, sorgfältig abgecheckt und dann …

einfach zur Seite gelegt. Mein Entree ins menschliche Leben begann mit großem Rambazamba – und ehe ich mich versah, lag ich von allen verlassen in einer blöden, kalten Schale und konnte mich des Verdachts nicht erwehren, dass das alles nur ein ganz großer Beschiss war. Bis heute misstraue ich deshalb großen Ankündigungen. Ich bin der Prototyp eines Skeptikers – und das alles nur, weil irgendeine Putzfrau nicht bemerkt hat, dass mein Papa auf dem Klo saß.

Ich würde das als Zufall verbuchen, gäbe es bei meinem Freund Dilbert nicht eine ebenso offenkundige Parallele zwischen den Ereignissen in seinen ersten Minuten auf Erden und der grundlegenden Einstellung zum Leben, die er daraus entwickelte. Dilbert kam nämlich blau zur Welt. Er hatte sich im Mutterleib die Nabelschnur um den Hals gewickelt, kräftig daran gezogen – und dann blieb ihm die Puste weg. Das Erste, was Dilbert also überhaupt erlebte, war eine äußerst erregte Hebamme, die ihm die Schnur ablöste und ihn dann unter kühner Missachtung aller Grundregeln der Antisepsis Mund zu Mund beatmete. »Ich habe meinen ersten Kuss mit zwei Minuten bekommen«, pflegt Dilbert jedem zu erzählen, der ihn gerade kennen lernt. Und das ist nur zur Hälfte eine lustige Bemerkung. Zur anderen Hälfte ist es blanke Selbstüberschätzung. Dilbert, den übrigens jeder nur Dille nennt, kann sich bis heute nicht erklären, warum es tatsächlich Frauen gibt, die *nicht* sofort, wenn sie ihn sehen, das unbändige Verlangen verspüren, ihre

Lippen auf die seinen zu pressen. Dille hält sich für erste Sahne.

Sven, das hat mir seine Mutter einmal erzählt, war eine Steißgeburt. Und auch das passt zu meiner These: Sven macht noch heute nicht unbedingt das, was man von ihm erwartet. Und Petra? Nun, da habe ich zumindest eine sehr gute Vermutung: Die Hebamme, wahrscheinlich noch ziemlich neu in ihrem Beruf und entsprechend aufgeregt, hob das Baby Petra hoch, blickte ihm kurz zwischen die Beine und lächelte dann Petras Mutter an: »Gratuliere, ein Junge!« Dann, als sie genauer hinschaute, merkte sie, dass es ihr eigener Finger war, der zwischen Petras Beinen hervorlugte, und korrigierte sich hastig. Aber irgendwo in Petras Gehirn hatte sich die erste Information schon fest verankert: *Ein Junge? Ich bin ein Junge! Junge, Junge ...*

Über Bernhards Geburt weiß ich nichts. Als ich meine Theorie der ersten Minuten entwickelte, war er bereits verschwunden. Auf seine ganz besondere Reise, die uns alle so faszinieren sollte. Ich konnte ihn also nie nach den Details seines großen Auftritts fragen. Ich nehme allerdings an, Bernhards erste zehn Minuten waren irgendwie traurig. Alles, was mit Bernhard zu tun hat, ist nämlich irgendwie traurig. Ich glaube, deshalb hatten wir alle ihn immer so gern um uns: Er war die arme Sau, die es immer noch ein bisschen schlimmer traf. Das hat uns anderen stets die Perspektive zurechtgerückt und Demut gelehrt: Was auch immer uns gerade quälte – es war immer noch einen guten Schritt von Bernhards Problemen entfernt.

Und was war mit Susanns Geburt? Ach, Susann …

Ich habe keine Ahnung.

Nicht den leisesten Schimmer.

* * *

»Wie geht's denn Karola?«, fragte der Dicke seinen Nebenmann am Tresen und signalisierte gleichzeitig dem Wirt, dass es ihm dringend nach einem neuen Bier verlangt.

»Is' so weit mit Karola«, brummte der Mann. »Sie is'm Krankenhaus. Seit halb vier schon.«

»Ui!«, tat der Dicke seine Überraschung kund. »Und du bist nich' da? Als ihr Mann, und so?«

»Was soll ich da rumsitzen?« Karolas Mann zuckte mit den Schultern. »Sie ruft hier an, wenn sie fertig is'.«

Der Dicke nickte. Einleuchtend. Was sollte er da rumsitzen?

Irmhild, die vom Tisch aus zugehört hatte, erhob sich ächzend. Ihre Hüfte machte ihr mal wieder zu schaffen. »Was hör' ich? Das Kind kommt?« Karolas Mann nickte und grinste unbeholfen. »Hubert als Vater!« Irmhild war entzückt.

»Wird 'n guter Vater, unser Hubert!«, gab sich der Dicke überzeugt und klopfte Karolas Mann auf die Schulter. »Der kann bestimmt gut mit Kindern. Is' ja selbst noch 'n halbes Kind!«

Hubert, der sich mit seinen fünfundzwanzig Jahren durchaus als ausgewachsenen, ja sogar gestandenen Kerl empfand, verzog ein wenig das Gesicht. Aber seine Gesichtszüge glätteten sich nahezu unverzüglich, als der Mann hinter dem Tresen drei Gläser Korn vor sie stellte und sein jovialstes Lächeln aufsetzte: »Auf den werdenden Vater! Geht aufs Haus!«

Irmhild war Hubert mittlerweile so dicht auf den Pelz gerückt, als wolle sie seinen Schoß besteigen. Sie hatte wieder diesen leicht säuerlichen Atem, da sie es sich nicht nehmen ließ, stets einen Spritzer Zitronensaft in ihren Schnaps zu träufeln. Für Irmhild war dieser Spritzer der ganz persönliche Hauch des Mondänen. Wenn es tatsächlich etwas geben sollte, was noch dichter an einen Cocktail herankam als Korn mit Zitrone, dann übertraf es auf jeden Fall Irmhilds Vorstellungskraft.

»Wie soll's denn heißen?«, lächelte sie Hubert an.

»Beate, wenn's 'n Mädchen wird. Und Bernhard beim Jungen!«, sagte Hubert sichtlich stolz, war das doch immerhin das Ergebnis einer fast zweistündigen, ausgesprochen hitzigen Diskussion.

»Bernhard. Guter Name. Kräftiger Name«, brummte der Dicke.

Als das Telefon klingelte, waren sie alle schlagartig still. Der Tresenmann nahm ab, horchte ein paar Sekunden, grinste breit und sagte: »Glückwunsch!«, bevor er Hubert heranwinkte.

Hubert schnappte sich den Hörer: »Karola? Ja?

Was isses? Ha!« Hubert strahlte. *»Ja, ich komme. Ich fahr' gleich los.«*

Er legte auf und kehrte zu seinen Freunden zurück. »Is'n Junge! Ich hab'n Sohn!«

Der Dicke klopfte ihm einmal mehr auf die Schulter und Irmhild drückte ihm einen ihrer berüchtigten nassen Küsse auf die Wange. »Glückwunsch!«

»Ich fahr' jetzt mal los«, grinste Hubert und zog sich seine Jacke an. Der Tresenmann wühlte in einem der Regale herum und förderte eine Flasche Sekt hervor. Söhnlein brillant. Wie passend. Er stellte sie vor Hubert auf den Tresen: »Hier. Zum Anstoßen. Musste nur an den Schwestern vorbeischmuggeln!«

Hubert wehrte die angebotene Flache mit erhobener Hand ab. »Karola hat gesagt, wenn das Kind da ist, ist Schluss mit Saufen. Sie sagt, sie trinkt nix mehr. Mütter müssen nüchtern sein, sagt sie!« Hubert sah seine Freunde fast entschuldigend an.

Der Dicke lachte. Irmhild versuchte, ihr Gesicht so neutral wie möglich zu halten. Der Tresenmann stellte die Flasche zurück ins Regal. »Ich heb'se euch auf. Wenn Karola sich das anders überlegt.«

* * *

Wir alle wurden im Jahre 1960 geboren. Es war kein schlechtes Jahr. John F. Kennedy wurde Präsident der Vereinigten Staaten, Hitchcock ließ Janet Leigh in *Psycho* unter der Dusche ermorden und Real Madrid gewann zum fünften Mal hintereinander den Europapokal der Landesmeister. Es war auch das Jahr, in dem die Antibabypille für den deutschen Markt zugelassen wurde. Für unsere Eltern kam sie also zu spät. Schwein gehabt, sage ich jetzt einfach mal.

Unsere Geburtsstadt war Hamburg. Wer jetzt an den Hafen, die Reeperbahn oder andere markante Plätze denkt, liegt allerdings falsch. Unser Kindheitsterritorium hieß Farmsen-Berne – ein Stadtteil im Nordosten, nur eine läppische, zwanzigminütige U-Bahnfahrt von der trubelnden Innenstadt entfernt und doch schon ein Diaspora des Banalen. Hier lebte die gehobene Arbeiter- und die niedere Angestelltenschaft der Stadt. Wir waren nicht mal ansatzweise so edel wie die Pfeffersäcke an der Elbchaussee, aber auch nicht so plakativ proletarisch wie die Malocher von St. Pauli und Altona. Wir waren nicht mal verachtenswerte Vorstädter. Wir waren einfach nur Durchschnitt. Eigentlich hätte bei uns in Farmsen-Berne jeder zweitgeborene Säugling ohne Beine zur Welt kommen müssen, da die hamburgische Durchschnittsfamilie eben nur 1,7 Kinder ihr Eigen nannte.

Damals, 1960, war es uns natürlich schnurz, in welchem Stadtteil wir vor uns hinsabberten. Wenn Babys durch ein Zimmer robben, knallen sie mit dem Kopf am Ende nicht gegen eine Stadtgrenze, sondern gegen einen Türrahmen. Das ist in Famsen-Berne nicht anders als in New York, Jakarta oder Rio de Janeiro.

Von uns sechsen kannten Sven und ich uns als Erstes. Was einfach daran lag, dass Svens Eltern nur drei

Reihenhaus-Eingänge von unserem entfernt wohnten. Unsere Eltern mochten sich und spielten abends zusammen Canasta. Sven und ich lagen derweil nebeneinander im Laufstall, hauten uns Holzspielzeug auf den Kopf und drückten turnusmäßig unsere Knödel in die Windel. Niemand konnte damals ahnen, dass wir beide immer Freunde bleiben würden. Und niemand konnte ahnen, dass ich meinen Freund Sven Jahre später beinahe ermorden würde.

Ich versuche oft herauszufinden, was meine früheste Kindheitserinnerung ist. Es gelingt mir nicht. Das Problem ist, dass ich manche Geschichten so oft gehört habe, dass ich sie leibhaftig vor mir sehe und einfach nicht weiß, ob diese Bilder Erinnerungen sind oder nur die mentale Illustration einer alten, oft wiedergekäuten Anekdote. So wie die Sache mit meinem Papa, dem Klo und der Entbindungsklinik eben. Aber natürlich habe ich Erinnerungen, echte Erinnerungen.

Ich erinnere mich zum Beispiel an Frau Mastenfeld. Frau Mastenfeld war meine Kindergärtnerin. Ein Koloss von Frau! Erwachsene wirken auf Vierjährige natürlich immer riesig – aber Frau Mastenfeld war ein wahrer Titan. Hier ist das Bild, dass in meinem Gehirn klebt und wahrscheinlich irgendwann, wenn der Alzheimer meine Festplatte nahezu vollständig gelöscht haben wird, noch übrig sein dürfte: Frau Mastenfeld in ihrem Messerschmitt-Kabinenroller! Der Kabinenroller war meines Wissens das einzige Auto aller Zeiten, das nur drei Räder hatte – zwei vorne, eines hinten. Und das Ding war klein! Kleiner als Frau Mastenfeld jedenfalls. Jeden Tag, Punkt ein Uhr, standen wir Kindergartenkinder sorgfältig nach unserem Alter sortiert in Zweierreihen auf dem Hof, sangen irgendein Lied übers Nachhausegehen, und Frau Mastenfeld stieg dabei in dieses radknappe, kleine Gefährt. Nein, sie stieg nicht ein – sie zwängte und presste sich in den Kabinenroller. Wie eine Wurst, die zurück in die Pelle will. Aus dem auch im Winter geöffneten Seitenfenster quollen viele Ächzer und *Umphs,* später schließlich ihr fleischiger Arm und Teile ihres beträchtlichen Oberkörpers. Nachdem wir Kinder die letzte Strophe hinter uns gebracht haben, hupte Frau Mastenfeld einmal und knatterte von dannen. Direkt zur nächsten Imbissbude, vermute ich.

Das ist es, was von meinen drei Kindergartenjahren noch übrig ist: die fette Frau Mastenfeld in ihrem Kabineroller. Ich erinnere mich nicht daran, mit irgendeinem Kind gespielt zu haben, ich erinnere mich nicht an Bastelstunden, Märchenbücher oder sonst was. Ich erinnere mich nur daran, dass ich zum Begleitchor von Frau Mastenfelds täglichem großem Abgang gehörte. Das lässt den Rückschluss zu, dass ich im Kindergarten nicht allzu viel Spaß hatte.

Ich erinnere mich aber auch an nette Dinge aus meiner Kleinkindzeit: an Ausflüge ans Meer; daran, dass meine Eltern mich als Vierjährigen in der Silvesternacht weckten und ich mir, auf Papas Arm, dichtgepresst an seine Schulter, das Feuerwerk anschauen und meine erste Wunderkerze halten durfte; ich erinnere mich an meinen ersten Kinderteller bei meinem ersten Restaurantbesuch, einem kleinen Dorfgasthof in der Lüneburger Heide – Schnitzel, Kartoffeln und Erbsen. Speziell die Erbsen hatten es mir angetan. Ich bin noch heute verrückt nach Erbsen. Manchmal frage ich mich, ob ich Erbsen so liebe, weil ich damals einen so schönen Tag hatte. Oder ob ich damals einen so schönen Tag hatte, weil ich herausfand, dass ich Erbsen liebe. Ich würde jedenfalls niemanden je als Erbsenzähler beschimpfen – für mich klingt das wie eine sehr hübsche, beruhigende Tätigkeit.

Und ich erinnere mich natürlich an all die kleinen Abenteuer mit Sven. Jeden Tag, wenn ich aus dem Kindergarten kam, ließ ich mich eiligst von meiner Mutter abfüttern, dackelte zu Sven hinüber, klingelte und begab mich dann mit ihm auf eine neue Expedition. Wir waren wie Brüder. Obwohl ich vermute, dass Brüder sich häufiger streiten, als wir es taten. Wir waren immer einer Meinung – das heißt, wir waren immer *meiner* Meinung. Für Sven, die Sanftmut in Person, gab es nichts, was wichtig genug gewesen wäre, um einen Missklang in unsere perfekte Jungenfreundschaft zu bringen. Ich gab die Anordnungen – Sven führte sie aus. Ich war zufrieden, und deshalb war er es auch: Ich war der große Zauberer auf dem Weg zur Höhle des fiesen Drachen – Sven war mein Gehilfe. Ich war der Cowboy, der vierzig Gangster überwältigte – er war mein Pferd. Ich war Tarzan – er war Cheetah.

Nie, nicht ein einziges Mal, durfte Sven die Heldentaten begehen. Natürlich war das widerlich von mir –

aber, *hey*, ich war ein Kleinkind! Und, keine Angst: Sven wird Jahre später zurückschlagen! Er wird etwas finden, was ihm wirklich wichtig ist. Wichtiger als meine gönnerhafte Zuneigung. Und er wird mich damit an den Rand des Wahnsinns treiben.

Fünf Jahre bestand die ganze Welt nur aus Sven und mir. Alle anderen Kinder konnten uns mal kreuzweise. Bis zu dem Tag, als Petra in unsere Straße zog. Petra war anders. Petra war ein Mensch, an dem man nicht vorbeikam.

1965

Es war ein Samstag, als Petra zum ersten Mal auf unserem Spielplatz auftauchte. Sven und ich waren gerade damit beschäftigt, eine Horde von imaginären Gespenstern in ihre Schranken zu weisen. Das heißt, *ich* bändigte die Gespenster – und Sven durfte mich dabei anhimmeln. Da stand sie plötzlich vor uns: eine kleine, drahtige Gestalt mit strubbeligem rotem Haar. Damals gab's den Pumuckl noch nicht, aber ich kann mir gut vorstellen, dass die Erfinderin dieses Kobolds irgendwann einmal Petras Weg gekreuzt hat und sich von ihrem Anblick inspirieren ließ.

Petra stand einfach nur da und betrachtete uns, den Kopf leicht schief gelegt und mit hellwachem Blick. So wie ein Ethnologe wohl dem heidnischen Ritual eines bislang unentdeckten afrikanischen Stammes beiwohnen würde. Ich schielte nur hin und wieder verstohlen zu ihr hinüber, war ansonsten aber fest entschlossen, sie zu ignorieren. Die meisten kleinen Kinder sind ein bisschen wie CSU-Wähler: Alles, was neu und fremd ist, finden sie erst einmal bedrohlich. Jedes Novum ist ein potenzieller Angriff auf die eigenen

Pfründe. Sven, der gutmütige Sven, lächelte Petra allerdings zu. Ich funkelte ihn giftig an und ließ ihn dann in aller Eile sogar eine eigene Attacke gegen die Gespenster reiten, nur damit er von diesem Fremdkörper abgelenkt wurde. Wenn ich gewusst hätte, dass Petra ein Mädchen ist, hätte ich sie wohl einfach mit einer atavistischen Drohgebärde zu verjagen versucht. Aber ich hielt Petra für einen Jungen. Sie hatte nicht nur diese kurze Zottelfrisur, dreckige Jeans – Nietenhosen hießen die damals – und einen typischen Jungenanorak an, sie hatte auch diese kiebige, rumpelige Aura.

Nach einer ganzen Weile, während der Sven und ich eisern unser Spiel durchzogen und so taten, als wäre sie gar nicht da, öffnete sie plötzlich den Mund und fragte mit erstaunlich kratziger Stimme: »Wenn die Gespenster unsichtbar sind – wie wisst ihr dann, wo ihr hinhauen müsst?«

Eine unerfreulich berechtigte Frage!

Sven sah mich, seinen Guru, erwartungsvoll an. Ich brauchte eine wirklich überzeugende Antwort. »Ich kann die riechen. Die stinken!«, war alles, was mir einfiel. Petra zog skeptisch eine Augenbraue hoch.

Svens Blick wanderte äußerst interessiert zwischen Petra und mir hin und her.

»Außerdem geht dich das nix an. Geh' weg!«, versuchte ich das bevorstehende Verbalfiasko im Keim zu ersticken.

Petra rührte sich nicht. Ich funkelte sie wütend an.

Und Sven, dieser wankelmütige Jünger, fand die ganze Situation offenkundig hochinteressant.

»Ich hab ein Gespenstergewehr«, sagte Petra schließlich. »Das schießt sieben auf einmal tot!« Und dann hob sie einen Stock auf, legte ihn an wie eine Flinte und brüllte: »Ratatatatatata!«

Sven riss die Augen auf. »Toll!«, rief er. »Darf ich auch mal?« Gönnerhaft gab ihm Petra ihr Gewehr, und Sven feuerte begeistert eine Salve auf die Gespenster ab. Ich stand da, völlig abgedrängt, und kapitulierte schließlich: »Ich heiße Piet«, sagte ich.

»Ich heiße Petra«, sagte sie.

»Petra?«, rief ich entsetzt. »Du bist'n Mädchen?«

»Ja.« Petra funkelte mich wütend an. »Aber ich bin stärker als du!«

Ich sagte lieber nichts mehr. Wahre Führer wissen, wann es klüger ist, einen temporären Rückzug anzutreten.

* * *

»Hör auf, mich anzulügen!«, schrie Amelie. »Deine dummen Überstundengeschichten glaube ich dir schon lange nicht mehr!«

Franz zischte: »Sei still. Du weckst Sven auf.«

Amelie senkte tatsächlich ein wenig ihre Stimme, aber der Tonfall aus Wut und Traurigkeit blieb derselbe. Franz ahnte, dass es diesmal wirklich ernst war.

»Ich schaue mir das schon viel zu lange an«, sagte Amelie. »Ich will nicht mehr.« Sie sah Franz direkt in

die Augen. »Ich will nicht mehr. Und ich kann *nicht mehr!*«

Franz wollte seine Frau besänftigen und versuchte ihr den Arm um die Schulter zu legen. Doch Amelie stieß ihn weg. Mit verblüffender Kraft. Und dann, als hätte sie ihre letzte Reserve an Energie aufgebraucht, sackte sie zusammen, ließ sich auf den Küchenstuhl fallen und begann zu weinen.

»Wieso?«, fragte sie schließlich, schluchzend.

Franz zuckte mit den Schultern.

»Ist sie hübscher als ich?« Amelie flüsterte jetzt fast.

Franz überlegte. Ein wenig zu lang. Doch dann schüttelte er den Kopf.

»Was?«, fragte Amelie. »Was dann?«

»Es ... Es ist ...«, begann Franz. Doch dann verstummte er wieder. Tränen stiegen ihm in die Augen. Er ging hinaus in den Flur, langsam, als hoffte er, Amelie würde ihn zurückrufen. Dann zog er sich seine Jacke und seine Schuhe an und ging.

Drei Tage später kam Franz mit einem geliehenen VW-Bus zurück und lud ein paar Kartons mit Sachen ein. Er drückte Sven, der gar nichts verstand, an sich. Franz küsste seinen Sohn, wieder und wieder. Und dann – ahnend, dass dieser Abschied anders war als alle anderen Abschiede, die Sven je erlebt hatte – begann der Junge zu weinen. Auch Franz kämpfte mit den Tränen. Er drückte seinen Sohn noch einmal – so fest, als wolle er Spuren auf ihm hinterlassen, *die nie vergehen. Und dann ging Svens Vater. Für immer.*

* * *

Ich fand's aufregend. Kein Vater mehr – das war echt ein ganz großes Ding! Heute sind Scheidungen Alltag. Aber damals, 1965, war ein Kind, das nur bei seiner Mutter aufwächst, eine ziemlich spektakuläre Angelegenheit. Ich hatte einen Freund, der in der ganzen Straße Gesprächsthema war! Frauen drehten sich zu Sven um, musterten ihn, tuschelten anderen Frauen etwas zu. Manche tätschelten seinen Kopf und blickten ihn mitleidig an. Ein Mann schenkte Sven eines Tages fünfzig Pfennig. Einfach so! Als ob er sich davon einen neuen Vater kaufen könnte. Wir holten uns *Prickel Pit* dafür.

Ich gebe es freimütig zu: Ich genoss die ganze Show enorm! Doch Sven konnte meine Euphorie nicht teilen. Er vermisste seinen Vater. Ich konnte das nicht verstehen: Ich hatte Svens Vater immer als ziemlichen Langweiler empfunden. Ein öder Typ, der nie Quatsch machte und irgendwie immer müde aussah. Meistens, wenn ich ihn sah, las er eine Zeitung oder ein Buch. Er schaute immer nur kurz hoch, sagte: »Hallo, Piet«, und verschwand dann wieder hinter seinem Druckerzeugnis. Echt, ein Typ ohne jeden Unterhaltungswert.

Mein Papa dagegen konnte uns mit Geschichten von fliegenden Elefanten und Indianern, die immer nur rückwärts laufen, unterhalten. Er erzählte seine Flunkereien in leisem, distinguiertem Duktus, der den

Unfug wunderbar glaubhaft machte. Wirklich, mein Papa war ein prima Geschichtenerzähler! Und er hatte Mitleid mit Sven. Svens Vater war ein guter Freund meines Papas gewesen. Franz fehlte meinem Papa ziemlich – und er konnte sich sicher sehr gut vorstellen, um wie viel mehr sein eigener Sohn ihn vermissen musste. Ich glaube, wenn ich etwas mehr von dem Mitgefühl, der Sanftheit und Nachdenklichkeit meines Vaters geerbt hätte, wäre ich ein besserer Mensch geworden. Aber ich schlage eher nach meiner Mutter – ich bin nicht sehr gut im Anteilnehmen. Hier kommt der Beweis: Eines Sonntagmorgens am Frühstückstisch sagte mein Vater zu mir: »Na, Steppke« – er nannte mich immer Steppke – »wollen wir ins Kino gehen?« Ich flippte völlig aus. Kino! *Endlich!* Seit einem Jahr war mir bewusst, dass in dem großen, grauen Gebäude am U-Bahnhof Farmsen Filme gezeigt wurden. Und seitdem bettelte ich in regelmäßigen Abständen, dass ich dort hineingehen wollte. An diesem Sonntag – ohne Vorwarnung, ohne dass ich quengeln musste, ohne erkennbaren Grund – sollte es nun tatsächlich so weit sein! Selbst meine Mutter lächelte, als mein Vater das vorschlug. Heute weiß ich natürlich, dass die beiden sich das zusammen ausgetüftelt haben – als kleinen Trost für den niedergeschlagenen Sven, der uns nämlich begleiten sollte.

Und so saßen wir also an diesem Sonntagmittag im *Roxy*, mein Vater zwischen Sven und mir. Es gab einen Zeichentrickfilm mit Bugs Bunny. Und wir drei amüsierten uns prächtig, bis … bis ich entdeckte, dass

Sven sich heimlich, still und leise die Hand meines Vaters geschnappt hatte. Er hielt sie ganz fest. Ich beugte mich sofort wutschnaubend herüber und zerrte an Svens Arm. Er sah mich entsetzt an und ließ meinen Vater natürlich sofort los. »Das ist *mein* Papa!«, schrie ich Sven an. Und dann knallte ich ihm eine, mit der flachen Hand, mitten ins Gesicht.

Sven heulte laut auf und rannte aus dem Kino. Mein Vater packte mich denkbar unsanft am Kragen und zerrte mich hinter sich her. Wir entdeckten Sven sofort: Er stand heulend im Foyer, unter einem Plakat von *Alexis Sorbas*. Mein Vater nahm Sven in den Arm, trocknete ihm die Tränen und hielt während des gesamten Rückwegs nach Hause seine Hand. Mich würdigte mein Papa keines Blickes. Erst abends, als ich im Bett lag, sprach er wieder mit mir.

»Ist Sven nicht dein Freund?«, fragte er.

»Doch«, murmelte ich. »Aber er soll nicht deine Hand anfassen!«

»Weißt du, was ein Freund ist?«, fuhr mein Vater fort, als hätte er mich gar nicht gehört. »Ein Freund ist jemand, der einem hilft, wenn es einem schlecht geht. Der alles tun würde, damit es einem besser geht.«

»Aber …«

»… und dein Freund Sven ist im Moment sehr, sehr traurig. Du solltest für ihn da sein. Manchmal sind die anderen ein ganz klein bisschen wichtiger als man selbst.« Er sah mich lange an, mit einem Blick, den ich vorher noch nie von ihm gesehen hatte. Und dann sagte er etwas, was ich niemals vergessen werde:

»Heute war das allererste Mal, dass ich mich für dich geschämt habe.«

Leise verließ er mein Zimmer und schloss die Tür.

Am Tag darauf habe ich mich murmelnd bei Sven entschuldigt. Er zuckte nur mit den Schultern, als ob es eine Lappalie gewesen wäre.

1966

Einer meiner Lieblingsfilme ist *Die Geschichte einer Nonne* mit Audrey Hepburn. Ich werde niemals die Schlussszene vergessen, in der Audrey ihre Nonnentracht ablegt, ein kleines Köfferchen packt und ebenso traurig wie entschlossen aus dem Kloster schreitet. Sie glaubte an Gott, aber die Institution der Kirche funktionierte für sie nicht. Sie war dort falsch.

So ging's mir mit der Schule. Ich wollte etwas lernen, aber die Methoden fand ich widerlich. Leider konnte ich im Gegensatz zu Schwester Audrey nicht einfach gehen. Staatliche Bildungsstätten sind nun mal bedauerlicherweise keine Glaubensfrage, sondern Pflicht. Ich steckte also fest in dieser Zwingburg sinnloser Rituale, erzwungenen Respekts und des Prinzips des blinden Repetierens. Und noch heute, mit vierzig, wache ich manchmal mitten in der Nacht auf, schweißgebadet und kurzatmig, weil ich von versäumten Hausaufgaben oder geschwänztem Sportunterricht geträumt habe.

An jenem sonnigen Septembermorgen des Jahres

1966, als ich mit der Schultüte in der Hand aus der Haustür trat, wusste ich allerdings noch nicht, dass die Schule und ich nicht kompatibel sein würden. Ich freute mich. Ich war ein großer Junge. Drei Eingänge weiter öffnete gerade Svens Mutter die Tür. Sven kam heraus, ebenfalls ausstaffiert mit einer großen, bunten, zylinderförmigen Schultüte, die – wie ich heute weiß – kein echtes Geschenk, sondern eine Art präventiver Schadensersatz ist. Svens Mutter küsste ihren Sohn und winkte ihm nach, als er mit mir und meinen Eltern losdackelte. Svens Mutter konnte nicht mit zur Einschulung; sie musste arbeiten. Alleinerziehende Mütter müssen immer arbeiten.

Sven und ich kicherten während des gesamten Weges, wir bewegten uns hoppsend fort und drückten die Daumen, dass wir zusammen in eine Klasse kämen. Dann würden wir nebeneinander sitzen.

Petra, die mittlerweile fest zu uns gehörte, begleitete uns nicht. Sie wurde von ihren Eltern in eine reine Mädchenschule verfrachtet. Ich glaube, der Plan von Petras Eltern war, ihr somit ein für alle Mal zu beweisen, dass sie kein Junge sei. Sie sollte dort wohl lernen, wie eine zukünftige Frau zu denken und zu handeln. Sie sollte, wie Psychologen sagen würden, in Kontakt mit ihrer weiblichen Seite kommen. Es sollte allerdings, um schon mal etwas vorauszugreifen, noch sehr, sehr lange dauern, bis Petra diese interessante Erfahrung zuteil wurde.

Als wir den Schulhof betraten, hielt ich den Atem an. Menschen! So viele Menschen! Und mit einigen von ihnen – denen unter ein Meter dreißig – würde ich demnächst viel Zeit verbringen. Ich musterte die Kinder, ob jemand potenziell Spannendes dabei wäre. Was mir ins Auge stach, war allerdings kein Kind, sondern zwei Erwachsene. Ein Mann und eine Frau. Der Mann sah aus, als hätte er in seinen Klamotten geschlafen. Er war ungekämmt, unrasiert und schoss mit seinen Augen wütende Blitze in die Menge. Zuerst wusste ich nicht, warum er so böse schaute, dann sah ich, dass ihn die anderen Eltern mit offener Missbilligung musterten. Sein Blick sagte einfach: *Ich hasse euch auch.* Die Frau neben ihm hatte dagegen versucht, sich hübsch zu machen. Vergeblich. Sie war sehr dick, und ihr Kopf war so rot, als wäre er bis zur Schmerzgrenze aufgepumpt und würde gleich platzen. Dessen ungeachtet hatte sie sich noch zusätzliche Farbe ins Gesicht geschmiert: zwei rote Balken auf die Wange, hellblaue Balken zwischen Augen und Augenbrauen. Sie trug einen beigefarbenen Hosenanzug, und ihre Haare hatte sie offenbar sehr lange, aber ohne rechtes Konzept mit einem Lockenstab traktiert. Die Frau versuchte so verzweifelt, entspannt auszusehen, dass sie ihre Position fast im Sekundentakt veränderte und vor lauter Geschlackse wie eine falsch konstruierte Aufziehpuppe wirkte.

Neben ihr, ihre Hand haltend, stand ein Junge. Er wirkte furchtbar klein, weil er seinen Kopf und seine Schultern so weit nach unten senkte, als wolle er in die Erde kriechen. Meine Mutter, die bemerkte, wie ich dieses trostlose Trio anstarrte, beugte sich zu mir herunter: »Mit diesem Jungen solltest du nicht spielen«, sagte sie. Ich verstand nicht, wieso. Schummelte der immer, oder was?

Wir gingen zur Turnhalle, wo die Begrüßungszeremonie abgehalten werden sollte. Mama hielt meine Hand, Papa hielt Svens. Ich hatte mich daran gewöhnt, dass Sven die Zuneigung meines Vaters suchte und auch erhielt. Und das war auch ganz okay so: Mein Papa war nett zu Sven, aber *mich* liebte er. So sah ich das mittlerweile.

Gerade als wir durch die Tür treten wollten, wurde ich zur Seite geschubst. Ein Junge preschte an mir vorbei, stuppste mir dabei in die Rippen und streifte den Kopf meiner Mutter mit seiner Schultüte, die er mit hochgestreckten Armen wie eine Keule schwenkte. »Ich *will* vorne sitzen! Vorne! *Gaaaanz* vorne!«, grölte er dabei und schlug sich eine Schneise durch die Leute. Hinter ihm eilte eine Frau her, die immer abwechselnd rief: »Dilbert! Bleib stehen, Dilbert!«, und flüsterte: »Entschuldigung! Entschuldigung! Entschuldigung!«. Meine Mutter grinste. Sie sagte nicht, dass ich mit *diesem* Jungen nicht spielen dürfte. In meinem sechsjährigen Gehirn keimte eine interessante Frage: Was ist bedrohlicher an einem traurigen, stillen Kind als an einem offenkundigen Rüpel und Schreihals?

* * *

»Du kommst mit!«, schrie Karola. »Es ist Bernhards Einschulung, verdammt *noch mal!«*

Hubert saß in Unterwäsche auf dem Sofa. In der Hand hielt er eine Flasche Bier. »Was soll ich da?«, knurrte er. »Ich hab' keine Lust. Schule … Scheiße!« Er beugte sich zu Bernhard vor, der bereits fertig angezogen, mit neuer Cordhose und sauberem Pulli, dastand. In der Hand hielt er seine kleine Schultüte. Hubert hatte sie selbst gefüllt: zwei Schokoladentafeln, Brausepulver, sechs Filzstifte in verschiedenen Farben, ein kleines Pixi-Buch. »Hast du etwa Lust auf Schule?«, grinste er seinen Sohn an, zwinkernd, kumpelhaft.

Bernhard sah auf den Boden. Dann, leise, murmelte er: »Ja. Da lerne ich viele wichtige Sachen.«

Hubert ließ sich ins Sofa zurückfallen und nahm noch einen Schluck Bier. Er seufzte. Tatsächlich war er stolz, wie Väter das eben sind. Sein Sohn tat heute seinen nächsten großen Schritt. Aber Hubert schämte sich. Farmsen-Berne, das war wie ein kleines Dorf in der Stadt. Die Leute kannten ihn. Sie hatten ihn oft genug gesehen: besoffen, grölend, labernd. Mit seinen Freunden am Bahnhof. Hubert wusste, dass die anderen Eltern ihn verachteten. Er wusste, das man ihn als eine Störung im schönen Bild betrachten würde. Die nettesten von ihnen würden ihn bloß mitleidig ansehen. Aber das war das Schlimmste: dieses scheißarrogante Mitleid.

»Zieh dich jetzt an«, schimpfte Karola und schmiss Hubert einen Pullover an den Kopf. »Und putz dir die Zähne!« Dann beugte sie sich zu Bernhard hinunter, drückte ihn fest und fragte: »Bist du aufgeregt?«

Bernhard nickte.

»Musste nicht sein«, lächelte Karola. »Wirst sehen, in der Schule findest du ganz viele Freunde.«

Bernhard lächelte ein wenig bemüht. Hubert, der sich gerade in seine Hose zwängte, begann spöttisch zu singen: »Ein Freund, ein guhuuuter Freuuund, das ist das Beste, was es gibt auf der Welt!« Dann lachte er.

Bernhard sah seinen Vater an. Dann sagte er, leise: »Wenn man Freunde hat, ist man nie mehr allein.«

Karola strich ihm über den Kopf. Hubert schaute seinen Sohn einen Moment erschrocken an, dann nahm er schnell einen letzten Schluck Bier aus der Flasche und nickte geistesabwesend. »Ja, klar!«

Als Hubert sich seine Schuhe anzog und Bernhard bereits die Wohnungstür öffnete und ins Treppenhaus schlüpfte, schlich Karola noch schnell in die Küche. Sie öffnete den Kühlschrank, griff sich eine halb volle Wodkaflasche und nahm einen großen, hastigen Schluck. »Lass mich das durchstehen, lieber Gott!«, sagte sie, als sei der Angesprochene in der Flasche zu finden. »Lass mich das heute durchstehen.«

* * *

Sven und ich kamen nicht in dieselbe Klasse. Ich kam in die 1a, er in die 1c. Ich kannte keinen meiner Mitschüler. Zwei der Mädchen hatte ich zwar schon mal gesehen, beim Bäcker oder auf einem Spielplatz –

aber, na ja, es waren eben Mädchen. Nichts, worauf sechsjährige Jungen viel Gedanken verschwendeten. Ich brauchte einen Kumpel, einen Verbündeten. Als ich den Klassenraum betrat – von meinen Eltern mit einem *Viel Glück und viel Spaß!*-Küsschen verabschiedet und nun ganz auf mich allein gestellt –, sondierte ich die Lage, hielt Ausschau nach potenziellen Kontaktpersonen.

Die meisten meiner Mitschüler hatten sich schon einen Platz gesucht und schnatterten fröhlich und aufgeregt mit ihren Sitznachbarn. Drei freie Plätze waren noch da – einer neben einem Mädchen, indiskutabel also, einer neben dem Schreihals Dilbert, der hemmungslos auf dem Tisch herumtrommelte und irgendetwas sang, und einer neben dem stillen, traurigen Jungen, den ich schon auf dem Schulhof beobachtet hatte. Auch jetzt sah er wieder ganz verhuscht aus, starrte auf die Tischplatte, als würde dort eine geheime Botschaft darauf warten, von ihm entziffert zu werden. Ganz automatisch, wie ferngelenkt, bewegte ich mich auf dieses Häufchen Elend zu, ließ mich neben ihm nieder, ließ meine Schultüte auf den Tisch plumpsen und murmelte, freundlich wie ich fand, »Hallo«.

Der Junge schaute entsetzt hoch, sah mir direkt ins Gesicht, zögerte und … senkte seinen Kopf wieder. Ich würde jetzt gern behaupten, ich hätte Mitleid mit ihm gehabt, hätte ihm Unterstützung und Halt geben wollen. Aber so war das nicht. Ich hätte mir in diesem Moment in den Arsch treten können, hatte ich mich doch mit dem offenkundigsten Versager der Klasse gepaart! Ich hatte mich nur zu ihm gesetzt, weil die einzige Alternative im Chaoten Dilbert bestand, der mich zweifelsohne binnen Minuten untergebuttert hätte. Neben Dilbert hätte ich das gesamte Schuljahr hindurch die zweite Geige gespielt. Nee, da wollte ich dann doch lieber so einen stillen, folgsamen Kerl, der tat, was ich ihm sagte. Einen wie Sven eben. Aber verglichen mit diesem schreckhaften, stummen Wesen war Sven ein resolutes Energiebündel. Ich seufzte.

Die Lehrerin betrat die Klasse. Sie hieß Frau Brackner und hatte ein entsetzlich gezwungenes Lächeln. Ich war erst sechs Jahre alt und glaubte noch an den Weihnachtsmann – aber als diese Frau sagte, sie freue sich, uns kennen zu lernen, wusste ich, dass sie log. Solch eine schlechte Schauspielerin war Frau Brackner!

Es klingelte, und Frau Brackner teilte uns mit, dass dies das Zeichen für die große Pause sei. Wir hätten zwanzig Minuten Freigang im Hof. Ich stürmte hinaus, um Sven zu finden. Er stand neben dem Klettergerüst und trank ein Orangen-Sunkist, das damals noch in diesen schicken dreieckigen Trinktüten verkauft wurde. Ich lief zu ihm hinüber und erzählte ihm aufgeregt von der gar nicht sympathischen Frau Brackner und dass ich meine Jacke an den Haken hängen sollte, über dem das Bild eines kleinen roten Autos prangte. Sven war völlig gelassen und berichtete, dass sein Lehrer Herr Krüger heiße und total witzig sei. Und über seinem Haken war eine Rakete. Er führte also 2:0.

Dann geschah etwas schlichtweg Unglaubliches: Ein Mädchen ging an uns vorbei, ein zierliches Geschöpf mit dicken blonden Zöpfen, großen braunen Kulleraugen, einem herzigen Lächeln und einem geblümten Kleid. Eindeutig ein Mädchen – und es winkte Sven zu! Und Sven winkte tatsächlich zurück!

Ich war entsetzt!

»Wer is'n das?«, fragte ich mit unverhohlener Abscheu.

»Das ist Susann«, antwortete Sven und schlürfte einen weiteren Schluck Sunkist. »Die sitzt neben mir.«

Gerade mal zwei Stunden war Sven aus meiner Obhut, und schon machte er Dummheiten! Sich neben ein Mädchen zu setzen … um Himmels willen! Wenn Mädchen so waren wie Petra – permanent schmutzig, mit aufgeschlagenen Knien und einer Rauferei gegenüber nie abgeneigt –, dann konnte man vielleicht mal eine Ausnahme machen, aber so ein *richtiges* Mädchen, eines mit Zöpfen, mit einem *Kleid*! So was tat man einfach nicht!

»Die is' nett!«, sagte Sven, als könnte er meine Gedanken lesen. »Und die kann durch ihre Zahnlücke pfeifen.«

Dazu fiel mir nichts ein.

Wir redeten ein wenig über die anderen Bilder über den Kleiderhaken und dass wir beide gern das mit

39

dem Löwen gehabt hätten, bis ich plötzlich spürte, dass wir nicht mehr allein waren. Ich drehte mich um und sah, dass mein stiller Sitznachbar sich uns genähert, sich regelrecht angepirscht hatte. Er stand nur einen halben Meter von uns entfernt. Als ich mich umdrehte, sah er sofort wieder zu Boden. »Kennste den?«, fragte Sven.

»Der sitzt neben mir«, seufzte ich und drehte unserem scheuen Zaungast demonstrativ den Rücken zu.

»Wie heißt er?«, fragte Sven.

Ich zuckte mit den Achseln.

»Wie heißt du?«, fragte Sven das Häufchen Elend.

»Be… Bernhard«, stammelte der Junge, tat mutig drei, vier weitere Schritte und stand dann direkt neben uns. »W-wollt ihr Sch-schokolade?«, flüsterte er. Er fingerte eine halb gegessene Tafel aus seine Jackentasche und hielt sie uns hin. Wir griffen zu. Vielleicht war der Kerl doch nicht so übel …

Tatsächlich war Bernhard erstaunlich. Nie hätte er in der Klasse seinen Finger gehoben, und wenn die Lehrerin ihn direkt ansprach, ihn etwas fragte, dann antwortete er nur flüsternd, meist auch noch stotternd. Wenn Bernhard aber mit uns allein war – auf dem Schulhof, einem Spielplatz oder bei einem von uns zu Hause –, dann wiegte er sich in Sicherheit. Dann wurde seine Stimme lauter. Er erzählte. Schnell, atemlos, ohne den Hauch eines Sprachfehlers. Und er erzählte Unglaubliches! Bernhard berichtete uns von den Leuten, die in Afrika wohnten. Neger, sagten wir damals,

40

ohne es böse zu meinen. Die schickten ihre Kinder irgendwann in den Dschungel, nur mit ein paar Bananen und einem Speer ausgerüstet. Und wenn sie nach drei Tagen immer noch lebten, nicht verhungert oder von einem Löwen zerkaut worden waren, dann waren sie plötzlich Erwachsene. Sven hatte nächtelang Alpträume von dieser Geschichte.

Bernhard erzählte uns vom Nordpol, wo manchmal wochenlang einfach nicht die Sonne aufging – echt wahr! Und er erzählte uns von einem Kerl namens Kolumbus, der mit seinem Schiff irgendeine Abkürzung nach weiß der Geier wohin gesucht hatte und dann plötzlich in Amerika gelandet war. Amerika, erklärte uns Bernhard, war damals allerdings noch fast ohne Leute. Nur Indianer, keine Cowboys.

Wenn wir anderen uns unterhielten, redeten wir meist von uns selbst. Ich erzählte von meiner neuen Spielzeugeisenbahn, Sven berichtete begeistert, dass seine Mutter mit ihm am letzten Wochenende in den Zirkus gegangen war, Susann, die Svens beste Freundin geworden war und deshalb auch zu uns gehörte, zeigte das kleine Kleid vor, dass sie ihrer Puppe genäht hatte – »Fast ganz allein, Mama hat nur ein bisschen geholfen!« –, und Petra schwärmte davon, wie sie der doofen Hildegard aus ihrer Klasse die Finger im Kippfenster der Aula eingeklemmt hätte. Zwei von Hildegards Fingern waren blau angelaufen, und Petra musste zur Rektorin. Die hatte gezischt, dass das so gar nicht damenhaft gewesen sei. Als ob Petra das gejuckt hätte!

Bernhard aber redete nie von sich oder von seinem Zuhause. Er erzählte von Afrika, China und davon, dass wohl bald ein Mensch auf den Mond fliegen werde. Wir fragten Bernhard auch nichts über sein alltägliches Dasein. Denn auch wenn wir es nicht wirklich kapierten, so hatten wir doch eine ungefähre Ahnung, dass Bernhards Familienleben kein Quell steter Freude war. Wir sahen auf dem Nachhauseweg oft genug seine Eltern, die am U-Bahnhof mit ihren Freunden auf der Bank saßen, Apfelkorn und Bier tranken und lautstark lachten. Und wir hatten gesehen, wie Bernhard sich an ihnen vorbeizuschleichen versuchte, wie ihn seine Mutter aber manchmal bemerkte, ihn zu sich rief, ihn schwankend drückte und ihn in die Mitte des besoffenen Kreises zerrte. Dort sollte der arme Bernhard irgendetwas erzählen, von der Schule oder so. Bernhard stotterte in diesen Momenten noch mehr als sonst. Aber das schien seine Eltern nicht zu stören. Oder besser: Sie merkten es gar nicht. Doch, wir verstanden, warum Bernhard eine Reise auf den Mond so reizvoll fand.

Heute denke ich, dass Bernhard eines dieser beklagenswert »begabten Kinder« war, ein hyperintelligentes Geschöpf, dass man gezielt hätte fördern oder betreuen müssen. Als wir anderen uns noch durch den grundlegenden Aufbau des Alphabets quälten, konnte er bereits mehr oder weniger flüssig lesen. Seine Oma, die manchmal auf ihn aufpasste, hatte ihm die Buchstaben gezeigt und benannt, ihn mit dem grundsätzlichen Konzept der Schrift bekannt gemacht, den Rest hatte er sich dann irgendwie allein ausgetüftelt. Ich, mit meinem Standardgehirn, habe nie wirklich verstanden, wie das funktionierte. Es war, als ahnte Bernhard, dass Lesen die beste und sicherste Flucht aus der Wirklichkeit war – und er setzte alles daran, sich diesen Fluchtweg so schnell wie möglich zu ebnen.

Ich stelle mir vor, wie Bernhard zu Hause auf dem Fußboden saß, irgendein bunt bebildertes Geografiebuch wälzte, von Elefanten und Nomaden, von Monsunen und Expeditionen las und nur gelegentlich aus dem Augenwinkel zu seinen Eltern hinüberschaute: Die Mutter schlafend und röchelnd auf dem Sofa, Speichel trocknete in ihren Mundwinkeln, und der Vater phlegmatisch daneben, trübe in den Fernseher schauend, wo sich Vicco Torriani gerade den goldenen Schuss setzte.

* * *

Marek studierte den Brief noch einmal, faltete ihn zusammen und sagte: »Vielleicht sollten wir sie einfach so akzeptieren, wie sie ist.«

Angelika seufzte. Es war der dritte blaue Brief in zwei Jahren. Zuerst war die Geschichte mit dem Kippfenster gewesen, dann war Petra mit einer Stricknadel auf eine Klassenkameradin losgegangen und hatte ihr das Ding mit beträchtlicher Wucht in die Hand gejagt – in diesen fleischigen Bereich zwischen Daumen und Zeigefinger, wo nichts Gravierendes kaputtgehen kann, wo es aber mächtig wehtut. Und jetzt hatte sie ihre Klassenlehrerin als Miststück tituliert – wo auch immer sie diesen Begriff aufgeschnappt haben mochte.

Ihre Eltern – freundliche, sanfte Menschen, die sich Petras Tendenz zum Rüpelhaften einfach nicht erklären konnten – hatten auf ihre Tochter eingeredet. Sie hatten geschimpft, gestraft, am Ende sogar gefleht. Alles, wirklich alles hatten sie versucht, um aus ihrem kleinen Feger ein liebes Mädchen zu machen. Doch es war sinnlos: Die Kleider, die sie ihr kauften, hatte Petra regelmäßig zerschnitten. Ihre Puppen schaute sie nicht an. Die hübschen Pferdebücher lagen unberührt in der Ecke – stattdessen hatte sie sich von Piet einen ganzen Stapel Comics ausgeliehen. Cowboy-Heftchen.

Der dritte Brief der Schule war deutlicher als die letzten beiden: Noch ein selbst winziges Vergehen, und die Schulleitung sähe sich gezwungen, Petra der Schule zu verweisen. Marek und Angelika riefen ihre Tochter ins Wohnzimmer.

»Warum tust du das?«, fragte Angelika, die Stimme erschöpft, weil sie diese Frage schon viel zu oft stellen musste. »Willst du nicht, dass deine Freundinnen dich mögen?«

Petra, mit zusammengekniffenen Augen, knurrte: »Das sind nicht meine Freundinnen! Ich mag die nicht!«

Marek beugte sich vor und legte den Arm auf Petras Schulter: »Petra, so geht das nicht weiter. Wenn du noch ein einziges Mal in der Schule auffällst, dann *fliegst du. Verstehst du? Dann darfst du da nicht mehr hingehen!«*

»Gut«, sagte Petra. Und zum ersten Mal an diesem Abend lächelte sie.

1968

Es waren die fiesesten Jungen der Schule: Niklas, Kalle und Boris! Sie gingen in die vierte Klasse, waren also ein Jahr älter als wir und außerdem die Hauptfiguren allerlei schreckenerregender Geschichten, die tuschelnd auf dem Schulhof ausgetauscht wurden. Boris soll einem Jungen einmal ein Auge ausgestochen haben. Und Niklas rauchte angeblich schon Zigaretten. Zwei Schachteln am Tag.

Wer klug war, ging diesem Höllen-Trio aus dem Weg. Die drei wohnten in der maroden Siedlung am Swebenbrunnen und kompensierten die Tatsache, dass ihre Eltern weder Geld, noch Zeit, noch Lust hatten, ihnen das Leben zu versüßen, mit blanker Aggressivität. Wenn Niklas, Kalle und der fette Boris einem entgegenkamen, sah man klugerweise zu Boden. Eine Demutsgeste, wie im Tierreich, wie Bernhard einmal treffsicher feststellte.

Es war an einem Dienstag, als wir alle dermaßen konzentriert auf den Boden starrten, als hätten wir ihn zuvor noch nie bemerkt. Sven, Susann, Bernhard, Petra (die es irgendwie geschafft hatte, ihrer Mädchenschule zu entkommen und jetzt bei mir in der 3a saß) und ich taten so, als wären wir gar nicht da. Doch die drei üblen Jungen hatten es auf uns abgesehen. Sie hatten uns am Schultor abgefangen, nach der fünften Stunde, als wir uns gerade auf den Heimweg machen wollten.

»Schwulis! Schwulis!«, riefen sie zuerst. Ich bin mir ziemlich sicher, dass diese Idioten nicht wussten, was genau das eigentlich bedeutete, dass sie es nur bei einem ihrer hirnlosen Väter aufgeschnappt hatten, aber sie brüllten es mit Vehemenz. Wir selbst wussten auch nichts so recht, was »schwul« bedeutete, obwohl es eines der ganz großen, oft benutzten Pfui-Wörter unserer Altersklasse war. Susanns großer Bruder Jan, von uns befragt, hatte uns mit großer Geste erklärt, dass »Schwule ihren Ding Dong in das Pupsloch anderer Leute stecken«. Aber auch diese kryptische Aussage hatte ehrlich gesagt nicht besonders zur Klärung des Sachverhalts beigetragen.

»Schwulis!«, riefen die drei Monsterkinder, »Jammerlappen!« und »Mongos!«.

Mongos? Das hatten wir alle noch nie gehört. Aber wir ahnten, dass es etwas ganz besonders Fieses war. Ich meine, es ist ja wohl auch unwahrscheinlich, dass drei schulbekannte Schläger sich aufreihen und einem dann Komplimente entgegenbrüllen, oder?

Also: Wir standen da und zitterten. Wir wussten, dass der Verbalattacke aller Voraussicht nach eine Portion Dresche folgen würde. Susann brach zuerst in Tränen aus, was ja okay war. Sie war ein Mädchen.

Dann fing Sven an zu flennen. Und das war mir peinlich. Ich schämte mich für meinen Freund. Ich selbst war nämlich fest entschlossen, eine starke Figur abzugeben. Ich hob also meinen Kopf und sah die drei an. Cool wollte ich gucken, aber als ich diesem pöbelnden Mini-Mob entgegensah, entgleisten meine Züge. Meine linke Gesichtshälfte fing zu zittern an, als stünde sie unter Strom. Und sie hörte einfach nicht auf damit! Das Trio lachte angesichts meiner Schlotterfresse. Bernhard stotterte ein zaghaftes, aber ehrenwertes: »W-wir ha-haben euch d-d-doch n-nichts get-t-tan!« Und die Jungs lachten noch mehr.

Um uns herum versammelten sich immer mehr Kinder. Natürlich nicht, um uns zu helfen, sondern aus blanker Schaulust. Einige lachten, ein paar blickten uns bloß neugierig an. Zwei oder drei mögen vielleicht sogar Mitleid mit uns gehabt haben. Ich sah Dilbert, der bei uns zum Klassenclown avanciert war, ständig Sprüche klopfte und sich selbst stets etwas toller fand, als es die anderen taten. Auch er sah sich die Szene mit großem Interesse und, was selten bei ihm vorkam, schweigend an.

Und dann kam's, es ging ganz schnell: Petra bückte sich, nahm einen Stein vom Boden auf und warf ihn ohne groß zu überlegen und mit einiger Wucht auf Kalle. Sie traf ihn an der Schulter. Und Kalle heulte auf. Während er sich krümmte, rasten die anderen beiden auf Petra zu. Susann und Sven liefen weg. Bernhard blieb einfach stehen und tat gar nichts. Ich bewegte mich immerhin auf die beiden Widerlinge zu, wenn ich auch nicht so recht wusste, wieso: Ich war kein kräftiges Kind. Petra hatte sich einen zweiten Stein geschnappt. Den warf sie nun, traf im Eifer des Gefechts aber niemanden. Kalle, der sich zwischenzeitlich berappelt hatte, stampfte ebenfalls auf uns zu. Ehe ich mich versah, hatte ich vom dicken Boris einen saftigen Nasenstüber kassiert. Niklas zog Petra an ihren kurzen, strubbeligen Haaren. Wahrscheinlich dachte der Idiot, Mädchen müsste man im Mädchen-Stil bekämpfen. Ich trat aus, kickte in alle Richtungen, traf aber nur Luft. Ich sah vermutlich aus wie Bruce Lee mit einem akuten Anfall der Parkinsonschen Krankheit. Und schließlich brachte mich das blindwütige Getrete dermaßen aus dem Gleichgewicht, dass Boris' nächster Schlag mich zu Boden beförderte.

Was dann folgte, musste ich mir hinterher erzählen lassen. Ich lag ja am Boden, hatte von Boris noch einen Tritt in die Magengrube bekommen und sah den Rest des Kampfes nur als verschwommenen Tanz vieler Füße. Was passierte, war Folgendes: Dille, der Clown, war aus dem Zuschauerpulk nach vorn gestürmt, hatte sich einen dieser schweren Metall-Mülleimer geschnappt und ihn Niklas mit voller Wucht ins Kreuz gerammt. Er konnte seinen Überraschungseffekt sogar noch weiter ausnutzen, indem er einen Fausthieb in Boris' Gesicht platzierte, dessen Folge in den nächsten Tagen zu einem veritablen und für diesen passionierten Schlagetot äußerst peinlichen Veilchen anwachsen sollte. Bevor das Ganze endgültig zu einem Massaker ausarten konnte, waren dann zwei Lehrer erschienen und hatten die Streithähne getrennt. Bernhard, der einfach nur dagestanden war, hatte wie durch ein Wunder nichts abbekommen. Es war, als könne er sich unsichtbar machen. Susann und Sven waren verschwunden. Und Dille, der unerwartete Retter, war von diesem Tag an unser Freund.

* * *

Dilbert lachte. Er drehte die Musik lauter, die Beatles brüllten Rock'n'Roll, und Dilbert rief seinem Bruder zu: »Schneller, Klaus! Schneller!«

Klaus drehte sich, hüpfte und juchzte. Es war kein wirklicher Tanz. Die Musik spornte Klaus zwar an, aber er ignorierte den Rhythmus. Er sprang nur auf und ab, drehte sich, lachte. Dilbert tänzelte atemlos um ihn herum. Das Lied war zu Ende, und die beiden Kinder ließen sich kichernd zu Boden fallen. Klaus, zwei Jahre jünger als Dilbert, kuschelte sich eng an seinen Bruder. »Erzähl's noch mal!«, forderte er Dilbert auf und seine großen, runden Augen sahen seinen Bruder erwartungsvoll an.

»Also«, begann Dilbert, während er seinem Bruder über das glatte Haar strich, »die Jungen riefen ›Mongo! Mongo!‹.«

»Ich bin ein Mongo!«, sagte Klaus stolz.

»Nein«, sagte Dilbert streng. »Du bist mongoloid, kein Mongo. Und du bist mein Bruder.« Er lächelte. »Also, ich hab' mir diesen Mülleimer geschnappt und ...«

*Ihre Mutter rief aus der Küche: »Essen ist fertig!«
Dilbert rappelte sich auf und zog Klaus dann an seinem Arm hoch. »Wasch dir die Hände«, forderte er
seinen Bruder auf.*

1969

Ich weiß das Datum noch! Es war der 14. April 1969. Sven, Susann und ich wollten in dem kleinen Waldstück an der Berner Au ein Baumhaus bauen. Ich hatte meinem Vater von der Werkbank eine Säge, Nägel und einen Hammer gemopst. Wir malträtierten eine alte Buche; ich war ein Stück auf sie hinaufgeklettert und sägte wie bescheuert an einem der dicken Äste herum. Sven und Susann hatten eine Weile lang mehr oder weniger vergeblich versucht, kleine Äste als Leiterstufen an den Stamm zu nageln. Als ihre Arbeit offenkundig keine Blüten trug, begannen sie das Interesse an unserem Bauprojekt zu verlieren. Sven, der sich ungern schmutzig machte, war sowieso keine große Hilfe. Und Susann glänzte meiner Ansicht nach durch überwältigendes Ungeschick. Nein, ich konnte mit ihr einfach nichts anfangen: Sie war einfach die Tussi, die mir langsam, aber sicher meinen Freund Sven wegnahm, die ihn verweichlichte und meinen Status als sein Guru längst zum Bröckeln gebracht hatte. Und sie hatte immer etwas zu nörgeln!

»Ich hab keine Lust mehr. Das bringt doch nichts«,

quengelte sie. Aber ich ignorierte sie. Ich wollte das Wäldchen erst verlassen, wenn wir zumindest das Rudiment eines Baumhauses erschaffen hätten. Susann nölte weiter: »So ein Baumhaus ist blöd!« Ich konterte, zugegebenermaßen nicht überwältigend schlagfertig: »Nein. *Du* bist blöd!« Es ging hin und her. Tatsächlich ging es nicht wirklich um das Baumhaus, sondern vielmehr darum, wer die Kontrolle über Sven hatte, wem von uns beiden er gehorchen würde. Ich schickte Sven zum Bach hinunter, wo er ein paar Steine sammeln sollte, mit denen ich irgendein Brett beschweren wollte. Susann stachelte ihn auf, dass es dort total matschig sei und ich ihn mal kreuzweise könne. Er könne doch mit zu ihr kommen, Monopoly spielen. Ich blaffte ihn an: »Ihr könnt ja auch Barbiepuppen spielen!« Sven fing an zu heulen. Wieder mal! Also schnauzte ich Susann an: »Du hast aus Sven eine richtige Heulsuse gemacht!« Und da wurde sie wütend! Sie schnappte sich den Hammer, der auf dem Boden lag, und ohne großartig nachzudenken – aber mit einem wütenden Kreischen – schleuderte sie das Ding zu mir hoch auf den Baum. Es traf mich an der Schläfe. Nicht doll, wirklich nicht. Aber ich geriet ins Wanken und fiel hinunter ins Moos. Rund zwei Meter, schätze ich mal. Das Ganze tat nicht besonders weh, war halb so wild, aber es muss echt schlimm ausgesehen haben. Susann jedenfalls war für einen kurzen Moment starr vor Schreck. Petra hätte mir jetzt vermutlich, wo ich schon so passend hilflos dalag, noch zwei-, dreimal in die Rippen getreten, aber Susann war aufrichtig entsetzt über sich selbst. Sie raste auf mich zu, sagte immer wieder: »Tut mir Leid! Tut mir Leid!«, fragte, ob ich mir etwas gebrochen hätte, und tastete meine Schläfe ab, die an der Aufprallstelle deutlich gerötet war. Immer wieder entschuldigte sie sich, mittlerweile mit Tränen in den Augen. Und dann beugte sie sich über mich und küsste mir ganz zart meinen Kopf, dorthin, wo mich der Hammer getroffen hatte.

Ich war neun Jahre alt, und es war mein erster Kuss von einem Mädchen.

Er fühlte sich toll an!

* * *

Der Wecker klingelte. Halb vier. Nachts.

Bernhard rieb sich die Augen, reckte sich und stand dann auf. Er ging in die Küche, deren Abstell-flächen voll leerer Flaschen und Dosen, voll Tellern mit angetrockneten Nudelresten standen. Bernhard öffnete den Kühlschrank und nahm sich eine Flasche Cola. Dann ging er ins Wohnzimmer. Er gab sich keine Mühe, leise zu sein. Er wusste, dass seine Eltern nicht aufwachen würden. Nichts weckte je seine Eltern, au-ßer ein absinkender Alkoholspiegel. Und selbst wenn sie bemerken würden, dass ihr Sohn mitten in der Nacht durch die Wohnung geisterte: Es wäre ihnen egal.

Auf dem Sofa schlief sein Vater. Seine Eltern hatten sich wieder gestritten, wie so oft. Und sein Vater ver-

brachte die Nacht dann immer hier, in der Stube, trank Bier und sah fern, bis sein Kopf sich ausschaltete. Auf dem Fernseher flimmerte das Testbild. Nicht mehr lange, wie Bernhard wusste. Gleich würde sie beginnen, die Live-Übertragung der ersten Mondlandung. Heute würde ein Mensch seinen Fuß dort hinsetzen, wo noch nie einer vor ihm gewesen war! Und er, Bernhard, würde Zeuge dieses größten Ereignisses aller Zeiten sein!

Bernhard nahm noch einen Schluck Cola. Das Testbild verschwand. Bernhard sah Bilder vom Raumfahrtgelände in Kap Kennedy. Er hörte einen Sprecher, offenkundig aufgeregt, stolz, dieses Ereignis kommentieren zu dürfen. Bernhard starrte auf den Bildschirm. Er versuchte, nicht zu zwinkern. Nichts wollte er verpassen! Er hörte sein rasendes Herz bis in den Kopf pochen. Und um 3 Uhr 56 betrat Neil Armstrong dann den Mond!

Bernhards Vater schnarchte.

Bernhard weinte.

1970

Als ich zehn Jahre alt war, hatte ich mit meinen Eltern irgendwelche Verwandten im Odenwald besucht. Da saßen die Erwachsenen, stießen mit Weingläsern an, rauchten, tratschten über Tante Schießmichtot und Onkel Dingsda, redeten über ihre Autos, ihre Urlaube, über diese verrückten Hippies, die Amerika unsicher machten, über einen Radler namens Eddie Merckx und die Brasilianer, die schon wieder die Fußball-WM gewonnen hatten, über Willy Brandt, der in Polen offenbar hingefallen war und sich das Knie wehgetan hatte oder so ähnlich, über Baader-Meinhoff, über all ihr Erwachsenenzeug. Mit anderen Worten: Es war scheißlangweilig! Also checkte ich das Bücherregal meiner Verwandten ab. Ich hatte schon immer viel gelesen: Comics, Karl May, Enid Blytons gesammelte *Fünf Freunde*-Abenteuer. Aber so etwas suchte ich hier natürlich vergeblich. Da mir alles aufregender erschien, als dem Gesülze der Großen zu lauschen, schnappte ich mir ein unscheinbares Bändchen mit Kurzgeschichten von einem gewissen J.D. Salinger. Die erste hieß *Ein hervorragender Tag für*

Bananen-Fisch, und das klang viel versprechend, vermutlich komisch. Ich las sie. Und danach war nichts mehr wie zuvor!

Dieser Herr Salinger und sein gar nicht komischer, sondern zutiefst rührender Bananenfisch hatten mir gezeigt, dass gute Bücher nicht von Vorfällen handeln, sondern von dem, was die Menschen bei diesen Vorfällen empfinden. Ich begann zu ahnen, das Worte mehr konnten, als bloß Fakten zu transportieren. Und ich brannte darauf, weitere Bananenfische zu finden.

Wieder zurück in Hamburg, kaufte ich mir von meinem Taschengeld Salingers Buch und las es an einem einzigen Nachmittag noch einmal. Dann lieh ich es Bernhard, drängte ihn, die Bananenfisch-Geschichte noch am selben Abend zu lesen. Ich wollte meine Euphorie mit jemandem teilen. Und wer sonst als der kluge Bernhard hätte meine Aufregung verstehen können?

»Das ist eine traurige Geschichte«, fand Bernhard am nächsten Tag. »Melancholisch.«

»Melangwas?« Ich sah Bernhard fragend an.

»Melancholisch. Das heißt … na ja, *sehr* traurig«, erklärte er. »Erwachsenenbücher sind oft traurig.«

Erwachsenbücher! *Ja!* Das war es, was ich ab sofort wollte. Adios, Winnetou!

Noch am selben Tag gingen Bernhard und ich in die Stadtbücherei und wanden uns mit stolzgeschwellter Brust und erhobenem Kopf nicht nach links in die Kinderecke, sondern nach rechts, ins Reich der Literatur. Doch bevor wir auch nur das Regal *A–Br* erreichten, bremste uns die Bibliothekarin, die ich – vielleicht ungerechterweise – als fette Matrone mit Dutt in Erinnerung habe: »Holla, holla«, dröhnte sie. »Wo wollt ihr denn hin?«

»Ich suche Bücher von J.D. Salinger«, sagte ich tapfer – sprach den Dichternamen aber deutsch, also *Jott Deh Sah-lihng-er* aus, was mich bedauerlicherweise leicht inkompetent erscheinen ließ.

»Wir s-sind nämlich m-m-mittlerweile zu g-groß für K-k-kinderbücher«, sekundierte Bernhard.

Doch das sah das Dutt-Monster anders. »Diese Abteilung ist ab vierzehn. Ihr seid noch keine vierzehn. Ihr stört die Erwachsenen«, nölte sie tief und betonungslos und schubste uns dann zurück zu Pitje Puck, zu Hanni und Nanni, zu den drei ???.

Meine Mutter löste das Problem: Sie stürmte zwei Tage nach diesem Vorfall, Bernhard und mich im Schlepptau, in die Bücherei und hielt der Literaturbewacherin einen strengen Vortrag. Über den freien Geist, über Kinder, die man in ihrer Neugier nicht bremsen dürfe, und über die Tatsache, dass sie ein sehr beharrlicher Mensch sei und es ihr überhaupt nichts ausmachen würde, einmal die Woche vorbeizuschauen und diesen Vortrag wieder und wieder und wieder zu halten. Zähneknirschend rückte die Hüterin der Hochliteratur schließlich ihren Dutt zurecht und gab nach. Wenn meine Mutter mal mit Saddam Hussein zusammentreffen könnte, würde sie ihm vermutlich dermaßen Respekt einflößend den Kopf waschen, dass sich der Nahe Osten unverzüglich in eine Oase des Friedens verwandelt.

Da stand ich nun also, zwischen Dutzenden von Bücherregalen, deren oberste Reihen ich noch nicht einmal erreichen konnte. Das erste Buch, das ich mir auslieh, war Salingers legendäres *Der Fänger im Roggen*. Bernhard las es auch – und er machte sich schlau. Er fand heraus, dass Salingers Roman in den USA als das ultimative Buch über das Erwachsenwerden galt. Und ich verstand, wieso: Auch wenn ich vieles, was ich da las, nicht wirklich verstand, auch wenn mir speziell die Bedeutung der sexuellen Anspielungen nicht komplett klar war – ich ahnte, worauf es alles hinauslief: In wenigen Jahren würde ich ein sehr, sehr verwirrter Junge sein! Und ich konnte es kaum erwarten.

Später lernte ich andere Legenden kennen: Hermann Hesse, Friedrich Dürrenmatt, Max Frisch. Es war das einzig Frühreife, was ich je zu Stande brachte: Ich las *Siddharta* vier Jahre bevor es in der Schule auf dem Lehrplan stand.

Ich kam aufs Gymnasium. Genau wie Sven und Susann; Bernhard, Dilbert und Petra wurden Realschüler. Ich habe mich schon damals über diesen Begriff gewundert: *Realschule*. Was soll das heißen? Dass dort die *realen* Schüler waren, dass dort die *echten* und *wirklichen* Dinge gelehrt wurden? Was waren dann wir Gymnasiasten? *Fiktiv*-Schüler?

Obwohl wir in verschiedene Bildungszwingburgen

60

geschickt wurden, verloren wir uns nicht aus den Augen. Wir blieben ein Team, wenn die Bande zwischen uns auch unterschiedlich stark geknüpft waren. Sven und Susann waren nach wie vor ganz dicke. Mein Verhältnis zu Susann war ambivalent. Irgendwie erschien es mir nicht mehr wirklich wichtig, ob sie meinen Einfluss auf Sven schmälerte. Klar, sie war immer noch eine Tussi, aber irgendwie … ich weiß nicht. Manchmal lächelte sie mich so komisch an. Ich dachte immer noch oft an den Kuss im Moos. Sie machte mich nervös. Susann.

Absolut unzertrennlich waren Petra und Dilbert. Die kabbelten sich unentwegt scherzhaft, so wie es nur Menschen tun, die sich ganz besonders mögen. Sie wünschten sich dieselben Rennräder zum Geburtstag, sie waren zwei echt starke Kumpel. Wir alle mochten sie. Dilbert war zu jedem von uns gleichermaßen freundlich: Er hatte immer einen Witz parat, war hilfsbereit, zu jedem Scheiß aufgelegt. Dilbert, das war offensichtlich, wollte von jedem gemocht werden. Und es war leicht, ihn zu mögen – abgesehen davon, dass er manchmal echt zu viel quatschte. Manchmal brachte er seinen kleineren Bruder Klaus mit. Der war geistig behindert. Ehrlich gesagt wussten wir alle nicht so recht, was wir mit ihm anfangen sollten. Nur Susann nahm sich richtig Zeit für ihn, beluscherte ihn wie ein Baby. Ich fand das irgendwie würdelos, aber Klaus schien es zu mögen. Manchmal umarmte er sie – ohne Vorwarnung, ganz hektisch, mit großer Wucht, umklammerte sie, bis sie nach Atem rang und ihr Kopf hochrot wurde. Aber sie lachte. Und manchmal küsste sie Klaus dann auf die Stirn. Susann war eine ziemliche Küsserin. Zwei-, dreimal am Tag schien sie einfach jemand schmatzen zu müssen. Vielleicht, dachte ich, war dieser Kuss im Moos auch nur so ein flüchtiges Bussi, das nichts zu bedeuten hatte. Vielleicht sollte ich es einfach vergessen.

Petra küsste nicht. Und sie war auch sonst nicht unbedingt der herzliche Typ. Mit Klaus redete sie so gut wie überhaupt nicht, wachte aber mit Argusaugen darüber, dass niemand sich über ihn lustig machte. Überhaupt benahm sie sich uns allen gegenüber wie eine Beschützerin. Sie war wilder als wir, mutiger, stärker. Und sie ließ keinen Zweifel daran, dass sie das wusste. Aber sie ließ uns auch spüren, dass wir Luschen ihr aus unerklärlichen Gründen etwas bedeuteten. Was auch immer.

Dilbert war der Einzige, den sie offenbar nicht für ein Weichei hielt. Gelegentlich nahm sie Dille in den Schwitzkasten – und nur selten konnte der sich aus ihm befreien. Erst wenn er keuchte und mit seinen Armen wedelte, ließ sie ihn los. Und dann lachten die beiden. Gelegentlich knuffte Dille ihr dann noch auf den Arm. Ich fand, diese Knuffe sahen ganz schön schmerzhaft aus – aber Petra grinste nur.

Susann und Petra ignorierten einander mehr oder weniger. Worüber hätten sie auch reden sollen?

Und Bernhard?

Bernhard war etwas Besonderes. Er war so klug, dass einem manchmal schwindelig wurde. Er wusste so unendlich viel. In der Schule, im Unterricht, behielt er das aber für sich. Deshalb konnte er auch nicht aufs Gymnasium – die Lehrer ahnten nichts von seinem unentwegt ratternden Hirn. Bernhards Klugheit, sein Wissen, war sein Privateigentum. Ich glaube, es war alles, was er hatte, und deshalb überlegte er sehr sorgfältig, mit wem er es teilte. So richtig warm konnte man mit Bernhard nicht werden. Es ist schwer, jemanden seinen Freund zu nennen, wenn er nie, wirklich nie etwas von sich selbst erzählt. Niemand von uns war je bei Bernhard zu Hause gewesen. Seinen zehnten Geburtstag hatten wir zum Beispiel auf der Wiese am Luisenhof gefeiert – mit Cola und Chips und einer Flasche Erdbeersekt, die Bernhard von seiner Mutter stibitzt hatte und von der wir alle (außer Susann) einen hastigen, aufgeregten Schluck genommen hatten.

Wir hatten Bernhards Eltern schon lange nicht mehr gesehen. In der Schnaps-Clique am U-Bahnhof fehlten ihre roten Köpfe nämlich schon seit Wochen. Doch natürlich fragten wir ihn nie. Wir sagten nicht: »Hey, Bernhard, machen deine Alten Urlaub vom Saufen?« Wir taten so, als ob nichts wäre. Und nur zur Hälfte zeigten wir damit so etwas wie Taktgefühl und Diskretion – tatsächlich war es uns ziemlich gleichgültig, was mit Bernhards Eltern los war. Wir waren zehn Jahre alt, unser Radar für die Gefühle anderer Menschen war noch nicht vernünftig justiert. Wir dachten wahrscheinlich, Bernhard seien seine Eltern genauso scheißegal wie uns.

Eines Tages erzählte es mir meine Mutter: Bernhards Vater war gestorben! Die Leber. Meine Mutter hatte es von einer Frau beim Bäcker gehört. Bernhards Mutter hatte sich nach der Beerdigung so dermaßen mit Alkohol zugemacht, dass sie noch Tage später zu nichts anderem in der Lage war, als sabbernd in der Wohnung herumzuliegen. »Es ist von Tag zu Tag weiter bergab mit ihr gegangen«, erklärte meine Mutter mit seltsam belegter Stimme, »und schließlich ist sie irgendwo eingewiesen worden.«

»Und wo?«, wollte ich wissen.

»Krankenhaus, Psychiatrie. Irgend so etwas.«

»Ja ... Und was ist jetzt mit Bernhard?«

Meine Mutter sah mich erstaunt an. »Ja, wisst ihr das denn nicht?« Sie schüttelte ob unseres offenkundigen Kommunikationsdefizits den Kopf. »Bernhard wohnt seitdem bei seiner Oma.«

Ich berichtete den anderen davon, und wir überlegten lange, ob wir Bernhard sagen sollten, dass wir es wussten. Dille und Petra fanden, das ginge uns überhaupt nichts an. Ich wusste nicht, was richtig wäre. Sven fand, wir sollten einen Blumenstrauß kaufen und ihm herzlich Beileid sagen, weil man das eben so mache. Und Susann sagte gar nichts. Als wir Bernhard am nächsten Tag auf der Wiese trafen, ging sie einfach zu ihm und nahm ihn wortlos in den Arm. Sie hielt ihn fest. Ganz lang. Und sie strich ihm dabei über den Kopf. »Sei nicht traurig«, sagte sie schließlich. »Wir sind für dich da.« Und wir alle stapften nervös von einem Bein aufs andere und hatten keine Ahnung, was wir tun sollten. Und Bernhard? Der ließ sich umarmen, legte den Kopf ein wenig auf Susanns Schulter und sagte gar nichts. Wir haben nie wieder, in unserem ganzen Leben nicht, über Bernhards Vater gesprochen.

* * *

»Mama«, fragte Susann, während sie am Küchentisch saß und ihrer Mutter beim Kartoffelschälen half, »woran merkt man, dass man jemanden liebt?«

Susanns Mutter verschluckte sich an einem Stück roher Kartoffel, das sie sich gerade in den Mund gesteckt hatte: »Wie bitte?«, fragte sie.

»Wie merkt man Liebe?«, wiederholte Susann.

Susanns Mutter rechnete noch einmal nach: Ja, ihre Tochter war erst zehn! Da fragt man doch so etwas noch nicht, oder?

»Also, bei deinem Vater und mir, da …«

»Ja?« Susann sah sie interessiert an.

»Man merkt einfach, dass dieser eine Mensch anders ist als die anderen. Dass er, ach, ich weiß nicht … dass er bei einem irgendeinen Knopf drückt …«

»Obwohl er das selbst vielleicht gar nicht merkt?«

»Ja«, lächelte Susanns Mutter, »das ist möglich. Liebe kommt einfach, die steuert niemand.«

»Und geht Liebe manchmal auch wieder weg?«

»Tja«, Susanns Mutter zögerte, »Doch, ja, manchmal.«

»Könnten Papa und du eines Tages aufhören, mich zu lieben?«

Susanns Mutter legte das Kartoffelschälmesser zur Seite, stand auf und umarmte ihre Tochter. »Niemals!«, sagte sie laut. »Eltern lieben ihre Kinder auf ewig!«

Susann dachte nach. »Nicht alle«, sagte sie schließlich. »Bernhards Eltern nicht! Sein Papa hat sich nie um ihn gekümmert. Und seine Mama lässt ihn jetzt auch im Stich.«

Susanns Mutter seufzte. »Das ist alles sehr kompliziert, Susi. Manchmal reicht die Kraft bei den Leuten nicht, um ihre Liebe zu zeigen. Manchmal lieben sich Leute selbst so wenig, dass sie die Liebe für andere Leute gar nicht erst finden. Aber irgendwo ist sie. Bernhards Eltern haben ihren Sohn bestimmt geliebt, sie wussten vielleicht nur nicht, wie sie die Liebe aus sich rauslassen sollten.«

»Glaubst du, Bernhards Mama liebt ihn immer noch?«

Susanns Mutter, die neulich bei Edeka gehört hatte, dass Bernhards Mutter angeblich völlig aus der realen Welt ausgestiegen sei, dass sie in der geschlossenen Anstalt von Ochsenzoll sitze und dort bloß die Wand anglotzen würde, wand sich. Aber dann sagte sie: »Ja. Bestimmt!« Was wäre das auch für eine Antwort, einem Kind zu erzählen, dass Eltern ihre Kinder schlicht und ergreifend vergessen können!

»Svens Papa liebt Sven auch nicht mehr. Der wäre sonst nicht weggegangen!«

»Svens Vater ist nicht wegen Sven gegangen«, sagte Susanns Mutter, die alles dafür gegeben hätte,

*jetzt einfach nur stumm Kartoffeln schneiden zu kön-
nen.*

*»Und warum hat er sich nie wieder bei Sven gemel-
det? Sven weiß nicht einmal, wo sein Papa jetzt
wohnt!«*

*Susanns Mutter schwieg. Ihrer Tochter zu erklä-
ren, was man von den verschiedenen Geschichten zu
halten hatte, die sich um das Verschwinden von Svens
Vater rankten, war definitiv keine Aufgabe, die man
beim Kartoffelschälen erledigen konnte.*

»Wieso?«, drängte Susann.

*»Das ist … alles … kompliziert«, wiederholte sich
Susanns Mutter, ging zur Spüle und hielt den Topf mit
den geschälten Kartoffeln unter den Wasserhahn.
»Sehr, sehr kompliziert!«*

* * *

Es war Dille zu verdanken, dass wir als Kirschkernspuckerbande bekannt wurden. Er war es nämlich,
der sich die Afrika-Show ausgedacht hatte.

Damals erzählten alle Eltern ihren Kindern, die ihr
Mittagessen nicht aufessen wollten, dass sie froh sein
sollten, dass sie überhaupt etwas auf den Tisch bekä-
men. »In Afrika«, hieß es dann immer, »da hungern
die Kinder! Die würden alles für so einen Sauerbraten
geben!«

Oder Blumenkohl.

Oder Leber.

Oder Gemüsesuppe.

Oder was für einen Schweinkram uns die Erwachsenen auch immer vorsetzten.

»Also«, schlussfolgerte Dille eines Nachmittags, »wenn die Alten alle so verrückt nach den ewig hungrigen Kindern aus Afrika sind, dann sollten wir ihnen auch ein paar hungernde Kinder aus Afrika geben.« Und so gingen wir eines Tages über den Wochenmarkt, der jeden Donnerstag direkt neben unserer Stammwiese am Luisenhof stattfand, und versuchten so ausgemergelt wie möglich auszusehen. Dille hatte extra Klaus mitgebracht, weil er fand, einem mongoloiden Hungerkind könne nun wirklich niemand etwas abschlagen. Wir alle hatten Klaus eine halbe Stunde lang versucht beizubringen, so armselig wie möglich dreinzuschauen. Am Ende schnitt Klaus hinreißend bescheuerte Grimassen, humpelte und jammerte mit Hingabe und winselte in regelmäßigen Abständen: »Hunger! Hunger!«

»Du kannst ruhig dabei sabbern«, sagte Dille. Und Klaus kicherte.

Die Leute hinter den Marktständen fanden uns natürlich furchtbar! Wir zeigten flehend auf die aufgeschnittenen Apfelsinenhälften, die die Obsthändler zu Dekorationszwecken auf ihren Kisten drapiert hatten. Wir bettelten den Brotverkäufer an. Wir standen vor dem Wagen des Schlachters und ächzten: »Wurst! Wurst!«

»Oder Würstchen!«, keuchte Dille mit todernster Stimme.

Sven und Susann hielten sich bei der Show ziemlich

im Hintergrund. Dille, Petra und ich zogen jedoch eine Riesennummer ab. Und erstaunlicherweise fand auch der scheue Bernhard ziemlichen Gefallen an unserer albernen Darbietung. »Wir b-brauchen Vitamine«, stammelte er theatralisch. »Die Ersten von uns ha-haben b-bereits Skorbut!«

Die meisten Händler scheuchten uns davon. Einige pöbelten uns regelrecht an. Und viele der Kunden warfen uns missbilligende Blicke zu, weil sie selbst noch den Krieg miterlebt hatten und fanden, dass man mit Hunger keine Späße treiben sollte. Aber einer der Obstmänner, ein ziemlich junger Typ, der manchmal quer über den Markt brüllte: »Äääääääpfel! Kauft sie, solange es noch erlaubt ist!«, der fand uns prima! Er gab uns eine Riesentüte Kirschen. Mindestens ein Pfund! Und die mampften wir dann, während wir über den Markt alberten, und spuckten die Kerne durch die Gegend. Ich versuchte, ganz gezielt in die offenen Einkaufstaschen oder Körbe der Leute zu treffen. Dille und Petra zielten vor allem auf die Köpfe der Leute. Manchmal blieb einer der Kerne in den Haaren von jemandem kleben, und dafür zollten wir dem entsprechenden Spucker dann großen Applaus!

Einige der empörten Erwachsenen, die natürlich wussten, wer wir waren, hatten nichts Besseres zu tun, als sofort zu unseren Eltern zu rennen und alles zu petzen. Wir alle bekamen eine mehr oder weniger energische Standpauke zu hören. Nur Petras Eltern sagten nicht viel. Verglichen mit dem, was ihre Tochter sonst anstellte, erschien ihnen Kirschkernspucken als ziemliche Lappalie.

Die Hungerleider waren ein einmaliger Auftritt. Unseren Obsthändler-Fan besuchten wir aber von nun an den Rest des Sommers so oft, wie es ging. Immer schenkte er uns eine große Tüte Kirschen und verabschiedete uns jedes Mal lauthals lachend mit den Worten: »In Deckung! Hier kommt die Kirschkernspuckerbande!« Und ganz ehrlich: Einmal habe ich eine Frau erschreckt zur Seite springen sehen, als sie das hörte. *Das* gefiel uns. Dabei ging von uns nun wirklich keine Gefahr mehr aus – wir verzogen uns auf unsere Wiese und spuckten die Kerne brav ins Gras. Der Name aber blieb: Wir waren die Kirschkernspuckerbande. Es gab uns das Gefühl, eine Einheit zu sein. Wie die Ritter der Tafelrunde.

Wir wussten damals noch nicht, dass Einheiten eine verdammt wacklige Angelegenheit sind.

1972

Jeden Sonntag, kurz vor elf Uhr morgens, versammelten wir uns vor dem *Roxy* zur Matinee-Vorstellung. Was für ein Film gezeigt wurde, war uns ziemlich egal. Nur Susann blieb manchmal zu Hause, wenn's ein Western war oder irgendetwas Gruseliges. Selbst von den *Godzilla*-Filmen, über die wir anderen uns johlend amüsierten, behauptete sie, Alpträume zu bekommen. Als es aber *Ein toller Käfer* gab, diesen seltsamen Film mit dem Wunderauto Herbie, löste sie sich gleich noch eine Karte für die 15-Uhr-Vorstellung. So toll fand sie den Streifen. Ich begleitete sie, obwohl ich Herbie eigentlich nicht besonders viel abgewinnen konnte. Ich meine: ein VW, der sich wie ein Haustier benimmt – das durfte mir, der an diesem Morgen gerade eine Kurzgeschichte von Ray Bradbury gelesen hatte, doch gar nicht gefallen! Kinderkram, blöder!

Bernhard hatte manchmal kein Geld für den Eintritt, aber einer von uns half ihm immer aus. Bernhard war das unangenehm, er bestand stets darauf, dass die zwei Mark fünfzig nur geliehen, nicht geschenkt seien. Und tatsächlich revanchierte er sich ein paar

Tage später stets, indem er einem irgendetwas gab: einen Comic, eine Tafel Schokolade, ein Steckspiel. Wir wussten alle, dass er diese Sache bei *Bolle* klaute, sagten aber nichts.

Der Besitzer des *Roxy* war ein alter Mann, ganz verhutzelt und verknittert, der schon morgens nach Schnaps roch. Er freute sich über jeden, der kam, und ließ deshalb selbst kleine Kinder in irgendwelche üblen Horrorschocker. Bei den Matinee-Vorstellungen avancierte er außerdem zu einem regelrechten Entertainer. Er setzte sich einen Zylinder auf, der glitzerte und funkelte, stieg auf die Bühne vor der Leinwand und erzählte ein paar Witze, von denen wir nicht einmal die Hälfte verstanden. Dann verlas er drei Nummern, die er aus seinem Hut zog. Wer eine dieser Nummern auf dem Abriss seiner Kinokarte hatte, durfte am nächsten Sonntag umsonst ins Kino. Wer zum ersten Mal in die Matinee-Vorstellung kam, wusste natürlich nichts von diesem Ritual und hatte seinen Eintrittskarten-Schnipsel womöglich bereits weggeworfen. Dille und Petra hatten sich deshalb immer unauffällig an den beiden Papierkörben platziert und die kleinen Fetzen heimlich eingesammelt. Manchmal saß jeder von uns mit drei, vier verschiedenen Zettelchen in der Hand da, die wir dann eifrigst durchblätterten, während Mister Roxy seine Nummern bekannt gab.

Heute bekomme ich Wutausbrüche, wenn jemand sein Handy nicht ausschaltet, bevor er ins Kino geht. Damals aber waren wir sechs die lauteste Bande, die ein Vorführsaal je erlebt hatte. Wir feuerten die Leute auf der Leinwand an, wir lachten, dass die Wände wackelten, und immer wenn ein Mann und eine Frau im Film sich küssten, hielten wir uns demonstrativ die Augen zu und schrien: »Iiiiiih!« Nur Susann schrie nicht mit, die fand das kindisch.

Nach einer dieser Vorstellungen – wir hatten gerade *Viva Las Vegas* mit Elvis Presley gesehen und waren nicht wirklich begeistert – standen wir noch ein wenig im Foyer herum. Auf der anderen Seite des Raumes standen drei Mädchen, die in Dilberts und Bernhards Klasse gingen und ununterbrochen tuschelten und kicherten. Eine von ihnen, eine hagere Tussi mit einem langen Zopf, kam dann – sanft geschubst von den anderen beiden – zu uns herüber. Sie stellte sich vor Dilbert und sagte: »Annegret lässt dir ausrichten, dass sie dich liebt, und fragt, ob du mit ihr gehen willst.« Dilbert, der eine Woche zuvor gerade mal seinen zwölften Geburtstag gefeiert hatte, war cooler als Elvis. Er grinste schief, sehr männlich, wie ich fand, und sagte dann mit einer tiefen Stimme, die ich bei ihm vorher noch nie bemerkt hatte: »Klar.« Und dann drehte er sich wieder zu uns um, als wäre das eben die normalste Sache der Welt gewesen.

Petra funkelte Dille wütend an und starrte dann grimmig zu den drei aufgeregt schnatternden Mädchen hinüber. Als die Petras Blick bemerkten, steckte eine von ihnen ihr frech die Zunge heraus. Sven und ich mussten Petra gemeinsam festhalten, sonst hätte es ein Blutbad gegeben. Die drei Mädchen, von denen

73

eine jetzt offiziell Dilberts Freundin war, flitzten schnell zum Ausgang. Bernhard starrte Dilbert nur an, und Dille, der die Aufmerksamkeit um ihn und sein aufkeimendes Liebesleben offenbar enorm genoss, sagte zu ihm: »Irgendwann kommt man um so etwas ja nicht mehr herum.«

Mich interessierte, was Susann von dieser ganzen Sache hielt. Als ich vorsichtig zu ihr hinüberschielte, trafen sich unsere Blicke. Sie sah mir direkt in die Augen. Und dann setzte sie schon wieder dieses seltsame Lächeln auf! Ich schaute schnell auf meine Schuhe.

Abends lag ich im Bett und dachte über Dille und Annegret nach und was konkret es wohl bedeuten möge, dass sie jetzt ›miteinander gingen‹. Es war natürlich stark anzunehmen, dass sie sich jetzt küssen würden. Ich versuchte, ein Bild von Annegret, die ich ja nur kurz gesehen hatte, heraufzubeschwören: Sie war ziemlich klein, recht hübsch, mit Locken. Ich versuchte, mich an ihren Mund zu erinnern, den Mund, den Dilbert jetzt küssen würde. Aber ich hatte keine Ahnung, wie genau er aussah. Stattdessen sah ich plötzlich Susanns Mund vor mir. Der war ziemlich groß, ich meine, es war keine monströse Ladeluke oder so etwas, es war aber auch kein piefiges Hamsterschnäuzchen. Susann hatte volle Lippen, so wie die Monroe. Und dann, obwohl ich es wirklich nicht wollte, machte ich mir zum ersten Mal so richtig bewusst, was ich neulich im Schwimmbad bemerkt hatte: dass Susann einen Busen bekommen hatte. Natürlich nicht solch dicke Dutteln wie die Frauen, die heute im Kino um Elvis herumgetanzt waren, eher so kleine, ich weiß nicht … so negerkussgroß. Aber anders geformt, ein bisschen spitz irgendwie. Mir wurde klar, dass ich mir Susanns beginnende Brüste wohl genauer angeschaut hatte, als ich dachte. Und ich wurde rot, weil ich ahnte, dass Susann es bestimmt bemerkt hatte. Susann bemerkte *alles*, was ich tat.

Ich lag also da, zwölf Jahre alt, und dachte an Susanns Lippen, an ihre Minibrust, und mir fielen ein paar Sachen ein, die ich in den Büchern aus der Erwachsenenabteilung der Bibliothek gelesen hatte, Dinge, die ich nicht im Detail verstanden hatte, deren Grundlagen mir aber durchaus geläufig waren. Und … da war sie dann: meine erste Erektion!

Halleluja!

Ohne dass es mir jemals jemand erklärt hätte, fand ich sehr schnell heraus, wie man so eine Erektion wieder loswird. Am nächsten Abend kletterte ich bereits zielstrebig ins Bett, schob die Hand schon mal einsatzbereit in meine Pyjamahose und überlegte, wessen Busen ich mir denn heute vorstellen sollte.

* * *

Sven hatte die beiden schon in der Nacht gehört. Sie hatten sich bemüht, leise zu sein, aber manchmal konnte seine Mutter sich ein Kichern nicht verkneifen. Vielleicht war sie ein wenig beschwipst. Der Mann kicherte nicht, er murmelte nur gelegentlich etwas.

Sven irritierte dieser Bariton, dieses Brummen. In dieser Wohnung hörte man nur selten Männerstimmen.

Natürlich war es nicht das erste Mal gewesen, dass Svens Mutter einen Mann vom Tanzen mitgebracht hatte. Und eigentlich hatte Sven auch gar kein Problem damit. Er fände es okay, einen neuen Vater zu bekommen. Und er wünschte seiner Mutter, die überarbeitet war und viel stiller als früher und manchmal einfach nur so da saß und gedankenverloren in ihrer Kaffeetasse rührte – ja, er wünschte ihr ein neues Glück. Er liebte seine Mutter. Das Problem war nur, dass die Kerle, die sie anschleppte, sie im Allgemeinen nicht glücklich machten. Und Vatermaterial waren sie schon gar nicht.

Irgendwann hatte seine Mutter zu kichern aufgehört. Er hatte Bettwäsche rascheln hören. Und dann hatte der Mann gestöhnt. Ziemlich laut. Manchmal hörte er ein zischendes Pst! seiner Mutter dazwischen. Sven zog sich die Bettdecke über den Kopf.

Am nächsten Morgen hatte er den Mann dann gesehen. Am Küchentisch. Die Typen wurden immer hässlicher. Früher, vor fünf, sechs Jahren, hatte seine Mama manchmal noch so nette, junge Typen mitgebracht. Die waren witzig und gut angezogen und rochen gut. Aber dann wurden sie immer älter und mürrischer. Dieser hatte nur sein Unterhemd und eine Cordhose an, so dass Sven sehen konnte, dass er Haare auf dem Rücken hatte. Eklig sah das aus. Seine Mutter saß ihm gegenüber und trank Kaffee, im Radio sang Udo Jürgens. Als Svens Mutter ihren Sohn sah, lächelte sie, zog ihn zu sich heran und schob ihn dem Mann vor die Nase.

»Das ist Sven, mein Sohn«, strahlte sie.

»Hallo, Kumpel!«, sagte der Mann, klopfte Sven auf die Schulter, grinste pflichtschuldigst und widmete sich dann wieder seinem Leberwurstbrötchen. Sven wusste, dass er auch diesen Typ gleich wieder vergessen konnte.

1973

Die Romanze zwischen Annegret und Dille währte drei Wochen. Es folgten Gundula, Uschi, Karin und Bettina – in dieser Reihenfolge, wenn ich mich recht erinnere. Dille erwarb sich den zweifelhaften Ruf, ein Casanova und Herzensbrecher zu sein. Und einmal hat er Sven und mir erzählt, dass er bei Bettina bereits bis zum Hub – so seine Bezeichnung für die weibliche Brust – vorgedrungen sei: »Toll fühlt sich das an«, erzählte er, »gar nicht so wabbelig, wie man denken würde. Und jetzt geht's ja erst richtig los! Noch ein Jahr, dann werde ich mich in einen Schlüpfer pulen!«

»Wie? Pulen?«, fragte Sven, der im Gegensatz zu mir so tapfer war nachzufragen, wenn er etwas nicht verstand.

»Na, *pulen*!«, sagte Dille und rollte angesichts so viel Unwissenheit mit den Augen. »Mit dem Finger. Kleine Bohrung.«

Sven fragte nicht weiter. Und ich nickte wissend, wie Männer eben wissend nicken, wenn ihnen andere Männer etwas über kleine Bohrungen erzählen.

»Spätestens mit fünfzehn«, erklärte Dille weiter, »werde ich eine knattern!«

»Wow!«, sagte ich. Sven sah mich an, dann Dille, dann wieder mich und fand dann wohl, dass auch er etwas Respekt vor solch einem ambitionierten Plan zeigen sollte. »Yeah!«, sagte er deshalb. Und es klang mächtig bescheuert.

Ich lauschte Dilles Sexualstrategie mit aufrichtigem Interesse. Wer konnte schon mit Gewissheit sagen, ob mir Weisheiten wie »Titten muss man pressen, nicht quetschen!« nicht auch bald nützlich werden würden. Sven aber ging seit diesem Gespräch jeder weiteren Genitalanekdote unseres Freundes aus dem Weg. Ihm schien das Thema irgendwie unangenehm. Und mit Bernhard redeten wir darüber natürlich gar nicht erst. Das war nichts für ihn. Bernhard hatte sein Faible für Science-Fiction entdeckt. Er verpasste keine Episode einer nagelneuen Weltall-Serie namens *Raumschiff Enterprise* im Fernsehen und versuchte verzweifelt, uns für Androiden, künstliche Intelligenz und extraterrestrische Phänomene zu begeistern. Wir hörten nicht so richtig zu. Wir waren dreizehn, wir waren auf dem besten Wege, kernige Männer zu werden. Was interessierte uns solch Kinderkram wie Raumschiffe?

»Die reisen in andere Galaxien!«, ereiferte sich Bernhard. »Stellt euch vor: Captain Kirk und Spock und all die anderen – die verlassen die Milchstraße! Sie dringen in Welten vor, von denen wir nicht einmal etwas ahnen!«

»Ich finde deren Uniformhosen blöd«, sagte Sven.

»Die sind viel zu eng! Da kann man sich bei einem Kampf doch gar nicht richtig drin bewegen!«

Bernhard seufzte.

Das Verhältnis zwischen Dille und Petra war etwas abgekühlt. Die beiden hatten sich irgendwie nicht mehr viel zu sagen. Petra, die neuerdings in bunt gebatikten Latzhosen, mit schlabbrigen Pullis und knöchelhohen Turnschuhen herumrannte, gab sich alle Mühe, ihr Geschlecht zu verheimlichen. Aber es klappte nicht besonders, denn Petra hatte – was wohl jedes andere Mädchen gefreut hätte, sie aber unübersehbar wütend machte – einen ziemlich üppigen Busen bekommen. Und ihr Gesicht, dass sie so gut es ging hinter ihren Zottelhaaren verbarg, war weich und zart und richtig hübsch. Fast schien es, als sei dies ein böser Witz des Lebens, den es sich mit Petra erlaubte, denn »hübsch« war natürlich das Letzte, was sie sein wollte! Doch so sehr sie auch rumpelte und fluchte, und selbst wenn sie auf den Bürgersteig spuckte, so konnte Dille doch nicht völlig vergessen, dass sie ein Mädchen war. Er konnte mit ihr definitiv nicht über seine amourösen Fortschritte palavern! Und das war nun mal sein Lieblingsthema. Ihre Rennräder, die Besuche im Fußballstadion ... das war jetzt nicht mehr so wichtig. Immerhin: Wenn Dille seiner anderen neuen Leidenschaft, dem Rauchen, frönte, verkrümelte er sich nach wie vor mit Petra hinter eine Hausecke. Sie war die Einzige, die mitschmauchen mochte.

Mit einem Mal war es passiert – ich hatte mich verliebt! Sie hieß Tanja und war in meinem Lateinkurs. Ich war mir sicher, dass ich mich verliebt hatte, denn immer wenn ich sie sah, wurde ich ganz hibbelig, und sie war der letzte Mensch, mit dem ich ein Wort hätte wechseln wollen; ich wäre knallrot geworden. Eines Nachmittags, als wir auf unserer Wiese am Luisenhof saßen, wo Bernhard in einem *Stern*-Heft blätterte, Susann – von Sven angehimmelt – auf der Gitarre *House of the Rising Sun* klimperte und Petra gelangweilt ein paar Büschel Gras ausrupfte, nahm ich Dille zur Seite. Ich schilderte ihm mein Dilemma, das er allerdings nicht wirklich verstand, weil Dille das Phänomen der Schüchternheit nicht einmal theoretisch fassen konnte.

»Ich würde so gern mit Tanja gehen«, sagte ich.

»Dann frag sie doch«, meinte Dille lapidar. Die Tatsache, dass sie *Nein* sagen, dass sie mich womöglich sogar auslachen würde, ihren Freundinnen kichernd erzählen könnte, dass diese Knalltüte von Piet ernsthaft glaubte, sie würde ihn für würdig erachten und ich fortan die größte Lachnummer des Schulhofs sein würde – all diese Ideen kamen Dille nicht. *Ihm* würde so etwas ja auch nie passieren.

Ich sah Dille an. Er war fast einen Kopf größer als ich, er hatte sogar schon etwas Flaum auf der Oberlippe. Dille war kräftig, hatte ein kantiges Gesicht, beinahe so wie Clint Eastwood. Dille sah richtig gut aus. Ich dagegen war zu klein für mein Alter, hatte eine viel zu große, dicke Nase und war so schmächtig, dass selbst Petra irgendwann aufgehört hatte, mich zu schubsen, weil ich nämlich ständig umfiel. Ich war kein Mädchenschwarm, echt nicht.

»Wer nicht wagt«, sagte Dille und dirigierte mich ein paar Schritte zur Straße, »der nicht gewinnt.« Er zog mich zu einer Telefonzelle, öffnete die Tür und fragte: »Wie heißt Tanja denn mit Nachnamen?«

»Kartner«, stammelte ich.

Dille blätterte im Telefonbuch, zog seinen Finger über eine der Seiten und sagte dann: »Kartner. Bramfelder Weg, stimmt's?«

Ich nickte. Dille wollte dort für mich anrufen! Beängstigend! Aber ... auch sehr viel versprechend.

Dille steckte zwanzig Pfennig in den Schlitz, wählte und sagte dann mit charmanter Stimme: »Guten Tag, Frau Kartner. Hier ist Piet Lehmann!« Er zwinkerte mir zu. »Ist Tanja da?«

Ich riss die Augen auf!

Omeingott!

»Danke schön«, säuselte Dille, zerrte mich energisch in die Zelle und gab mir dann den Hörer. Er grinste.

»Hallo?«, hörte ich die verwunderte Tanja auf der anderen Seite.

»Ich, *äh* ... Hallo. Hier ist ... *äh*, Piet.«

»Oh, Tagchen!«. Sie klang nicht unerfreut.

»Ich, *äh* ... also ...«

Tanja kicherte.

»Hast du ... Willst du ... Ich meine, hast du Lust, morgen mit mir in ... *äh*, in die Disco zu gehen?«

83

»Im Haus der Jugend?«, fragte Tanja, immer noch freundlich.

Ich nickte stumm. Dille gab mir einen Stoß in die Rippen. »Au! Ja!«, schrie ich.

Tanja lachte. »Gern«, sagte sie. »Um vier?«

»M-mh«, sagte ich und fügte dann, als Dille schon wieder seine Faust kreisen ließ, noch an: »Um vier. Toll.«

»Bis dann«, sagte Tanja und legte auf.

Dille wuschelte mir durch die Haare. »Alter Herzensbrecher«, kicherte er und ging zurück zur Wiese, um den anderen brühwarm von meiner ersten Liebesattacke zu erzählen.

Mein Vater lachte. Er hatte mich beobachtet, wie ich drei verschiedene T-Shirts anprobierte und schließlich das wählte, das über und über mit weißen Sternen auf blauem Grund mit roten und weißen Streifen bedruckt war: Ich trug die amerikanische Flagge auf dem Leib, was damals der letzte Schrei war. Ich hatte an meinen Haaren herumexperimentiert, sogar etwas vom Haarspray meiner Mutter genommen, um meinen platt anliegenden Mongo-Pony, wie Sven ihn nannte (aber nur, wenn Dilbert und Klaus nicht in der Nähe waren), etwas aufzurichten. Und dann hatte ich noch ein wenig vom Aftershave meines Vaters aufgetragen: *Tabac*. Ich dachte zumindest, es wäre wenig, aber als ich in die Küche kam, hielt sich meine Mutter lachend die Nase zu und sagte: »Puh!« Ich rannte sofort nach oben und wusch mir fünf Minuten lang das

Gesicht, um zumindest einen Teil des Duftwässerchens wieder aus den Poren zu spülen. Mein Vater stand hinter mir. Er lächelte. Ich glaube, er war irgendwie stolz. Sein Sohn wurde erwachsen. Kurz bevor ich ging, steckte er mir noch fünf Mark zu: »Damit du sie auf eine Cola einladen kannst. Wie heißt sie denn?«

»Tanja«, flüsterte ich.

Mein Vater gab mir einen Knuff.

Bernhard und Petra hätte man natürlich in die Jugenddisco prügeln müssen, aber Sven, Susann und Dilbert erwarteten mich bereits vor der Tür. Ich fand es gar nicht gut, dass sie mich bei meinem ersten Rendezvous beschatten wollten, aber was sollte ich tun? Sven zog mir sofort das T-Shirt ein kleines Stück aus der Hose: »Das darf nicht so eng anliegen, das muss sich ein ganz klein bisschen wölben«, sagte er. Und Dille gab mir den ernst gemeinten Rat, dass ich Tanja nicht sofort an die Titten fassen solle. Als ob ich das ernsthaft in Erwägung gezogen hätte! Susann sagte gar nichts, sie wirkte geistesabwesend.

Als ich Tanja um die Ecke biegen sah, scheuchte ich die drei ins Haus der Jugend. Ich wollte nicht, dass alles so offensichtlich war, denn zweifelsohne hätte Dille sofort eine peinliche Bemerkung gemacht. Aber natürlich war es sowieso klar, worum es hier ging. Tanja wusste das. Und ich wusste, dass sie es wusste. Und trotzdem taten wir natürlich beide ganz harmlos, als wir uns begrüßten.

»Hallo, Piet«, sagte sie nur und hakte sich bei mir ein, als wir in die Disco gingen.

»Hallo«, murmelte ich, schweißgebadet. Tanja hatte auch ein T-Shirt an, ein gelbes, mit einem Smiley. Sie hatte es nicht ein Stück aus dem Hosenbund gezogen, aber trotzdem wölbte es sich. Weiter oben. Und zwar gar nicht mal so wenig! Ich schluckte, weil meine Kehle plötzlich ganz trocken geworden war.

Wir kamen in den Tanzraum, dessen Fenster mit Krepp-Papier abgehängt worden waren und an dessen einem Ende eine Lichtorgel flackerte. Der Junge am Plattenspieler hatte *A Horse with no Name* von *America* aufgelegt.

»Willst du etwas trinken?«, schrie ich Tanja über die Musik hinweg an.

»Cola«, sagte Tanja und lächelte. Sie hatte ein sehr süßes Lächeln.

Ich kaufte zwei Pappbecher Cola, zwanzig Pfennig das Stück. Wir würden beide an einem Magendurchbruch sterben, wenn ich die gesamten fünf Mark meines Vaters tatsächlich für Getränke ausgeben würde! Ich reichte Tanja einen Becher, wir tranken. Und dann erklang *Crocodile Rock* aus den Lautsprechern. *Elton John!* Den mochte ich! Ich stellte meinen Colabecher auf eine Fensterbank, atmete tief ein, wischte mir noch einmal die schweißnassen Hände an der Hose ab, zählte innerlich bis drei und nickte dann Tanja zu. »Willst du tanzen?«, brüllte ich und kam mir mächtig mutig vor – obwohl meine Stimme für einen Moment in dieses ärgerliche Kieksen abrutschte, das mich seit einigen Wochen quälte. Tanja stellte ihren Becher neben meinen. Und dann tanzten wir!

Ich schaute Tanja genau zu, was für Bewegungen sie machte, und imitierte sie dann. Obwohl ich meiner Ansicht nach eine technisch akkurate Kopie ihrer motorischen Abläufe aufs Parkett legte, wurde ich jedoch den Verdacht nicht los, dass mein Tanz nicht einmal ansatzweise so gut aussah wie ihrer. Ich schlackerte und steppte mich unauffällig zwei Meter nach rechts und warf einen verschämten Blick in den Spiegel, der dort hing. Ja: Ich sah Scheiße aus! Ich tanzte wie Käpt'n Hirni!

Sven, Susann und Dilbert standen in einer Ecke und beobachteten uns. Dille hatte offenbar gerade etwas Komisches über meine Karikatur eines Tanzstils gesagt, denn Sven lachte und musterte mich noch genauer. Ich spürte, wie ich knallrot wurde, was in dieser nur sporadisch durch eine Lichtorgel gestörten Dunkelheit aber Gott sei Dank nicht auffiel.

Wie lang lief dieses gottverdammte Lied denn noch?

Wann konnte ich endlich aufhören, mich zum Affen zu machen?

Doch dann sah ich zu Tanja.

Und sie lächelte mich an.

Nein, sie strahlte! Sie leuchtete, funkelte, glitzerte!

Und plötzlich war es völlig wurscht, ob die anderen über mich lachten oder nicht. Ich fühlte mich gut. Hey, ich tanzte mit Tanja!

Wir tanzten gleich drei Stücke durch. Nach *Croco-*

dile Rock kam *Nutbush City Limits* von Ike und Tina Turner und dann irgendetwas von *Status Quo*. Ich hab den Titel vergessen, aber bei den Jungs klang ja eh jeder Song gleich. Erst danach kehrten Tanja und ich zu unserer Cola zurück, die mittlerweile warm geworden war.

»Mir ist heiß«, sagte Tanja und ging auf den Ausgang zu. Ich folgte ihr. Wir standen für ein paar Minuten vor der Tür, wo es angenehm kühl war. Ich wollte gern ein Gespräch beginnen, aber ich hatte Angst, etwas Falsches zu sagen.

»Ich fand's toll, dass du mich angerufen hast«, sagte Tanja irgendwann, weil sie es wohl leid war, auf einen Einsatz von mir zu warten.

»Ich fand's toll, dass du gekommen bist«, lächelte ich.

Wir redeten noch eine ganze Weile. Ich wusste ja gar nichts über Tanja, außer, dass ich eben in sie verliebt war. Sie hatte ein Pferd – eine schlimme Mädchenmacke –, und im Urlaub war sie deshalb immer auf dem Reiterhof. Sie hatte eine Schwester, die schon älter war und bald ausziehen würde. Sie mochte die Bücher von Marie Louise Fischer und fand David Cassidy ganz toll. In zwei Wochen würde ihr lebensgroßer Cassidy-Starschnitt aus der *Bravo* komplett. Ich erzählte auch ein bisschen: dass ich mal Reporter werden wollte, oder sogar Schriftsteller, dass ich alle *Rick Master*-Comics hatte, die je erschienen sind, dass ich sonntags immer ins Kino ging.

»Da könnte ich ja mal mitkommen«, sagte Tanja.

»Au ja«, sagte ich.

Als wir wieder in den Tanzraum kamen, lief gerade Cat Stevens' *Morning Has Broken*, die Mutter aller Schmusestücke! Ich spürte eine leichte Panik aufkommen, aber Tanja zog mich einfach auf die Tanzfläche und drückte sich an mich. Wir machten Engtanz! *Wow!* Ich spürte ihren Busen auf meiner amerikanischen Flagge und betete, dass sie nicht spürte, was das bei mir bewirkte. Aber wenn sie es tat, dann störte es sie nicht: Sie hatte ihren Kopf auf meine Schulter gelegt und atmete mir warm und feucht auf den Hals.

Aus den Augenwinkeln sah ich plötzlich Susann vorbeilaufen, ganz schnell, sogar ein paar Leute anrempelnd, und dann Sven, der ihr aufgeregt hinterhereilte.

Als das Lied zu Ende war, sagte ich zu Tanja, dass ich mal aufs Klo gehen würde, und sah vorsichtig in den Flur: Dort saß Susann auf einer Bank und weinte. Sven hielt sie ihm Arm und tröstete sie. Ich hatte keine Ahnung, worum es da ging, beschloss aber, dass sich Sven schon um sie kümmern würde. Ich wollte zurück zu Tanja und mir auf den Hals atmen lassen!

* * *

»Er ist so gemein!«, schluchzte Susann.

Sven schüttelte den Kopf und verteidigte seinen Freund: »Piet hat doch keine Ahnung.«

Susann schluchzte. »Klar hat der 'ne Ahnung! Der

ist doch nicht blöd! So wie ich ihn immer angucke!«
Und dann verzog sie das Gesicht, so dass sie richtig
angeekelt aussah. »Tanja! Tanja!«, quakte sie, »Immer nur Tanja! So eine blöde Kuh!«

Sven musste lächeln. Susann tat so, als ob Piet die
ganze Zeit nur von Tanja geredet und geschwärmt
hätte, aber das stimmte ja gar nicht. Piet wurde schon
rot, wenn man ihren Namen nur erwähnte. Ganz abgesehen davon fand Sven, dass Tanja nett war. Ziemlich hübsch und recht normal. Nicht so eine Pute. Er
pulte ein Taschentuch aus seiner Hosentasche und
reichte es Susann, die sich schnäuzte.

»Ich glaube, du musst Piet etwas deutlicher zeigen,
dass du ihn liebst. Der kapiert das sonst nicht. Am
besten, du sagst es ihm ganz direkt.«

Susann drehte sich Sven zu und starrte ihn an:
»Bist du verrückt! Mädchen sagen so was nicht! Das
muss der Junge machen!«

Sven zuckte mit den Achseln. Er kapierte diesen
ganzen Kram nicht. Er hatte noch kein Mädchen gesehen, dass irgendetwas bei ihm hervorrief. Auch Susann nicht, die seine beste Freundin war, mit der er
total gern quatschte und die er richtig lieb hatte. Aber
auch Susann hätte er nicht küssen wollen. Er fand die
Vorstellung absurd.

»Vielleicht solltest du ihn eifersüchtig machen«,
schlug Sven vor. Er war sich nicht sicher, ob das tatsächlich eine gute Idee war, aber so machten es die
Frauen in den Filmen immer. Sie zeigten den Männern, die sie liebten, dass sie sich auch einfach einen

anderen nehmen könnten. Und wenn die Typen dann
sahen, dass die Frauen mit einem anderen turtelten,
dann kapierten sie plötzlich, was sie die ganze Zeit
nicht wahrhaben wollten: dass ihre große Liebe stets
direkt vor ihren Augen war.

Ob das bei Piet auch so sein würde? Sven wusste es
nicht. Piet war ja nicht Rock Hudson oder so. Piet war
ein bisschen schusselig.

»Meinst du wirklich?«, fragte Susann und wischte
sich eine Träne aus den Augen.

»Klar«, sagte Sven, der es irgendwie toll fand, reife
Ratschläge zu geben und außerdem alles getan hätte,
um Susanns Tränen zu trocknen. »Wirst sehen, der
flippt aus!«

* * *

Am nächsten Sonntag waren wir eine ziemlich große
Gruppe, die im Foyer des *Roxy* stand. Dille hatte seine
momentane Freundin mitgebracht, die Iris hieß, einen Minirock aus Jeansstoff anhatte, die ganze Zeit
Kaugummi kaute und der Dille, wie er Sven und mir
erzählt hatte, »demnächst an die Muschi fassen«
wollte. Nein, ein Romantiker war Dille nicht.

Ich hatte vor einer halben Stunde Tanja abgeholt,
die mir ein Begrüßungsküsschen auf die Wange gegeben hatte. Und dann hatten wir den ganzen Weg zum
Kino Händchen gehalten. Ich grinste wie ein Mond-
kalb.

Tanja hatte die anderen freundlich begrüßt – und
zumindest Bernhard und Dille hatten die Freundlich-

keit erwidert. Sven hatte es vermieden, ihr in die Augen zu sehen, und Petra ließ keinen Zweifel daran, dass sie es zum Kotzen fand, dass unsere kleine Matinee-Truppe mittlerweile Bataillonsstärke annahm. Susann war nicht da, was aber keinen von uns wunderte: Heute sollte es *Frankensteins Horrorklinik* geben, einen ganz harten Schocker angeblich, mit abgetrennten Köpfen und so.

Aber dann kam sie doch!

Kurz vor elf, als wir gerade in den Saal gehen wollten, schritt Susann durch die Tür, strahlend und so hübsch wie noch nie. Sie hatte ein Kleid an, dunkelblau mit kleinen weißen Pünktchen. In ihre Haare hatte sie ein paar dünne Zöpfchen geflochten, was echt toll aussah, und ich glaube, sie hatte sich auch ein bisschen geschminkt: Sie sah irgendwie älter aus. Und sie kam nicht allein: Sie hatte Harry mitgebracht, den Schulsprecher aus der Neunten! Der war schon fünfzehn oder so! Harry war ein total cooler Typ, hatte lange Haare und sogar Koteletten und eine Motorradlederjacke mit einer aufgestickten Klapperschlange (»Boa constrictor«, korrigierte mich Bernhard später). Harry war Gitarrist in einer Band, die bei unserem letzten Schulfest gespielt hatte, lauter Hard Rock: *Born to be wild* und *You really got me* und *Smoke on the Water*.

Mir gefiel es gar nicht, die beiden zusammen zu sehen. Ich merkte, dass auch Tanja Harry ziemlich lange anschaute. Und ich fühlte mich plötzlich wie ein dummer, überflüssiger, kleiner Junge.

Der Film war wirklich deftig: Gleich am Anfang wurde einem Mann mit einer Machete der Kopf abgesäbelt. In Großaufnahme! Stark! Und das Beste war, dass alle Mädchen (außer Petra natürlich) das ganz furchtbar fanden. Tanja schnappte sich meine Hand, und kurz darauf drückte sie sich auch noch ganz fest an mich, vergrub ihr Gesicht an meiner Schulter, um nicht auf die Leinwand sehen zu müssen. Ich hielt sie ganz doll fest und strich ihr dabei über den Rücken. Der Wahnsinn – ein dreifach Hoch dem Horrorgenre!

Iris kreischte ständig, ganz furchtbar schrill, und irgendwann fing Dille an, wild mit ihr herumzuknutschen, was wir alle sehr begrüßten, weil das Iris endlich das Maul stopfte.

Susann hatte am Anfang ein paar Mal aufgeheult. Aber dann hörte ich nichts mehr von ihr. Sie saß vier Plätze von mir entfernt, natürlich neben Harry, und irgendwann wurde ich neugierig. Ob sie und ihr Typ jetzt auch herummachten? Irgendwie gefiel mir der Gedanke nicht. Ich beugte mich ein Stück vor und schaute möglichst unauffällig in ihre Richtung. Susann saß ganz steif da und starrte auf die Leinwand. Harry knutschte ihr am Hals herum. Irgendwann bemerkte Susann meinen Blick und schaute zu mir herüber. Sie grinste, etwas verkrampft, wie mir schien.

Ich fühlte mich ein bisschen komisch. Ich sah es nicht gern, was ich gerade sah. Aber dann spürte ich Tanjas Hand, die meine hielt, und jetzt gerade wieder zudrückte, weil auf der Leinwand irgendetwas Spannendes passiert war. Und das fühlte sich gut an, aufregend, und ich dachte: »Ach, was soll's?«, und lächelte Susann an. Ich glaube, ich habe ihr sogar kumpelhaft zugezwinkert.

Dann ging alles ganz schnell: Susann sprang plötzlich auf, drängelte sich an Harry vorbei und rannte aus dem Kino. Wir alle sahen ihr verblüfft nach, nur Sven stand auf und folgte ihr.

»Susann stellt sich immer so an bei Gruselfilmen«, flüsterte ich Tanja zu. Und dann legte ich meinen Arm um ihre Schulter, und sie lehnte sich mit dem Kopf an mich.

* * *

Der Papierkorb war aus Metall. Das war praktisch, denn so konnte er weder Feuer fangen noch schmelzen. Direkt neben dem Papierkorb hatte Susann ein kleines Häufchen aufgetürmt: Fotos, Briefe, Ansichtskarten ... alles, was sie an Piet erinnerte. Erst jetzt merkte sie, wie viel Zeug sich im Laufe der letzten zwei Jahre angesammelt hatte: Da war der Zettel, auf dem Piet einmal gedankenverloren kleine, gnubbelige Comic-Männchen gekritzelt hatte und den sie heimlich, als gerade keiner hinschaute, in ihrer Tasche hatte verschwinden lassen. Da waren allerlei Eintrittskarten aus dem Roxy, auf deren Rückseite Susann sorgfältig notiert hatte, welchen Film sie damit gesehen hatte und wie viele Plätze sie dabei von Piet entfernt gesessen hatte. Bei den Vorstellungen, in denen sie direkt neben ihm gesessen hatte, hatte sie ein rotes Herz auf die Rückseite der Eintrittskarte ge-

94

malt. Einmal, bei diesem saublöden Science-Fiction-Film 2001 – Odyssee im Weltraum, *der gar keine richtige Handlung hatte, hatte sich Piet wie selbstverständlich neben sie gesetzt, ohne dass sie sich selbst geschickt platzieren oder strategische Lücken in der Reihe lassen musste. Sie wusste, dass sie auf dieses Ticket ein ganz großes, besonders dickes Herz malen würde. Und als der Kinobesitzer damals die Gewinn-Nummern aufgerufen hatte und sich ausgerechnet diese Eintrittskarte als Gewinn-Ticket entpuppte, da hatte sie es einfach für sich behalten.*

»4323!«, rief der Kinomann mit dem Zylinder. »Irgendjemand muss die Nummer doch haben!«

Doch Susann lächelte nur. Dieses Ticket würde sie nicht herausrücken!

Aber jetzt würde sie es verbrennen! Zusammen mit all den anderen Eintrittskarten, zusammen mit Piets blöden Männchen, die bei näherer Betrachtung ziemlich krakelig und gar nicht so witzig aussahen, wie sie bisher immer fand, zusammen mit all den Fotos, auf denen er zu sehen war und auf denen er meist den Kopf so niedlich … nein, so dämlich *schief legte, zusammen mit den beiden Ansichtskarten, die er ihr mal aus dem Urlaub geschickt hatte, zusammen mit dem Stadt-Land-Fluss-Zettel, auf dem Piet mal* Ohio *als* Fluss *eingetragen hatte und dann eine halbe Stunde lang auf seine 20 Punkte beharrt hatte, obwohl Bernhard sogar einen Atlas bemüht hatte, um Piet dessen Irrtum zu belegen.*

Susann warf all diese Dinge mit großer Geste in

den metallen Papierkorb. Dann trug sie ihn hinaus auf den Balkon, holte das Feuerzeug vom kleinen Beistelltischchen im Wohnzimmer und schaute noch einmal in den Kübel voller Devotionalien. Sie würde Piet immer mögen, aber sie würde ihn nicht mehr lieben! Das schwor sich Susann in diesem Moment. Denn jemanden zu lieben, an dem diese Liebe einfach abprallte, das war sinnlos und schmerzhaft. Susann schnaufte einmal kurz, sich selbst ihre Entscheidung bestätigend, und hielt dann den Zettel mit den Kritzelmännchen in die Flamme des Feuerzeugs. Als er richtig brannte, warf sie ihn in den Papierkorb. Ihre Augen wurden feucht, als es in dem Metallkübel zu lodern begann und sich die Hitze in eines der Fotos fraß und langsam Piets Gesicht verschmorte.

In der obersten Schublade von Susanns Schreibtisch, unter dem Block mit dem Millimeterpapier und dem Etui mit dem Zirkel lag noch das Foto, das Susann einmal von Piet in der Eisdiele gemacht hatte. Darauf hatte Piet einen kleinen Bart aus Schokocreme auf der Oberlippe. Er lachte, und seine Augen funkelten dabei. Susann liebte dieses Bild. Und sie zwang sich, nicht daran zu denken, weil sie sich sonst nicht einreden konnte, dass sie einfach nur vergessen hätte, es mit den anderen Dingen zu verbrennen.

1975

Es wird niemanden überraschen, dass meine Romanze mit Tanja gerade mal sechs Wochen währte. In diesem Alter ›bindet‹ man sich bekanntlich nicht, sondern hangelt sich von Erfahrung zu Erfahrung. Und ich hangelte, oft zu meiner eigenen Überraschung, ziemlich viel: Mit Tanja habe ich geknutscht. Dann kam eine gewisse Margret, deren Busen ich anfassen durfte. Lilo hat mich die Hand in ihren Schlüpfer stecken lassen, und Iris rieb ihr Bein so lange an meiner Hose, bis ich mit einem mir hinterher ausgesprochen peinlichen Grunzlaut meinen ersten durch Fremdeinwirkung herbeigeführten Orgasmus hatte und Iris darob zufrieden kicherte.

Als ich fünfzehn war, hatte ich zum ersten Mal ›richtigen‹ Sex. Mit Marie. Und wenn meine Defloration in irgendeiner Weise interessant gewesen wäre und nicht bloß ein paar Minuten unbeholfenes Gestocher und ein peinliches Schweigen danach, dann würde ich an dieser Stelle in aller Ausführlichkeit darüber berichten. Ehrlich.

Trotzdem hat ›das erste Mal‹ etwas zutiefst Befreiendes. Man hat's endlich geschafft. Und auch, wenn Mädchen weiterhin ein ungemein wichtiges Thema bleiben sollten, so waren sie doch endlich nicht mehr das Einzige, was mir im Kopf herumgeisterte. Ich war fünfzehn, hatte mich – wie Dille es gewohnt unfein ausdrückte – *freigefickt* und konnte einen Teil meiner Zeit, Energie und Gedanken nun auf die zweite große Aufgabe verwenden, die Jungen dieses Alters zufällt: Ich musste die Welt retten!

Es war das Jahr der großen Ölkrise, und der amerikanische Außenminister Kissinger erwog allen Ernstes eine Militärintervention im Nahen Osten, um den Benzinpreis zu senken. Das Atomkraftwerk in Biblis wurde eingeweiht, die Israeli überfielen Beirut, die Roten Khmer wüteten in Kambodscha, in Chile putschten die Faschisten, in Griechenland das Militär. Die amerikanische Regierung erhöhte ihren Rüstungsetat ins Unermessliche. Und meine Mutter verlangte ständig, dass ich meine Haare schneiden lassen und zumindest in der Schule nicht mein Palästinensertuch tragen sollte. Es gab so verdammt viel, wogegen ich kämpfen musste!

Mit fünfzehn glaubt man tatsächlich noch, man könne etwas verändern. Man fügt sich nicht dem offenkundigen Schwachsinn dieser Welt, sondern stellt sich ihm entgegen. Und weil einem deshalb ständig das Leben mit voller Wucht ins Gesicht schlägt, weil man die erstaunlichsten Dinge herausfindet, das Mögliche vom Unerreichbaren zu trennen lernt, weil man Triumphe und Rückschläge feiert, fühlt man sich mit fünfzehn so lebendig wie noch nie – und wie niemals wieder.

Ich kaufte mir weiße Latzhosen im Arbeitsbekleidungsfachhandel und färbte und batikte sie in schwarz-lila-rotem Design. Ich schmierte mich mit dermaßen Mengen von Patschuliöl ein, als wollte ich alle Mücken und Mitmenschen dieser Welt auf größtmöglicher Distanz halten. Ich marschierte nahezu jedes Wochenende irgendwo mit – bei Ostermärschen, Anti-AKW-Demos, bei Salvador-Allende-Solidaritätsspaziergängen. Ich hängte mir Poster von Che Guevara an die Wand, hockte in meinem Zimmer auf den Knien, legte *Ton, Steine, Scherben* auf den Plattenteller und schüttelte, während aus meinen Boxen *Macht kaputt, was euch kaputt macht* dröhnte, unermüdlich meine Mähne, auf die ich so verdammt stolz war, weil ich sie jeden Tag erneut gegen meine Eltern durchboxte. Und abends schrieb ich wütende Artikel für unsere Schülerzeitung. Es waren radikale Anklagen gegen das System, die allerdings vor Drucklegung immer noch dem Schulleiter vorgelegt werden mussten. Und der beraubte sie dann stets aller griffigen Formulierungen, so dass die Texte gar keinen Sinn mehr machten, aus der Zeitung genommen und durch einen Bericht über die nächsten Bundesjugendspiele oder den immer mehr um sich greifenden Vandalismus im Sprachlabor ersetzt wurden.

Ich glaubte wirklich an die Dinge, für die ich da stritt. Ich träumte von mehr Gerechtigkeit, von Frieden auf Erden und Versöhnung zwischen Völkern und

Rassen. Aber ich wusste natürlich auch, dass ich einen ziemlich coolen Eindruck machte. Ich hatte insgeheim meine Zweifel, ob ich wirklich einen antibürgerlichen Widerstand ins Rollen bringen könnte – aber ich war mir ziemlich sicher, dass die Mädchen mich und meine Kämpferattitüde echt scharf fanden.

Mit meiner politischen Euphorie stand ich zumindest bei meinen Freunden ziemlich allein da. Dille hatte sich von dem Geld, das er über zwei Jahre beim Zeitungsaustragen verdient hatte, ein Mofa gekauft, was ihn in den Augen der Farmsener Mädchenwelt noch cooler erscheinen ließ als vorher. Deshalb hatte er weiß Gott etwas Besseres zu tun, als sich mit mir über das Schweinesystem zu empören. »So viele Weiber, so wenig Zeit!«, pflegte er grinsend zu stöhnen – und selbst Petra, die ihn früher bei solchen Machosprüchen immer schmerzhaft geknufft hatte, schaute nur noch resigniert mit den Augen rollend in den Himmel.

Sven ging neuerdings ständig ins Theater – meist allein, manchmal aber auch mit Susann. Hin und wieder kam sogar ich mit – aber nur, wenn es ein Stück »mit Substanz oder gesellschaftspolitischer Relevanz« war. Während Susann und ich uns hinterher über den Inhalt des Stückes ereiferten, redete Sven immer nur vom Bühnenbild. Und dann erklärte er uns eines Tages, dass er nach der Mittleren Reife abgehen wolle und sich um einen Ausbildungsplatz als Schreiner bemühen würde. Er wollte Bühnenbildner werden. Seine Mutter, sagte er, sei zwar nicht begeistert, dass er kein Abitur machen wolle, aber andererseits sei sie heimlich auch ganz happy – wie sie das Studium ihres Sohnes finanzieren sollte, hätte sie sowieso nicht gewusst. Das bisschen Geld, das Svens Vater nach wie vor jeden Monat überwies, würde dafür jedenfalls nicht reichen.

Bernhard wurde immer stiller. Er wohnte jetzt schon seit geraumer Zeit bei seiner Oma, die angeblich den ganzen Tag vor dem Fernseher saß, was damals – als es nur drei TV-Programme gab – eine noch frustrierendere Beschäftigung gewesen sein muss als heute. Manchmal, wenn wir alle uns verabredeten, kam er einfach nicht. Und wenn er dann das nächste Mal wieder auftauchte, hatte er keine Erklärung für sein Fernbleiben anzubieten und auch keine Entschuldigung, dass er uns vergeblich auf ihn hatte warten lassen.

Seine Mutter hatte sich scheinbar völlig vom Planeten Erde zurückgezogen. Ich meine, sie lebte noch. So halbwegs zumindest. Aber wenn man die Schnittmenge aller Gerüchte nahm, die in Farmsen-Berne über Bernhards Mutter kursierten, dann hatte ihr Gehirn nur noch die Konsistenz einer verschrumpelten Grützwurst. Sie hatte sich ins mentale Abseits gesoffen und sabberte jetzt, vermutlich für den Rest ihres Lebens, den Linoleumfußboden in der Psychiatrie voll.

* * *

Petra umklammerte Dilbert von hinten. Und obwohl sie wusste, dass er sich mit seinem Mofa manchmal absichtlich in besondere Schräglagen begab, damit sie ihren Griff verstärken und sich noch enger an ihn schmiegen musste, spielte sie mit. Scheiße, genau das wollte sie ja auch: sich eng an Dille schmiegen! Wenn sie auch nur einen logischen Grund nennen sollte, was sie an diesem Jungen fand, dann hätte sie passen müssen. Er war laut, selbstgefällig, ein Chauvi und Sprücheklopfer. Na ja, okay, er war auch gut aussehend und witzig. Und wenn man sah, wie er mit seinem Bruder umging, dann konnte man zumindest ahnen, dass etwa vierzig Zentimeter über seinem Schwanz auch ein Herz schlug.

Als sie bei Petras Haus angekommen waren, wollte Dille schon weiterfahren, als Petra ihn aufhielt. »Komm doch noch kurz mit rein«, sagte sie, »ich hab die neue Platte von Sweet.*«*

»Bei dir muss man Musik doch immer so leise hören, das bringt doch nix«, stöhnte Dille.

»Meine Eltern sind nicht da. Die sind bei meinem Onkel in Hannover«, sagte Petra – und irgendwie fand sie, dass das verschwörerischer klang, als es klingen sollte.

»Oh, mh. Okay«, sagte Dille und stieg von seinem Mofa.

Als sie in ihr Zimmer kamen, legte Petra die Platte auf und ging dann in die Küche, um einen Tee zu kochen. Dille blieb zurück und schaute durch Petras Plattensammlung. Respekt, dachte er, ziemlich viel Hard Rock für ein Mädchen! *Er schaute sich die Poster an den Wänden an – verschiedene Fantasy-*

102

Motive, einige davon kannte er als Plattencover von Yes – und öffnete, weil er nun mal kein dezenter Mensch war, ihre Schreibtischschublade. Darin lagen ein paar Filzstifte, lose Büroklammern, eine Rolle Tesa und zwei, drei Tampons. Dille schloss die Schublade schnell wieder. Wenn es etwas gibt, was fünfzehnjährige Jungen nicht sehen wollen, dann sind das Tampons!

Petra kam zurück, stellte das Tablett mit der Teekanne, den Tassen und dem Kandis auf den Fußboden und nickt in Richtung Plattenspieler: »Stark, oder?«

»Nicht schlecht«, sagte Dille.

Dann saßen sie eine Weile schweigend auf dem Boden, tranken Tee und taten so, als würden sie der Musik zuhören. Als sie beide gleichzeitig nach der Teekanne greifen wollten, berührten sich ihre Hände für eine Sekunde. Eine einzige Sekunde. Dann zog Dille seine schnell zurück, und Petra bekam durch die Hektik der Bewegungen einen kleinen Schreck, zuckte zusammen – und stieß die Kanne vom Stövchen. Der heiße Tee spritze ihr über Hose und Pulli, und sie schrie auf. »Scheiße!« Dann lief sie ins Badezimmer.

Dille hob die Kanne auf, stellte sie zurück auf das Tablett und tastete dann den Teppichboden ab, um zu sehen, ob auch der ein paar Spritzer abbekommen hatte. Er hatte. Und deshalb ging Dille, der es durch seinen Bruder gewohnt war, dass ständig Dinge umkippten und aufgewischt werden mussten, in die Küche, um einen Lappen zu holen. Als er zurückkam, hörte er durch den kleinen, offenen Spalt der Bade-

zimmertür ein leises Geräusch. Er blieb stehen und lauschte.

Weinte Petra?

Wegen eines bisschen umgekippten Tees?

Dille drückte die Badezimmertür vorsichtig ein kleines bisschen weiter auf und schielte hinein: Dort stand Petra, in ihrer Unterwäsche, und schluchzte leise. Einfach so. Kein großes Heulen, nur ein unglückliches Wimmern.

Dille wollte sich gerade zurück ins Zimmer schleichen, als Petra ihn bemerkte. Sie sah seinen neugierigen Blick im Spiegel, drehte sich rasch um und brüllte: »Was fällt dir ein, du Spanner!«

Dilbert stand da, bedröppelt, mit seinem Lappen in der Hand. »Ich, äh …«, stammelte er, während Petra ihn empört anfunkelte. Und dann – er wusste selbst nicht, was in ihn fuhr – sagte er leise: »Ich hab gar nicht gewusst, was für eine tolle Figur du hast.«

Petra riss ihre Arme hoch, verschränkte sie vor ihrer üppigen Brust, die sich durch den dünnen Stoff ihres Unterhemdes abzeichnete, und knallte mit dem Fuß die Tür zu.

Was bildet dieser Kerl sich ein, dachte sie wütend. So ein Arschloch! Natürlich wusste sie, dass sie sich diese Empörung nur selbst vorspielte – und dass nicht mal besonders gut. Eben noch hatte sie geweint, weil es ihr nicht gelang, Dille darauf aufmerksam zu machen, dass sie mehr war als bloß Petra, die Kumpelfrau. Und jetzt hatte er es bemerkt. Endlich. Aber was jetzt?

104

*Dille trottete derweilen ins Zimmer zurück und be-
gann den Teppichboden abzutupfen. Was hatte er
Idiot nun schon wieder angestellt?*

*Eine Minute später erschien Petra. Dille hörte, wie
sich die Tür hinter seinem Rücken öffnete, und er
wollte sich gerade umdrehen und sich entschuldigen,
als er eine Hand auf seinem Rücken spürte. Und die
blieb dort nicht liegen – sie wanderte höher und begann seinen Nacken zu streicheln. Und als er sich umdrehte, sah er, dass Petra immer noch nichts anderes
anhatte als ihre Unterwäsche. Sie nahm seinen Kopf
und küsste ihn. Ganz sanft, ganz anders, als man es
von Petra vermutet hätte. Vorsichtig. Zögernd. Und
ein wenig ängstlich. Es war immerhin der erste richtige Kuss ihres Lebens.*

Dille schloss die Augen. Das ist doch verrückt,
dachte er. Und küsste sie noch einmal. Und schön!

* * *

Wahnsinn! Wir waren völlig von den Socken: Petra
war schwanger! Ausgerechnet Petra! Und wer war
der Vater? Festhalten: *Dille!* So seltsam kann das Leben sein, dachten wir. Niemand von uns hatte Petra
überhaupt für ein vollwertiges weibliches Wesen gehalten. Dass sie überhaupt eine Gebärmutter hatte,
erschien uns als sensationelle Enthüllung. Und der al-
lergrößte Knaller war, dass Petra das Kind tatsächlich
bekommen wollte!

Wir saßen alle bei mir zu Hause, als sie es uns erzählte. Wir hockten auf dem Fußboden, tranken Cola und aßen Kartoffelchips. Petra vertilgte mindestens dreimal so viel wie wir. Sie wirkte energiegeladener denn je, und ihre Augen hatten so einen ganz neuen, seltsam milden Glanz. Sie war natürlich nicht begeistert über das, womit sie sich nun beschäftigen musste. Wir hatten sie – zum ersten Mal in unserem Leben – sogar kurz eine kleine Träne wegwischen sehen. Aber sie war weiß Gott auch nicht am Boden zerstört. »Ich habe das Gefühl, dass ich das kann«, erklärte sie uns mit fester Stimme. »Und es ist ja nicht so, dass ich irgendwelche großen Pläne hätte, die ich für dieses Kind aufgeben müsste.«

Natürlich war das nicht allein Petras Entscheidung; ihre Eltern hatten da schließlich auch ein Wörtchen mitzureden. Aber Petra meinte, deren Empörung hätte nur zehn Minuten gedauert, danach wären sie Sorge pur gewesen. Sie hätten sie in den Arm genommen und gestreichelt, und Petra habe sie großzügig gewähren lassen. Ein ganz klein bisschen, glaubte Petra, würden sie sich wohl sogar freuen. Ich konnte das verstehen: Wenn man fünfzehn Jahre lang glaubte, man würde die nächste deutsche Meisterin im Kickboxen großziehen, oder eine der talentiertesten Söldnerinnen, die die Fremdenlegion je gesehen hat, dann hat es sicherlich etwas Beruhigendes zu erfahren, dass man sich denn doch auf ein paar ganz konventionelle Jahre als Großeltern einstellen darf. Auch wenn man erst fünfunddreißig ist.

Dille hatten wir eine Woche lang nicht gesehen. Petra meinte, er denke nach. Sie habe ihm gesagt, wenn er kein Vater sein wolle, dann sei das okay. Sie wolle ihn ganz sicher nicht dabeihaben, wenn er es nicht aus Überzeugung tue. Ganz cool sollte es klingen, so wie sie es sagte. Doch wir wussten, dass sie innerlich fast platzte vor Angst, er könnte ihr großzügiges Angebot tatsächlich annehmen. Sie liebte diesen Kerl. Nicht wie fünfzehnjährige Mädchen sonst lieben, so halb gar und kitschverschmiert, sondern tatsächlich wie eine richtige Frau. Mit dem ganzen dazugehörigen Schmerz.

Wir anderen fanden das Ganze dagegen irgendwie unwirklich. Natürlich taten wir alle sehr reif und erwachsen und diskutierten es so, wie wir unsere Eltern immer über derlei gravierende Dinge diskutieren hörten. Wir spielten Erwachsensein. Wir inszenierten uns selbst in einem kleinen Kammerspiel. Aber ich weiß, dass nicht einer von uns wirklich die ganze Tragweite der Situation begriff. Und ich bin mir sicher, dass ich nicht der Einzige war, der dachte: *Wir sind doch selbst noch Kinder.* Und: *Das geht doch nicht.*

Sven und Susann, die ja sonst alle Kommunikation mit Petra eher kurz hielten, erkundigten sich ausgiebig nach ihrem Wohlbefinden. Susann wollte wissen, ob sie schon Morgenübelkeit habe und Sven, der Dödel, fragte, ob das Baby schon zappele. »Momentan«, sagte Petra und lächelte, »ist es ungefähr so groß wie eine Cashewnuss.«

»Und?«, hakte Sven allen Ernstes nach. »Zappelt es?«

Wir alle lachten laut auf. Ein befreiendes Lachen. Nur Bernhard, der die ganze Zeit nicht ein einziges Wort gesagt hatte, erhob sich in diesem Moment plötzlich und sah uns alle ernst an, ganz lang. Wir dachten, er wolle etwas sagen, und warteten. Doch Bernhard blieb stumm. Es war unübersehbar, dass gerade etwas ganz Großes, etwas unglaublich Wichtiges in seinem Kopf passierte. Mindestens eine Minute verharrten wir alle reglos. Es war unheimlich! Bernhard stand in der Mitte des Raumes, musterte uns alle, die wir auf dem Boden zu seinen Füßen saßen, mit ernsten, langen, durchdringenden Blicken. Einen nach dem anderen. Und dann, immer noch so furchtbar still, nahm er seine Jacke vom Sofa, legte sie sich über die Schulter und ging aus dem Zimmer.

Keiner von uns sagte ein Wort.

* * *

Es war kurz nach der Tagesschau, als es klingelte. Marek erhob sich aus dem Fernsehsessel, ging zur Tür und öffnete sie. Dort stand Dilbert. Ein Dilbert, wie ihn die Welt noch nicht gesehen hatte: Er hatte sich die Haare auf knappe Schulterlänge gestutzt, trug eine graue Stoffhose, ein Sakko und sogar eine Krawatte, deren Farben allerdings zu Hemd und Jacke so gut passten wie Marmelade zu einem Fischbrötchen. In der Hand hielt er einen Blumenstrauß.

Dilbert räusperte sich. Dann sagte er tapfer: »Herr

Hölters, ich möchte um die Hand Ihrer Tochter anhalten.«

Marek fiel die Kinnlade herunter. Ganz buchstäblich. Und dann, nach einer kurzen Schrecksekunde, lachte er auf. Er lachte so laut, so schallend, dass Dilbert schon dachte, der alte Herr sei durchgedreht und es wäre das Klügste, jetzt so schnell wie möglich Reißaus zu nehmen. Wer weiß, wozu solche alten Knacker fähig sind! Marek aber tat nichts, außer zu lachen. Er lachte, bis ihm die Tränen aus den Augen schossen und er vor Atemnot zu keuchen anfing. Angelika und Petra kamen aus dem Wohnzimmer, um zu sehen, was los war. Und während ihre Mutter nur irritiert dreinschaute, begriff Petra sofort, was hier vorging. Sie strahlte über das ganze Gesicht, kiekste richtig auf, rannte auf den verdattert dastehenden Dilbert zu und knuffte ihn mit solcher Wucht mit der Faust auf die Brust, dass er den Blumenstrauß fallen ließ und zwei unbeholfene Schritte zurück ins Treppenhaus stolperte. Dann fiel Petra ihm um den Hals und küsste ihn. Und wieder. Und wieder.

Marek, dessen Lachen zu einem erschöpften Schniefen geworden war, legte seiner Frau den Arm um die Schulter und betrachtete seine Tochter, die er noch nie so glücklich gesehen hatte. So offen. Er wusste, dass es alles nicht so leicht sein würde, wie es in diesem Moment schien. Aber es fühlte sich gut an. Es sah aus, als dürfte man hoffen.

* * *

Als Dille uns von dem eigenwilligen Verlauf seines Heiratsantrag erzählte, mussten auch wir lachen. Und wir fanden es sehr vernünftig von Petra, dass sie ihn nicht angenommen hatte. »Lass uns ein bisschen warten«, hatte sie gesagt, »der amtliche Teil hat Zeit.« Niemand sprach aus, dass eine Heirat in diesem Alter blanker Schwachsinn wäre und ganz abgesehen davon wahrscheinlich nicht mal legal. Wir alle taten so, als hätte Dille einen zwar unerwarteten, aber letztlich plausiblen Vorschlag gemacht, und als hätte Petra sehr reif und rational auf ihn reagiert. Wir wussten instinktiv, dass es psychologisch ziemlich ungeschickt wäre, ein werdendes Elternpaar darauf hinzuweisen, dass sie beide selbst noch relativ unfertige Menschen seien. Die zukünftige Mama und der angehende Papa waren nämlich auch so vermutlich schon nervös genug.

Aber sie waren auch erstaunlich organisiert – Dille hatte alles genau ausklamüsert: In zehn Wochen hätten Petra und er ihre mittlere Reife. Bereits vier Tage nach Schulschluss würde er seinen ersten Job anfangen. In jener Woche, in der wir alle ihn grübelnd zu Hause vermuteten, hatte er Petras und sein zukünftiges Leben organisiert – er hatte einen Ausbildungsvertrag zum Einzelhandelskaufmann bei der Supermarktkette *Bolle* unterschrieben. Er hatte mit seinen Eltern, die erst getobt, dann geseufzt und schließlich ganz pragmatisch ihre Hilfe angeboten hatten, eine kleine Eineinhalbzimmerwohnung am Berner Heerweg besichtigt. Wenn Petra sie mögen würde und ihre

Eltern mitspielten, könnten sie sie ab Januar, wenn beide sechzehn sein würden, mieten. Sie war billig – und sie lag, was Bedingung dafür war, dass sie allein zusammenleben durften, nur wenige Meter von Dilles Elternhaus entfernt. »Na ja, eigentlich ist es gar keine richtig eigene Wohnung«, gestand Dille. »Eher so eine Art bewohnbares Außenklo im Garten meiner Eltern.« Petra lachte und küsste ihn.

Dilberts Eltern würden den Mietvertrag unterschreiben, die beiden finanziell unterstützen, bis Dilles Ausbildung vorbei wäre und er genug eigenes Geld verdienen würde. Und natürlich würde Dilles Mutter öfter auf der Matte stehen, als es ihnen lieb sein dürfte. Auch Petras Eltern, stellte sich dann heraus, würden eine regelmäßige Summe überweisen und es sich nicht nehmen lassen, permanent und mindestens einmal täglich nach dem Rechten zu sehen.

»Das ist nicht *alleine leben*«, sagte Sven, »sondern offener Ehe-Vollzug. Und eure Eltern sind die Bewährungshelfer.«

Wir lachten.

Doch jedes Mal, wenn wir lachten, hatten wir ein schlechtes Gewissen. Denn seit einigen Tagen machten wir uns Sorgen: Bernhard war verschwunden! Spurlos.

Keiner von uns hatte ihn in den letzten fünf Tagen gesehen. Er war nicht zur Schule gekommen, und wenn man bei ihm zu Hause anrief, brabbelte seine Oma irgendwas, dass er jemanden besuchen würde. Zumindest habe er das auf einen Zettel geschrieben.

Ich glaube, die alte Dame war schon fest im Würge-
griff des Alzheimer und kapierte nicht mehr wirklich,
was es bedeutete, wenn ein 15-jähriger Junge einfach
nicht mehr da war.

Wir dagegen ahnten sehr wohl, dass Bernhard die
große Flatter gemacht hatte, und überlegten hin und
her, was zu tun sei. Wir hatten keine Ahnung, wo wir
auch nur zu suchen anfangen sollten. Und wir waren
uns gar nicht sicher, ob es wirklich gut wäre, wenn
man Bernhard fände. Was hatte er hier schon für ein
Leben? Vielleicht gab es da draußen etwas Besseres
für ihn? Wahrscheinlich war das genau seine Überle-
gung: Schlimmer kann's nicht werden.

Auf jeden Fall wussten wir jetzt, warum er uns an
jenem Tag – dem letzten, den er mit uns verbrachte –
so lange angestarrt hatte: Er wollte sich unsere Ge-
sichter merken. Er wollte sich an uns erinnern können.

1977

Im Mai 1977, eineinhalb Jahre nachdem Bernhard verschwunden war, kam ein erstes Lebenszeichen von ihm: eine Ansichtskarte. Er hatte sie an mich adressiert, und als ich sie sah, war ich so überrascht, wie ein Mensch es nur sein kann.

Die Karte zeigte einen Elefanten, der vor einem Tempel stand. In Bernhards unverwechselbarer Handschrift, die sehr klein, aber gestochen scharf war, stand darauf:

Hallo,
Ihr Kirschkernspucker!

Mich hat's nach Indien verschlagen! Ich helfe hier dem Roten Kreuz, die bauen eine Brücke über den Chambal und wollen einige der anliegenden Dörfer mit Trinkwasser und einem kleinen Krankenhaus versorgen. Es gibt so viel zu tun! Und ich fühle mich so gut wie noch nie. Indien ist eine andere Welt – kaum zu glauben, dass all das hier sich auf demselben Planeten wie Hamburg befindet ...

He, Petra – wie lebt es sich als Mutter? Ist Dille bei Dir? Ich wette, ja!

Ich denke oft an Euch!
Bernhard

Wir waren sprachlos. Indien?

Indien!

Wir begriffen plötzlich, dass die Grenzen um unser aller Leben nicht so eng gezogen waren, wie wir dachten. Wenn ein Junge wie Bernhard nach Indien kam – was hielt das Leben dann womöglich für uns bereit? Wir dachten bislang immer nur an kleine Schritte. Jetzt kapierten wir, dass man auch große Sprünge machen kann. Das war aufregend!

Und auch ein wenig beängstigend.

Wenn ich ›große Sprünge‹ sage, dann meine ich natürlich nur Sven, Susann und mich: Dilberts und Petras Bewegungsradius betrug für die nächsten Jahre nur dreißig Meter. »Weiter sollte man sich als verantwortungsbewusstes Elternpaar nicht von seinem Kind entfernen!«, erklärte uns Dille eines Abend mit ernstem Gesicht. Die beiden hatten einen Sohn bekommen, einen gesunden, kleinen Brocken. Und die Diskussion, wie der Knirps heißen sollte, führte zum ersten Beziehungskrach der beiden.

»Ich verstehe überhaupt nicht, was du gegen Rocky hast? Das ist doch ein super Name«, nörgelte Dilbert.

»Ich nenne mein Kind nicht nach einem Boxer mit

Dackelblick! Außerdem war der Film Scheiße«, motzte Petra.

Zwei Tage war der Junge schon alt, und noch immer konnten sie sich nicht einigen! Petras Bettnachbarin im Krankenhaus verließ immer sofort das Zimmer, wenn Dilbert auftauchte. Sie hatte schließlich gerade ein Kind bekommen und wollte sich die Illusion bewahren, dass sie es in eine friedliche Welt hineingeboren hätte.

Petras Vorschlag, ihren Sohn Fabian zu nennen, blockte Dille mit aller Macht ab: »Das ist ein Schmierlappen-Name! Das ist ein Weibername, den es zufällig in die Jungsnamen-Schublade verschlagen hat! Weich und glibberig klingt der!«

»Mein Kind wird nicht *Rocky Hölters* heißen«, betonte Petra noch mal, »mit so einem Scheißnamen kann er ja später gar nichts anderes werden als Mittelstürmer oder Zuhälter!«

Sie stritten sich sechs Tage. Und am Morgen des siebten und letztmöglichen Tages, bevor irgendein Beamter dem kleinen Knilch einen Zwangsnamen wie Heinrich oder Waldemar gegeben hätte, dackelte Petra zum Standesamt und ließ den großen, zähneknirschend geschlossenen Kompromiss in die Geburtsurkunde eintragen: *Jan Fabian Rocky Hölters*. Natürlich nannten wir den Kleinen immer nur Jan – das war ganz klar der einzige Weg, um es sich weder mit der Mutter noch mit dem Vater zu verscherzen.

Abgesehen von dieser und vierhundert anderen Kabbeleien lief es aber gar nicht schlecht mit dem jungen Paar. Petra, die irgendwann während der Schwangerschaft zwangsläufig angefangen hatte, Röcke und Kleider zu tragen und damit auch nach der Geburt erstaunlicherweise nicht aufhörte, hatte zwar immer noch das Temperament und die Manieren eines Müllkutschers, ging aber eines Tages zu unser aller Überraschung zum Friseur und ließ den Pumuckl-Mopp auf ihrem Kopf töten. Stattdessen überraschte sie uns mit einer Föhnfrisur, die sie wie eine kurz- und rothaarige Vorort-Version von Farrah Fawcett Majors – einem der *Drei Engel für Charlie* – aussehen ließ. Und manchmal schminkte sie sich sogar ein bisschen. Es war ein ungewohnter Anblick – aber wir alle fanden, dass es eine positive Veränderung sei: Denn erstens hatte der kleine Jan nun keine Probleme mehr herauszufinden, wer von den beiden Riesen, die sich über seine Wiege beugten, nun eigentlich die Mama war. Und zweitens zementierte der neue Look eine erstaunliche Erkenntnis: Petra war ein verflucht hübsches Mädchen!

Das fand auch Dille, der sichtlich stolz mit seiner schönen Frau den Kinderwagen um den Block schob. Dille ging brav zur Arbeit und räumte bei *Bolle* Regale ein, saß an der Kasse, machte nicht einen einzigen Tag blau und amüsierte die Kundschaft – vorwiegend deren weiblichen Teil – mit allerlei Witzchen. Wenn wir Kirschkernspucker bei ihm vorbeischauten und etwas einkauften, dann ›vergaß‹ er meistens, den einen oder anderen Artikel in die Kasse einzutippen. Und er, der jahrelang gertenschlanke Vorstadtcasanova, der einen Waschbrettbauch hatte, bevor wir überhaupt wussten, was das war, bekam – eine kleine runde Plauze! »Die kriegen Familienväter nun mal«, grinste Dille. »Da kann man gar nichts gegen machen.«

»Quatsch! Das kommt, weil er nicht mehr allen möglichen Mädchen hinterher rennt«, behauptete Petra. »*Das* war doch die einzige Art von Sport, die Dille je betrieben hat.«

»Woher willst du wissen, dass ich damit aufgehört habe?«, grinste Dille. Petra lachte nicht. Sven und ich warfen uns einen bedeutungsschwangeren Blick zu und suchten schnell das Weite.

* * *

Es war passiert! Im Kino! Seit das Roxy *geschlossen hatte, weil sein altersschwacher Besitzer in den längst überfälligen Ruhestand gegangen war, ging Sven jetzt manchmal mit Susann und Piet ins* Magazin*, ein kleines Kino in der Nähe des Stadtparks. Und bei einem dieser Ausflüge in die Welt des Films hatte Sven die endgültige Erkenntnis gewonnen, dass etwas mit ihm nicht stimmte.*

Er hatte natürlich schon längst bemerkt, dass er viele Dinge anders fühlte als seine Freunde. Er hatte sich nur kurz, und dann auch nur aus streng analytischen Gründen, für Dilles Mädchengeschichten interessiert. Und der Anblick weiblicher Brüste, der seine Kumpel offenbar völlig kirre machte und in sabbernde

Idioten verwandelte, erschien Sven nach wie vor banal. Gut, die sahen schon okay aus, aber letztendlich: Was sollte das ganze Theater um die Titten?

Eine Zeit lang dachte Sven, er sei ein Spätzünder, das Interesse an Mädchen würde schon noch kommen. Jeder anderen denkbaren Erklärung verbot er den Zutritt zu seinem Gehirn. Doch an diesem Tag im Kino konnte er sich selbst nicht mehr belügen. Sie sahen sich den nagelneuen Kinohit Krieg der Sterne *an. Und während alle Leute im Kino voll auf die Action abfuhren, die Raumschiffe bestaunten und bei den Laserschwert-Duellen gespannt die Luft anhielten, hatte Sven nur Augen für Luke Skywalker! Wow, war der Kerl ...*

... ja, was nun eigentlich?

Süß?

Ja. Süß.

Und ehe sich Sven versah, ohne dass er etwas dagegen tun konnte, hatte er eine Erektion.

Oh, Gott!

1978

Falls es irgendjemanden interessiert: Ja, es tut weh, sich eine Sicherheitsnadel durch die Wange zu stechen! Ich weiß das mit Bestimmtheit, denn ich habe es getan. Drei Jahre lang hatte ich demonstriert, Petitionen unterschrieben, mich von der Polizei hetzen, prügeln und mit Wasser bespritzen lassen. Ich hatte die eine oder andere Scheibe eingeschmissen, einen Bauzaun in Brockdorf, einen anderen an der Startbahn West mit eingerissen und so manche Wand mit der Aufforderung besprüht, man möge den Widerstandskämpfern in Nicaragua endlich ein paar Waffen schicken.

Und hat es was gebracht?

Nix! Nada! Njente!

Die Welt war eklig wie eh und je. Trotz dreijähriger intensivster Bemühungen meinerseits waren wir vom Weltfrieden, vom globalen Sozialismus, ja sogar von der Zerschlagung der Atomindustrie genauso weit entfernt wie vorher. Also zog ich die Konsequenz: Ich rasierte mir einen Irokesenschnitt, den ich dann schwarz und gelb einfärbte, ich erstand auf dem Flohmarkt eine zerschlissene Lederjacke, auf die ich ein *A* mit einem Kreis darum pinselte, ich kaufte mir Platten der *Sex Pistols*, von *Clash*, den *UK Subs* und den *Ramones*. Und, wie gesagt: Ich zog mir eine Sicherheitsnadel durch die Wange.

Es war ein logischer Schritt: Entweder kapitulierte ich, gab die Rettung der Welt auf und wurde einer dieser furzöden Spießer, über die ich in den letzten Jahren so oft und hingebungsvoll hergezogen war – oder ich erhob mich auf die nächste Stufe der Verweigerung und Coolness: Ich war jetzt ein Punk, lebte nach der simplen Devise *Scheiß drauf!* und war fest überzeugt, mit dreißig eine Leiche zu sein. Die zwölf Jahre bis dahin wollte ich ohne Rücksicht auf Konventionen und Vernunft genießen.

Ich war ein Bürgerschreck!

Ich war die Fleisch gewordene Anarchie!

Und deshalb fand ich es ziemlich schockierend, dass Susann einen Lachkrampf bekam, als sie mich das erste Mal in meinem neuen Outfit sah!

Rückblickend weiß ich natürlich, dass ich als Möchtegern-Untergrundmacho ein ziemlich albernes Bild abgegeben haben muss, aber ich lege Wert auf die Feststellung, dass nicht nur ich wie ein Depp herumrannte. Wegen Susann hätte die *Fashion Police* sogar eine Sonderkommission gründen können.

Susann war ein Hippie. Sie rannte mit bunten Wallekleidern herum, blieb bis zum Spätherbst barfuß, trug statt Schuhen nur ein kleines silbernes Fußkettchen mit einem ominösen Symbol aus der indischen

Mythologie, dessen Bedeutung sie selbst nicht plausibel erklären konnte. Sie behängte sich mit achtstöckigen Ohrringen, in die kunstvoll bunte Federn und glitzernde Strassperlen eingearbeitet waren und die bei jedem Schritt klingelten, als wäre Susann ein Tambourmajor und führe einen unsichtbaren Spielmannszug an. Und um ihr langes Haar hatte sie meist ein dünnes, blaugrünes Tuch gebunden. Es war echt *too much*!

Was sie aber wirklich drauf hatte, war der geschickte Umgang mit asiatischen Duftölen. Ihr bevorzugter Duft war Amber, wenn ich mich richtig erinnere. Mmmmh! Sie trug dieses Konzentrat, mit denen ich ein paar Jahre zuvor noch kriminell großzügig umzugehen pflegte, in der exakt richtigen Dosis auf. *Wow*, hat diese Frau gut gerochen!

Ja, ich gebe es zu: So richtig war meine Faszination für Susann nie verschwunden. Seit dem legendären Baumhaus-Kuss umtänzelten wir uns unauffällig, und selbst nach Susanns ebenfalls legendären Ausbruch im Kino knisterte noch so etwas wie eine vage Ahnung von Spannung zwischen uns. Aber sie führte zu nichts. Wie sollte sie auch? Susann und ich waren so unterschiedlich wie zwei Menschen überhaupt nur sein können.

Ich war drei Wochen nach meinem achtzehnten Geburtstag ausgezogen. Nicht, dass ich ernsthafte Probleme mit meinen Eltern hatte, aber als *Autonomer*, wie ich mich mittlerweile schimpfte, musste ich nach allen Gesetzen der Logik auch autonom leben. Na ja, *fast* autonom: Ich zog in eine WG unten am Hafen. Direkt am Fischmarkt, wo es ziemlich nach totem Meeresgetier stank, aber dafür auch die Miete billig war. Ich hatte bei einem Konzert der damals in meinen Kreisen schwer angesagten Band *Big Balls and the great white Idiot* einen Typen namens Narc kennen gelernt. So nannte er sich zumindest selbst: Narc – als Kurzform von *Narcotic Officer*. Wir kamen am Tresen ins Gespräch: »Wo wohnste?«

»Such noch was Geiles.«

»Bei uns inne WG is noch 'n Zimmer leer.«

Noch in derselben Nacht schaute ich mir das Zimmer an, begrüßte Narcs Mitbewohner Det und Smash (ja, so nannten sie sich wirklich), die in der Küche saßen und sich stritten, wer zur Tankstellen gehen und neue Bierdosen holen müsse, und zog zwei Tage später ein.

Wir wohnten nur zusammen, gingen ansonsten, von gelegentlichen gemeinsamen Touren durchs Nachtleben mal abgesehen, aber ziemlich eigene Wege – denn während ich zwar mittlerweile gern mal an einer Wasserpfeife nuckelte oder auch mal zwei bis fünf Bier mehr trank, als gut für mich waren, schienen diese Jungs jeden Rekord in Sachen Hirnzellentötung brechen zu wollen. Sie kifften, koksten und soffen – und wenn sie ihre Eltern besuchten, dann vorwiegend, um Mama ein paar Schlaftabletten aus der Schublade zu klauen. Ich dagegen freute mich aufrichtig, wenn meine Mutti bei meinen Besuchen ihren einmaligen Schweinebraten mit Zwiebelsoße servierte – auch wenn ich das natürlich nicht zugab.

Meine Eltern hegten die Hoffnung, dass ich mich in einer ›Phase‹ befände und irgendwann zur Besinnung käme. Was blieb ihnen auch anderes übrig?

»Du könntest aus deiner WG aus- und in eine Geisterbahn einziehen«, schlug mein Vater zum Beispiel einmal grinsend vor und zupfte dabei an meiner dreifarbig getünchten Irokesenbürste. »Da bräuchtest du nicht mal Miete zahlen. Herrgott, die *gäben* dir sogar Geld, du wärst das gruseligste Ausstellungsstück!«

»Ermutige ihn nur«, zischte meine Mutter. »Das ist es doch, was er will! Provozieren! Er will nur provozieren!«

Ich grinste. Weil es ja offenkundig auch so gut klappte mit dem Provozieren.

»Ach komm schon!«, beschwichtigte mein Vater meine Mutter. »Du kennst Piet doch. Er ist zu smart, um völlig durchzudrehen.«

»Hmpf«, grunzte meiner Mutter. »Wenn *er* nicht durchdreht, tue *ich* es bald!« Aber dann lachte sie doch.

»Was macht eigentlich Sven?«, erkundigte sich mein Vater. »Ihr habt doch noch Kontakt?«

»Tatsächlich haben wir uns seit letzter Woche, als du mich das letzte Mal gefragt hast, nicht aus den Augen verloren«, musste ich über die ewig gleiche Frage meines Vaters lachen. Jede Woche das gleiche Spiel – aber ich spielte es gerne mit, da ich schließlich wusste, dass Sven meinem Vater – und mein Vater Sven – einiges bedeutete.

»Hat er endlich eine Freundin?«, mischte sich meine Mutter ein, deren Feingefühl in den letzten Jahren nicht zugenommen hatte.

»Nun lass ihn doch erst einmal erzählen!«, versuchte mein Vater sich einzumischen.

»Wieso? *Ihn* darf ich ja nicht fragen, deinen Herrn Sohn, also interessiere ich mich zwangsläufig für seine Freunde.«

Mein Beziehungsstand hatte seit Petras und Dilles Elternschaft noch mehr an Interesse für meine Mutter gewonnen. »Heinz«, rief sie oft in gespielter Verzweiflung, »wer weiß, wie vielfache Großeltern wir schon sind!« – nur um mich später immer zur Seite zu nehmen, mir einen ziemlich unangenehmen, fetten Kuss aufzudrücken und zu mahnen: »Piet, du passt auf dich auf, ja? Mach deine Erfahrungen, aber mach sie so, dass Papa und ich davon nichts mitbekommen müssen. Aber was rede ich. Du bist sowieso zu intelligent, um dir freiwillig deine Zukunft so früh zu verbauen.«

So heftig, wie ich die Zuneigungsbekundungen meiner Mutter damals abwehrte, so unsicher war ich auch, was die Sache mit meiner angeblichen Intelligenz anging. Immerhin: Im Gegensatz zu meinen Mitbewohnern schien ich noch einen Rest von Vernunft zu besitzen. Als Narc zum Beispiel einmal beschloss, die Wände des Badezimmers (in dem wir anderen gerade vollkommen betrunken in der lauwarmen und halb vollen Wanne hockten) zu ›streichen‹, benutzte er

124

dafür vier Sprühdosen, drei schwarze und eine pink-
farbene. »Ich heb ab, davon wirste ja echt high!«,
freute sich Det, der neben mir saß. Und auch Narc und
Smash atmeten unverzüglich so tief ein, wie es nur
ging. Ich war es, der die glorreiche Idee hatte, das
Fenster zu öffnen; ohne diesen Geistesblitz wären wir
wohl alle qualvoll erstickt.

Verglichen mit den anderen Kirschkernspuckern
war ich aber natürlich ein echter Chaot. Susann war,
wie gesagt, auf dem Hippie-Trip. Der bestand allerdings nicht einmal ansatzweise darin, dass sie den
bürgerlichen Konventionen abschwor, sondern bloß
darin, dass sie einfach dieses plüschig-bunte Design
mochte, dass sie die Pling-Pling-Musik von *Gong* und
Ravi Shankar liebte, Jasmintee trank, *Illuminatus* und
Die unendliche Geschichte las und ernsthaft glaubte,
dass Patentrezept gegen den globalen Wahnsinn be-
stünde darin, dass sich alle Menschen einfach permanent knuddeln und herzen sollten. Ehrlich: Sie war
so brav, wie man nur sein konnte, schickte sich an, ein
1-Komma-X-Abitur zu machen (ein Vorsatz, den ich
schon vor geraumer Zeit dem wesentlich pragmati-
scheren: »überhaupt Abitur machen« untergeordnet
hatte) und glaubte entgegen aller Hippie-Ideale nicht
an die freie Liebe, sondern an die dogmatische Zwei-
erkiste.

Während ich den alten Spruch *Wer zweimal mit
derselben pennt, gehört schon zum Establishment!*
beherzigte und das oberflächlichste, besinnungslo-
seste und sprunghafteste Liebesjahr meines Lebens

125

absolvierte, hatte sich Susann einen festen Freund zugelegt. Ein halbes Jahr war sie schon mit ihm zusammen! Ich habe seinen Namen vergessen, aber er war ein so sensationell öder Typ, dass wir alle (außer Susann natürlich) ihn nur ›der Furz‹ nannten.

Der Furz absolvierte gerade seine Bundeswehr-Grundausbildung, wollte danach BWL studieren und wohnte an den Wochenenden in einer Dachwohnung im Haus seiner Eltern. Wenn er irgendeine Charaktereigenschaft besessen haben sollte, hatte er sie sehr gut versteckt. Zwei-, dreimal hatte Susann den Furz am Wochenende mitgebracht, wenn wir Kirschkernspucker etwas Gemeinsames unternahmen – aber da niemand ein Thema fand, das man mit ihm bereden konnte, stand er immer nur wie ein Schluck Wasser neben uns und verzichtete dann irgendwann dankenswerterweise auf unsere Gesellschaft.

Allzu oft kam es ohnehin nicht mehr vor, dass wir Kirschkernspucker in voller Mannschaftsstärke zusammentrafen. Dille und Petra waren voll in ihrer Familienrolle aufgegangen und nahmen das Angebot ihrer Eltern, den kleinen Jan zu babysitten, erstaunlicherweise nur selten an. Wir alle waren ein wenig auseinander gedriftet, aber keines der Bande war wirklich gerissen. Wir hatten einander schon zu viel anvertraut, als dass wir uns aufgeben wollten. Vielleicht ahnten wir auch, dass in ein paar Jahren all die Lebensexperimente vorbei sein würden, dass aus Punks, Hippies und all diesen Stereotypen wieder ganz normale Menschen werden würden. Und wenn wir dann alle mehr oder weniger unseren Platz im Leben gefunden haben würden, dann könnten wir uns wieder näher sein. Und deshalb trafen wir bis dahin – selten aber regelmäßig – immer mal wieder zusammen.

Ich erinnere mich, dass wir einmal alle in die *Rocky Horror Picture Show* gingen und uns dabei gut amüsierten, dass wir eines Abends im Stadtpark ein Lagerfeuer machen wollten und von der Polizei verjagt wurden und dass wir uns an den wirklich heißen Tagen im Farmsener Freibad auf die Wiese legten. Dille und Petra nahmen ihren Knirps dann einfach mit. Und ich weiß noch, dass Susann mich immer besorgt anschaute, wenn ich bei diesen Gelegenheiten ein Dosenbier trank, mir einen Joint drehte oder sonst irgendetwas tat, was ihr Furz nie tun würde. Es waren ernste, tiefe Blicke. Erstaunlich, aber wahr: Susann war es wirklich wichtig, was aus mir werden würde.

Was aus Sven werden sollte, war allerdings eine noch interessantere Frage. Der hatte tatsächlich eine Tischlerlehre begonnen, behauptete, dass es ihm wirklich Spaß mache, und gab sich alle Mühe, locker zu wirken. Aber selbst ich, der damals das Feingefühl einer Planierraupe besaß, spürte, dass Sven etwas bedrückte. Er war so still wie noch nie. Wir erfuhren so gut wie nichts mehr aus seinem Leben.

Sven hatte keine Freundin. Soweit ich das einschätzen konnte, war er tatsächlich im Alter von achtzehn Jahren noch Jungfrau. Doch während man diese Tatsache vielleicht noch unter den Rubriken ›schüchtern‹ oder ›Spätzünder‹ ablegen konnte, irritierten uns andere Dinge so richtig: Sven hatte sich bislang elfmal *Saturday Night Fever* angeschaut und trug neuerdings diese furchterregenden Polyesterhemden mit den spitzen, langen Kragen, die an John Travolta nur zweifelhaft, an Sven allerdings exorbitant affig aussahen. Svens Lieblingsplatte war *Evita* – und er summte ständig *Don't cry for me Argentina*.

»Fällt einem dazu noch etwas ein?«, fragte ich Dille mal, doch der war viel zu sehr damit beschäftigt, dem kleinen Jan ein halbes Pfund Apfelmus vom Mund, aus den Haaren und vom Pulli abzuwischen.

Heiligabend verbrachte ich bei meinen Eltern. Das war zwar uncool, aber es gab Geschenke und leckeres Fondue, und auch wenn man mich mit glühenden Eisen hätte foltern müssen, damit ich es eingestehe: Ich mochte diese plüschige Familienweihnacht! Es war kuschelig! Da saß ich also mit meinen bunt gefärbten Zottelhaaren, meinen insgesamt sieben Ohrringen, meinen mit Kajalstrich umrandeten Augen und einer schwarz-orange gestreiften, völlig durchlöcherten Hose – und grinste, wenn mein Papa die Schallplatte auflegte, auf der die *Kastelruther Spatzen* ein Medley der schönsten Festtagsmelodien sangen.

Wir waren bereits beim Nachtisch angelangt, als meine Mutter plötzlich aufsprang und sich an den Kopf schlug: »Das hätte ich ja fast vergessen!«

»Was?«, fragte ich.

Statt einer Antwort lief meine Mutter in den Flur, wühlte in der Schublade des Telefontischchens und kam mit einem Brief zurück. Ein blauer Luftpostumschlag.

»Der ist für dich. Der ist schon letzte Woche angekommen!«, sagte sie und drehte ihn respektvoll hin und her. »Aus Brasilien!«

Brasilien?

Ich nahm den Brief, musterte ihn kurz und erkannte die Handschrift auf dem Umschlag: Es war Bernhards! Bernhard in Brasilien? Hastig riss ich das Kuvert auf und las:

Hallo, Kirschkernspucker!

So viele Straßen, die man noch abfahren kann! Indien war grandios, ich habe Dinge gesehen, die ich nicht zu träumen wagte! Aber im letzten Monat lief das Rote-Kreuz-Projekt aus, drei Brunnen und ein kleines Krankenhaus (na ja, eigentlich eine Wellblechhütte mit vier Betten) waren fertig. Es gab nichts mehr zu tun. Das heißt, es gäbe schon noch mehr als genug, was man für die Menschen dort tun könnte, aber das gesamte Team reiste ab, und mein Hindi ist zu schlecht, um in Indien alleine weiterleben zu können.

Zurück nach Hamburg kam natürlich nicht in Frage. Das ist, als hätte man Champagner gekostet und würde dann freiwillig zu Billigwein zurückkehren. Das Leben, das ich in den letzten paar Monaten in Indien geführt hatte, war so befriedigend, so aufregend und wahrhaftig, dass ich

129

nicht mehr in den grauen, banalen Trott zurückkehren kann.

Ich weiß jetzt, dass man Dinge bewegen kann.

Ich weiß jetzt, wie glücklich man wird, wenn man etwas erschafft.

Und ich weiß jetzt, wie viel Dinge es zu entdecken gilt.

Vom Roten Kreuz gab es für meine Arbeit kein Geld, wohl aber eine »Aufwandsentschädigung«. Die reichte für ein Flugticket nach Brasilien. Wieso Brasilien?

Wusstet Ihr, dass hier jeden Tag eine Waldfläche in der Größe eines Fußbaldfeldes gerodet wird? Es klingt unglaublich, aber Wissenschaftler sagen, dieser Raubbau an der Natur würde irgendwann katastrophale Folgen haben: Das Klima wird beeinflusst, Stürme werden entstehen, das ewige Eis an den Polen könnte schmelzen. Klingt wie Science-Fiction, ich weiß. Aber ich glaube es.

In Brasilien ist eine Umweltschutzgruppe namens »Greenpeace« aktiv, um die Rodung der Wälder zu stoppen. Ich sitze momentan noch in Rio, werde aber nächste Woche in deren Camp in den Regenwald aufbrechen und tun, was ich tun kann.

Ich hoffe, Euch allen geht es gut. Ihr seid das Einzige, was mir von meinem beschissenen früheren Leben fehlt. Ich *bin so froh, dass ich den Absprung geschafft habe. Ich wünschte, ich hätte ein paar Fotos von Euch.*

Macht's gut!
Bernhard

Ich hätte Bernhard gern Fotos geschickt, aber er hatte keinen Absender angegeben. Der Brief war in Rio de Janeiro abgestempelt, und ich vermutete, dass im Herzen des Regenwaldes keine Postboten unterwegs waren.

* * *

»Sie nennen mich DER FURZ!«, nörgelte Matthias und räumte weitere Bücher aus der Kiste ins Regal. Er sortierte sie alphabetisch.

»Das ist doch nur ihre Art von Humor«, sagte Susann, »das muss man nicht so ernst nehmen. Und ganz abgesehen davon: Hast du denn überhaupt mal ernsthaft versucht, mit ihnen auszukommen?«

»Ich renne zumindest nicht herum und gebe ihnen beleidigende Spitznamen!«

»Das könnten sie schon ab«, lächelte Susann. »Im Ernst: Sie wirken vielleicht etwas unnahbar, aber sie sind alle echt dufte Typen!«

Matthias rümpfte die Nase: »Dufte Typen, mh? Also: Wir haben da ein fast noch minderjähriges Elternpaar, bei dem der Vater ständig dumme, sexistische Witze macht und die Mutter die Angewohnheit hat, ihren Freund zu schlagen ...«

»Die albern doch nur herum ...«

»Wir haben einen Typen, der einfach alles zum Kotzen findet, Drogen raucht und sich die Augen schminkt ...«

»Piet ist ...«

»Ja, ja ... Piet, Piet ...«, nölte Matthias. »Gegen den darf ja sowieso niemand etwas sagen. Der ist ja heilig. Wenn ich's nicht besser wüsste, würde ich sagen, du wärst verknallt in ihn!«

Susann riss den Mund auf, wollte mit größtmöglicher Vehemenz protestieren, doch ehe sie das perfekte Widerwort fand, war Matthias bereits beim nächsten Kirschkernspucker angekommen.

»Und«, redete sich Matthias langsam in Rage, »dann ist da noch die kleine Tunte, die ...«

»Was sagst du?«, zischte Susann.

»Na, dieser Sven. Der ist doch schwul, oder?«

Susann sah Matthias nur an, mit einem Blick, der Löcher in Steine brennen könnte.

»Ich ...«

Matthias wurde nervös. Susann starrte ihn weiterhin nur durchdringend an, die Augen zu kleinen Schlitzen verengt, und Matthias war klug genug, um zu wissen, dass jedes falsche Wort ab sofort katastrophale Folgen hätte.

»Hör mal«, sagte er in einem, wie er hoffte, einlenkenden Tonfall. »Ich habe mich doch nicht in deine Freunde verliebt, sondern in dich! Du ...«

»Warum?«, fragte Susann.

»Wie, warum?« Matthias sah sie verwirrt an.

132

»Warum hast du dich in mich verliebt?«, fragte Susann – und ihre Stimme ließ keinen Zweifel daran,
dass Floskeln und Ausflüchte an ihr abprallen und
zerbröselt zu Boden fallen würden.

»Ich … du …«

»Glaubst du wirklich, ich passe in deine alphabetisch sortierte Welt? Glaubst du, ich will einen Typen,
der andere Menschen schon nach dem ersten Eindruck abkanzelt, der alles und jeden nur kurz mus-
tert, abhakt und in eine Schublade steckt? Das kannst
du doch nicht ernsthaft glauben, oder?«

Matthias stammelte. »Warum streiten wir uns
denn überhaupt? Ich … ich meine, ich liebe dich. Das
ist es doch, was zählt … Wir … das andere sind, ich
meine, das sind doch nur deine Freunde, das ist doch
nicht so wichtig. Ich …«

Susann sah ihn eisig an. »Nicht wichtig?«, murmelte sie, erhob sich und ging aus dem Zimmer, erha-
ben und leise mit den Ohrringen klingelnd. »Nicht
wichtig?«

»Susann ….«, rief Matthias und wollte ihr hinter-
hergehen. Doch er blieb kapitulierend stehen, als er
sie aus dem Flur sagen hörte: »Weißt du, sie haben
Recht. Du BIST ein Furz!«

* * *

Ich glaube, es war eine Botschaft. Ein Zeichen. Ein
Omen. Zumindest glaubte ich das damals, denn ich
hatte gerade eine Pfeife grünen Libanesen geraucht

und war deshalb ziemlich anfällig für okkulte Gedankengänge. Aber noch heute finde ich, dass es zumindest ein extrem erstaunlicher Zufall war.

Ich saß in meinem WG-Zimmer und las Bernhards Brief. Wieder einmal. Mindestens einmal pro Woche nahm ich ihn zur Hand. Und immer blieb ich an der Stelle kleben, in der der glückliche Bernhard schwärmte, wie viel es zu tun, zu entdecken, zu erschaffen gab. Manchmal hatte ich den Eindruck, diese Worte waren ganz speziell an mich gerichtet. Eine punktgenaue Botschaft. Denn seit ich vor acht Wochen mein Abitur abgeliefert hatte, das zur Freude meiner Eltern und meiner eigenen großen Überraschung einen gar nicht so üblen Schnitt hatte, saß ich bevorzugt in meinem Zimmer oder an irgendwelchen schmuddeligen Tresen herum und frönte dem großen Garnichts.

Es war acht Uhr morgens. In unserer Wohnung lagen überall schlafende, knurrende und murmelnde Leute herum, denn wir hatten eine Party gehabt. Eine dieser exzessiven Sausen, wegen deren unsere Nachbarn ernsthaft an einen Umzug in ein ruhigeres Stadtviertel nachdachten. Eine dieser Drogen- und Alk-Spektakel, zu denen ich meine Kirschkernspucker-Freunde niemals eingeladen hätte.

Ich war nicht müde. Ich saß da, las wieder und wieder den Brief. Unten vor dem Haus hatte der Fischmarkt begonnen. Abertausende von Menschen drängelten sich an unserem Haus vorbei, um Obst, Pflanzen oder Kitsch jeder Art zu erstehen.

Und dann kam Narc herein. Narcs Augen sahen aus

wie zwei Rubine – knallrot. Ich habe bis heute keine Ahnung, was genau Narc sich im Laufe der Nacht alles eingeworfen hatte, aber ich bin mir sicher, dass es weitaus drastischere Substanzen als Alkohol oder Cannabis waren. Er experimentierte damals ziemlich viel mit LSD herum. Narc summte eine Melodie, nichts, was man erkennen konnte, bloß eine stupide Abfolge von Tönen. Er öffnete das Fenster, was mir sehr recht war, denn als ob der Zigaretten- und Bierdunst in meinem Zimmer noch nicht schlimm genug gewesen wäre, hatte der mir unbekannte Typ, der sich auf dem Flokati vor meiner Matratze zusammengerollt hatte, im Schlaf zu furzen begonnen.

»Hi, Narc!«, sagte ich. »Gute Idee.«

»Gute Idee?«, brummte Narc fragend, drehte sich zu mir um, sah mich an, ohne mich wirklich zu sehen.

»He, alles okay, Alter?«, fragte ich pflichtbewusst, aber nicht ernsthaft besorgt. Dafür hatte ich ihn einfach schon zu oft so weggetreten gesehen.

»Gute Idee?«, fragte Narc noch einmal.

»Ja, klar«, sagte ich und deutete auf das offene Fenster. »Gute Idee.«

»Gute Idee …«, wiederholte Narc, kletterte auf das Fensterbrett – und sprang mit einem Satz hinaus!

Scheiße!

Ich sprang hektisch auf, stolperte dabei über den furzenden Schläfer zu meinen Füßen, hastete mit schmerzendem Fuß zum Fenster und lehnte mich so weit wie möglich hinaus.

Narc war mit dem Kopf in einer Kiste Orangen gelandet, seine Füße waren auf die Schulter einer Marktfrau gekracht, die wir danach für Wochen mit einer Halskrause herumrennen sahen. Zwei Touristen aus dem Schwäbischen wurden durch die herumfliegenden Teile des einstürzenden Verkaufsstandes leicht verletzt. »Doch keine gute Idee …«, murmelte Narc noch, als er zwischen zerquetschten Südfrüchten und zersplittertem Holz lag, kurz bevor er die Besinnung verlor.

Narc hatte Glück im Unglück: Der Marktstand hatte seinen Fall aufgehalten und die Aufprallgeschwindigkeit deutlich vermindert. Er brach sich das linke Schlüsselbein, hatte einen Trümmerbruch im Oberschenkel, diverse Prellungen und Abschürfungen sowie eine schwere Gehirnerschütterung. Nichts, was nicht ausheilte.

Der Satz, den ich zuletzt in Bernhards Brief gelesen hatte, bevor Narc sich zu seiner Flugübung entschloss, war dieser: *Ich bin so froh, dass ich den Absprung geschafft habe!*

Bernhard war abertausende von Kilometern entfernt, ich hatte ihn seit über drei Jahren nicht mehr gesehen. Aber in diesem Moment kam es mir so vor, als wäre er der engste Freund, den ich je hatte. Ein Freund, der mir etwas Wichtiges mitzuteilen hatte.

Zwei Wochen später fand ich eine eigene kleine Eineinhalbzimmerwohnung in Altona.

* * *

*Als Amelie die Tür zu Svens Zimmer öffnete und sah,
dass ihr Sohn onanierte, wollte sie eigentlich sofort
und heimlich den Rückzug antreten. Das war eine der
Situationen, die sie nun wirklich nicht haben musste!
Doch Sven hatte bemerkt, wie seine Mutter die Klinke
herunterdrückte, und sich blitzschnell ein Kissen über
den Schoss geworfen. Amelie, die eigentlich nur die
Wäsche in Svens Schrank packen wollte, dachte, es
wäre das Klügste, so zu tun, als hätte sie nichts bemerkt. Vermutlich würde Sven wissen, dass, dem nicht
so war – aber sie hatte ums Verrecken keine Idee, was
sie hätte sagen sollen. Das war einer der Momente, in
denen sie sich wünschte, Franz wäre noch da.*

*Amelie ging mit einem gequälten, bemüht gleich-
gültigen Lächeln zum Schrank und wollte sich gerade
daranmachen, Svens Pullis zu stapeln, als ihr Blick
auf das Druckerzeugnis fiel, dass ihrem Sohn offenbar als Inspiration gedient hatte. Natürlich erwartete
sie einen* Playboy, *vielleicht auch einen richtigen
Porno, doch sie erwartete nicht, was sie jetzt sah: Es
war der Katalog des* Otto-Versands, *aufgeschlagen in
der Rubrik …*

… Herren-Unterwäsche!

*Sven hatte auf die Bilder männlicher Fotomodelle
in Unterhosen onaniert?*

*Bevor Amelie überlegen konnte, tat sie, was sie für
den Rest ihres Lebens bereuen sollte: Sie schrie!*

*Sie schrie so laut, dass Sven, der verstohlen aufge-
standen war, um seine Unterhose wieder hochzuzie-
hen, entsetzt zusammenfuhr. Amelie schrie keine*

Worte, sondern nur ein grelles Kreischen, ein schrilles Geheul, als wäre sie ein tollwütiges Tier. Und dann nahm Amelie, deren Gesicht mittlerweile eine verzerrte Grimasse war, den Katalog in beide Hände und schlug ihn ihrem Sohn mit aller Macht gegen die Brust. Sven kippte nach hinten, krachte mit dem Kopf gegen die Wand und hielt sich dann schützend die Hände vors Gesicht. Amelie schrie weiter, schlug ihren Sohn noch drei weitere Male – einmal erwischte sie seinen Bauch, einmal die Schulter, einmal streifte sie sein angewinkeltes Knie. Dann verstummte sie plötzlich, ließ keuchend den Katalog fallen und ging, ohne ein weiteres Geräusch zu machen, aus dem Zimmer.

Sven blieb noch minutenlang apathisch so kauern. Die Hände vor dem Gesicht, die Beine angewinkelt wie ein Embryo. Und erst dann, nach fünf Minuten, begann er leise zu wimmern. Fast eine Stunde lang lag er auf seinem Bett, leise schluchzend. Dann stand er schließlich auf und ging zaghaft in Richtung Küche. Er hatte begonnen sich um seine Mutter Sorgen zu machen. Sie hatte ihn noch nie geschlagen. Und so groß sein Schmerz momentan auch sein mochte, so sehr hoffte er auch, dass seine Mama wieder in Ordnung war. Irgendetwas war mit ihr. Und er wusste, dass der dumme Spruch, dass es Eltern manchmal mehr wehtut, ihre Kinder zu schlagen, als es den Kindern wehtut, geschlagen zu werden, heute womöglich wahr geworden war.

Amelie saß am Küchentisch, den Kopf in den Händen vergraben. Sven näherte sich ihr zaghaft und legte seine Hand auf ihre Schulter. Er spürte, wie sie sich anspannte. Doch ihr Kopf blieb vergraben, ihr Gesicht unsichtbar. Und dann hörte er, durch die Mauer ihrer Hände, wie sie sagte: »Weißt du, warum dein Vater uns verlassen hat?«

Sven atmete schwer aus.

»Er ist homosexuell«, sagte Amelie. »Schwul *ist* er!« Und immer noch hielt sie beide Hände fest vors Gesicht gepresst. Sven begann zu zittern.

»Das ist es, was Schwule tun!«, zischte Amelie. »Sie zerstören das Leben der Leute, die sie lieben!«

1980

Bernhards dritter Brief erreichte uns im April 1980. Und wieder hatte unser Freund einen langen Weg zurückgelegt: Poststempel Bangkok!

Auch diesmal hatte Bernhard den Brief an meine alte Adresse bei meinen Eltern geschickt, doch ich ließ ihn ungeöffnet. Schließlich war er nicht nur für mich, sondern für die ganze Bande bestimmt. Ich wollte ihn allen Kirschkernspuckern gleichzeitig vorlesen. Ich war mir sicher, dass den anderen Bernhards Briefe ebenso viel bedeuteten wie mir.

Wir saßen alle im Wohnzimmer von Dille und Petra. Ihr mittlerweile vierjähriger Sohn Jan (den es nicht mehr zu irritieren schien, dass seine Eltern ihn hin und wieder »Fabian« und »Rocky« nannten) hatte das Temperament seiner Mutter geerbt und gewann deshalb eine tiefe Befriedigung daraus, uns alle im stets unerwartetsten Moment aus dem Hinterhalt anzuspringen oder mit enormem Schmackes Bauklötze an den Kopf zu schmeißen. Susann fand das scheinbar ganz drollig, ich bemühte mich, mir nicht anmerken zu lassen, wie sehr mich der Zwerg nervte, und Sven schien vor dem Kleinen regelrecht Angst zu haben. Er vermied jeden Blickkontakt mit ihm. Überhaupt war Sven in letzter Zeit zu einer wandelnden Schiss-Maschine mutiert. Schon früher war er ja nicht unbedingt für seinen todesverachtenden Wagemut bekannt, aber mittlerweile hatte seine verhuschte Zögerlichkeit fast eine erschreckende Dimension angenommen.

Ich räusperte mich und wedelte den Briefumschlag in der Luft: »Meine Damen und Herren: Neues von Bernhard, dem Globetrotter!« Ich wies mit theatralischer Geste auf die Briefmarke und tönte: »Bangkok. Thailand!«

»Eiland!«, repetierte der kleine Jan nicht ganz richtig.

»Pst!«, machte Petra.

»Prrrrrrl!«, machte Jan, indem er seiner Mutter die Zunge herausstreckte.

Ich öffnete den Umschlag möglichst vorsichtig, weil ich Bernhards Briefe ganz entgegen meines sonst eher schlampigen Naturells mit intakter Marke und Poststempel aufzubewahren gedachte. Ich räusperte mich ein weiteres Mal und las dann vor:

Hallo, Kirschkernspucker!

Heiß ist es, und die Luftfeuchtigkeit drückt einen während der ersten Tage regelrecht zu Boden. Doch irgendwann gewöhnt man sich an das thailändische Klima und beginnt zu genießen.

Wisst Ihr noch, wie ich aussehe? Ihr wisst es nicht! Das Bild, das Ihr von mir habt, stimmt nicht mehr. Ich bin durch meine Arbeit in den letzten Jahren immer kräftiger geworden, mein Haar durch die stete Überdosis Sonne immer heller, meine Haut so braun, dass die Sonnenstudio-Jünger bei Euch daheim vor Neid schreien würden. Und genau so liege ich hier jetzt auf einer Liege am Pool meines Hotels: blond, braun, muskulös, wunderschön!

Okay, kleiner Scherz. Die marginalen Verbesserungen meines Äußeren haben mich nicht in einen Robert Redford verwandelt. Aber ich bezweifle, dass der gute Robbie Redford je so glücklich war, wie ich es gerade bin. Und, hey: Ich stottere nicht mehr! Seit ich eigentlich nur noch Englisch spreche, kommt jedes Wort so flüssig über meine Lippen, als hätte ich Schmierseife auf der Zunge.

Was ich in Thailand mache? Nun, die Rettung des Regenwaldes entpuppte sich als Sisyphusarbeit. Der Kampf gegen multinationale Konzerne ist letztlich ebenso gefährlich wie sinnlos. Ich habe irgendwann eingesehen, dass ich im Kleinen mehr helfen kann als im Großen. Also bin ich nach Thailand geflogen. Noch mache ich ein wenig Urlaub, nächste Woche oder so werde ich mit etwas Sinnvollem beginnen. Hier sitzen haufenweise Amerikaner und Europäer im Gefängnis, die ohne ihr Wissen als Drogenkuriere missbraucht wurden und jetzt einer möglichen Todesstrafe ins Auge sehen müssen. Verschiedene Hilfsorganisationen kümmern sich um sie, bemühen sich um Wiederaufnahme der Verfahren, überwachen die Haftbedingungen, reden *einfach nur mit den Leuten. Ich denke, es ist eine gute Sache, dort mitzuarbeiten.*

Der Plan, den ich bis zum Ende meines Lebens verfolgen werde, ist dieser: Ich will so viele Quadratmeter des Planeten Erde sehen wie irgend möglich. Und ich möchte an all diesen Orten ein kleines Zeichen hinterlassen. Irgendetwas Sinnvolles. Das ist die Hilfe, die ich brauchte: Ich musste zum Helfer werden. Das ist es, was ich am Tag, bevor ich verschwand, überlegte: Schlucke ich Schlaftabletten oder gebe ich diesem schlechten Witz, den man Leben nennt, eine zweite Chance.

Ihr kennt die Antwort.

Ich wüsste gern, wie es Euch ergeht. Seid ihr glücklich?
Ich liebe Euch.
Bernhard

Bei den letzten Zeilen hatte ich einen Kloß im Hals. Als ich vom Brief aufsah, sah ich, dass Sven weinte. Susann nahm ihn in den Arm. Petra streichelte dem kleinen Jan, der auf ihrem Schoß saß, den Kopf. Und Dille spielte nervös mit einem Flaschenöffner: »Irgendjemand noch ein Bier?«

* * *

»Schläft er?«, fragte Dille, als Petra die Tür von Jans Kinderzimmer schloss. Petra nickte lächelnd.

Dille lockte seine Freundin mit dem Zeigefinger zu sich zum Sofa. Als sie vor ihm stand, nahm er ihre Hände, zog sie langsam zu sich herunter und küsste sie. Leidenschaftlich und dennoch zart. So wie nur Verliebte küssen.

»Heirate mich!«, sagte Dille und sah sie erwartungsvoll an. Petra aber legte nur den Kopf schief, skeptisch, und sagte nichts.

»Komm schon«, quengelte Dilbert. »Das ist mein fünfter Antrag. Irgendwann musst du mal einen annehmen! Wir lieben uns doch! Geht's uns nicht gut? Sind wir nicht glücklich?«

»In guten wie in schlechten Zeiten?«, sagte Petra ironisch und hob die linke Augenbraue. »Auf ewig treu, bis dass der Tod uns scheide?«

»Ach Mensch!«, quengelte Dille und klang dabei wie ein beleidigter Zwölfjähriger. »Hab ich auch nur eine einzige andere Frau angeschaut, seit wir zusammen sind?«

Petra lachte: »Angeschaut, mein Lieber, hast du so ziemlich alle. Außer die über zwei Zentner und die mit Holzbein!«

»Mmmhjaaa«, druckste Dille. »Aber nur geschaut! Ich bin dir treu!«

Petra grinste.

»Uns geht's doch gut!«, wiederholte sich der zunehmend nervöser werdende Dilbert. »Seit ich zum Einkäufer befördert wurde, verdienen wir doch auch ganz ordentlich. Wir könnten uns sogar eine größere Wohnung mieten! Gib dir einen Ruck, Süße: Heirate mich!«

Nach einer langen, gemeinen Pause sagte Petra schließlich: »Weißt du was, Schatzi: Erobere mich!« *Sie setzte sich an den Esstisch, legte den linken Arm hinter ihren Rücken, den rechten Ellbogen drückte sie angewinkelt auf die Tischplatte.* »Wenn du gewinnst, heirate ich dich!«

»Das ist nicht dein Ernst?«*, jaulte Dilbert.* »Du willst mit mir Armdrücken?«

»Ich will mir sicher sein, dass ich einen starken Mann bekomme«*, grinste Petra.*

Dille verzog das Gesicht. Nicht nur, dass dieser Heiratsantrag nicht den romantischen Verlauf nahm, den er sich erhoffte, nicht nur, dass seine Freundin ihn einmal mehr seiner dominanten Rolle beraubte und alles selbst in die Hand nahm – das Schlimmste war, dass Dille noch nie gegen Petra beim Armdrücken gewonnen hatte! Er hatte keine Ahnung, wie sie das machte – schließlich war er in Bezug auf Muskelkraft der eindeutig Stärkere. Vielleicht war Petras Technik besser, vielleicht hatten vier Jahre Babyschleppen und Kinderbändigung ihren Bizeps in Stahlseile verwandelt, vielleicht waren es auch nur ihre unfassbare Willensstärke, Ausdauer und Schmerzresistenz, die sie einfach nicht aufgeben ließen. Egal, was der Grund war: Petra war einfach die bessere Armdrückerin!

»Och, nö …«*, jaulte Dilbert.* »Keine Spielchen! Ich liebe dich! Heirate mich! Kannst du nicht einmal romantisch sein?«

»Wenn du eine romantische Frau willst, solltest du

Susann einen Antrag machen«, lachte Petra. »Los jetzt, Schlappschwanz. Zeig's mir!«

Seufzend setzte sich Dilbert ihr gegenüber, krempelte den rechten Ärmel seines Hemdes hoch, drückte den Ellbogen auf den Tisch und atmete tief ein. Petra schnappte sich seine Hand, presste sie mit enormer Kraft und verzog dabei keine Miene. »Auf die Plätze«, grinste sie dann, »fertig ...«, ihre Augen verengten sich, ihr Lächeln gefror, »und ...«, Dille spannte seinen ganzen Körper an, »LOS!«

Gott sei Dank wusste Dilbert, dass es zu Petras Taktik gehörte, gleich am Anfang mit einem riesigen Ruck gegen seine Hand zu pressen. Mehr als einmal hatte sie ihn so schon binnen einer Sekunde besiegt. Doch diesmal sollte ihr dieser Überraschungseffekt nicht gelingen! Er spannte seinen Arm an, so fest, wie er ihn nie zuvor gespannt hatte, und wartete auf den großen Stoß. Der kam, zuverlässig und mit enormer Kraft. Doch Dille konnte ihn auffangen, sein Unterarm zwiebelte, als hätte jemand ein Nadelkissen hineingepresst. Petra fletschte die Zähne, halb aus Anstrengung, halb als anerkennendes Grinsen. Dilles Gesicht blieb starr. Keine Kraft für flotte Sprüche verschwenden, dachte er, keine Ablenkungen! Hier geht's um meine Zukunft!

Seine Adern an der Stirn traten hervor, als er gegen Petras Hand presste, sein Kopf wurde knallrot. Er sah Petra an. Deren Mund hatte sich zu einem dünnen Strich verkleinert, ihre Augen waren nur noch zwei Schlitze, und doch dachte Dille, während er alle Kraft seines Körpers in seinen Arm zu transferieren versuchte und presste und drückte und presste wie nie zuvor, trotzdem dachte er: Mein Gott, ist sie schön!

Er hatte Petras Arm schon fast in jenen Winkel gezwungen, aus dem es kaum noch ein Entkommen gab, als Petras Gegendruck anstieg. Sie drückte dermaßen heftig gegen Dilles Arm, dass Dilbert zu schnaufen anfing. »Nein!«, zischte er. »Diesmal nicht!« Er keuchte, als er presste. Millimeterweise konnte er sie weiter in Richtung Tisch zwingen, »Ich!«, ächzte er und drückte mit aller Macht, »liebe!«, Mein Gott, Kraft, verlass mich nicht!, »dich!«

Und mit diesem letzten Wort erstarb Petras Widerstand. Krachend landete ihr Arm auf der Tischplatte. Triumphierend sah Dilbert Petra an. Ja! Er schnappte sich ihren Kopf mit beiden Händen, presste ihn, immer noch im Adrenalinrausch, als wären seine Hände Schraubzwingen, erhob sich vom Stuhl und zog Petra, die ebenfalls aufgestanden war, zu sich heran. »Frau Petra Kasinski!«, sagte er triumphierend, bevor er sie küsste.

Als er seine Lippen nach langer Zeit wieder von ihren löste, sah er ihr Lächeln. Nein, kein Lächeln. Ein schelmisches Grinsen. Und dann dämmerte es ihm: »Du … Du hast mich gewinnen lassen?«

Petra ging an ihm vorbei und klopfte ihm dabei lachend auf die Schulter. Es war klar, wer in dieser Ehe das Sagen haben würde.

* * *

Dille fragte mich, ob ich sein Trauzeuge sein wollte. »Öh«, zögerte ich. »Was genau muss ich denn da machen?«

»Du stehst während der Trauung neben mir, du holst im rechten Moment die Ringe aus der Tasche, und du unterschreibst an der richtigen Stelle des Formulars.«

»Sonst nichts?«

»Ach ja«, sagte Dille mit ernstem Gesicht. »Falls mir etwas passiert, musst du natürlich meinen Platz einnehmen und Petra ein guter Mann und dem kleinen Jan ein guter Vater sein.«

Ich zuckte zusammen: »Das ist ein Scherz, oder?«

Dille lachte: »Klar, Mann! Ist alles bloß eine Formalität. Würde mich einfach freuen, wenn du mein Trauzeuge wärst. Ohne dich hätte ich sie vielleicht nie kennen gelernt. Und außerdem: Einer muss es ja machen.«

»Okay«, sagte ich. »Alles klar. Dann mach ich das eben. Kein Problem.«

Susann, erfuhr ich später, reagierte ungleich aufgeregter. Das fing schon damit an, dass sie völlig perplex war, dass Petra sie überhaupt fragte. Aber Petra wollte eine Frau, die ihr Gelübde bezeugte – und da war die Auswahl natürlich begrenzt. Die meisten weiblichen Wesen, die Petras Weg gekreuzt hatten, hatten ja eher schmerzhafte Erinnerungen an diese Bekanntschaft. Buchstäblich. Also fragte sie Susann.

»Oooooh!«, juchzte die. »Wie toll! Gern, Petra! Hoffentlich mache ich da auch alles richtig! Ist das aufregend! Und, oh Gott, was ziehe ich bloß an? Was ziehe ich um Himmels willen an?«

»Scheißegal«, brummte Petra. »Hauptsache, du siehst nicht besser aus als ich.«

Nur mühsam bekam ich meine verklebten Augen auf, als es klingelte. Als es zum zweiten Mal schellte, streckte ich mich knurrend und versuchte mein Bewusstsein aufs Hier und Jetzt zu justieren. Als der Störenfried vor meiner Tür dann zum dritten Mal auf den Klingelknopf drückte, länger diesmal, ein richtiges Sturmklingeln, brüllte ich laut: »Ja! Scheiße noch mal, Moment!«

Ich warf einen Blick auf die Uhr: viertel vor neun! Wer, um Himmels willen, schellt an einem Samstagmorgen um viertel vor neun an fremden Türen?

Es klingelte schon wieder!

»Ja, ja, ja …«, rief ich genervt, erhob mich schwerfällig und ächzend von der Matratze und wankte schließlich zur Wohnungstür. Ich hatte Kopfschmerzen. Kein Wunder, denn ich war erst vier Stunden zuvor ins Bett gegangen, bis dahin hatte ich im *Krawall* gesessen, meiner Stammkneipe in der Hafenstraße. Und ich hatte dort keinen Fruchtsaft getrunken.

Ich öffnete die Tür, bekleidet nur mit einer Unterhose und einem T-Shirt, das eine Fotomontage von Ronald Reagan zeigte, der auf einer Mittelstreckenrakete durch die Lüfte flog und dabei begeistert seinen Cowboyhut schwenkte.

Und da stand Susann!

Sie grinste breit, wedelte mit einem bunt bestickten Stoffbeutel und trompetete: »Halli hallo! Die Avon-Beraterin ist da!«

»Umgnpf!«, sagte ich – was Susann nicht einmal zu entschlüsseln versuchte. Stattdessen schubste sie mich in die Wohnung, folgte selbst hinein und fing dann laut summend an, den Inhalt ihrer Tasche auf dem Küchentisch auszubreiten: zwei Handtücher, drei Scheren, ein Kamm, eine Bürste, ein Einwegrasierer, After Shave.

»Was soll denn das?«, fragte ich brummelnd – obwohl ich natürlich eine sehr gute Vermutung hatte.

»Wie alt bist du jetzt?«, fragte Susann.

»Öh …«, ich rechnete: »Zwanzig.«

»Es ist gesetzlich verboten«, lächelte Susann, »mit zwanzig auszusehen, als ob man noch pubertiert.« Sie zupfte missbilligend an meinem Strubbelkopf und schnipste seufzend gegen die Sicherheitsnadel in meinem Ohr. »Ich werde dich heute restaurieren«, tönte sie feierlich. »Ich werde dich zum Mann machen!«

Ich war schlagartig wach.

WAS wollte sie?

»Ich meine«, stammelte Susann, die nun auch bemerkt hatte, dass sie etwas eindeutig Zweideutiges gesagt hatte, »ich, *äh* … ich meine, ich werde heute dafür sorgen, dass du endlich wie ein Mann, *äh* … wie ein *Erwachsener* aussiehst!«

Ich sagte gar nichts. Ich schlurfte stattdessen zur Kaffeemaschine und setzte mir ein extra starkes Gebräu auf, während Susann ihre kosmetischen Utensilien weiter sortierte. Dann ging ich ins Schlafzimmer, hob die zerknitterte Packung *Javaanse Jongens* auf, die neben der Matratze lag, und drehte mir eine Zigarette. Ich zog mir, die brennende Fluppe im Mund, eine Jeans und Socken an. Als ich zurückkam und mich brav auf einen Küchenstuhl setzte, mir eines von Susanns Handtüchern über die Schulter legte und bloß sagte: »Na, dann mal los!«, war Susann völlig perplex.

Sie konnte ja nicht ahnen, dass ich meinen Anblick in letzter Zeit selbst etwas bedenklich zu finden begonnen hatte und dass ich obendrein in zehn Tagen meinen Termin zur Gewissensprüfung in Sachen Kriegsdienstverweigerung hatte. Wenn man dort als Punk erschien, hatte ich mir sagen lassen, hätte man keine Chance: Die alten Bundeswehrsäcke, die dem Gremium vorstanden, wären angeblich fest entschlossen, solch vermeintlich asozialen Drückebergern unbedingt mit Hilfe des Militärs zu Zucht und Ordnung zu verhelfen. Ich hatte deshalb vor, die christliche Masche abzuziehen, von wegen Gott will nicht, dass wir töten und so. Und den Jesus-Bubi würden die mir natürlich mit meinem Hausbesetzer-Outfit niemals abnehmen.

All das erzählte ich Susann aber nicht. Wieso auch? Sollte sie sich doch freuen, dass sie mit ihrem Plan Erfolg hatte.

»Ich lege meine Schönheit in Ihre Hand, gnädige Frau«, säuselte ich affektiert.

Und Susann lachte: »Sie werden nicht enttäuscht sein, mein Herr!«

Sie begann an meinen Haaren herumzuschnippeln. »Weißt du«, sagte sie, »ich wollte, dass wir beide als Trauzeugen eine gute Figur machen. Es ist ein wichtiger Tag für Dille und Petra.«

»Klar«, grinste ich. »Und wir wissen alle, wie viel Wert Petra auf ein makelloses, rollengerechtes Erscheinungsbild legt!«

Susann verpasste mir scherzhaft einen kleinen Pikser mit der Schere in den Nacken.

»Schneide es nicht *zu* bieder, okay«, mahnte ich.

»Keine Angst«, beruhigte mich Susann. »Leg den Kopf mal ein bisschen schräg.«

Das tat ich. Mehr als ein bisschen. Und ich schwöre, es war keine Absicht, dass ich meinen Kopf dabei auf Susanns Brust drückte.

Ups!

Ich räusperte mich und zog den Kopf wieder zurück. Nicht allzu schnell, wie ich gestehen muss. Susann sagte gar nichts. Und ich schaute ihr nicht ins Gesicht. Doch als sie die andere Seite meines Kopfes bearbeitete, wiederholte sich das Spielchen. Absichtlich, zumindest meinerseits. Und diesmal ließ ich meinen Kopf auf Susanns Brust ruhen. Und was tat sie? Sie zögerte kurz und streichelte dann meine Wange! Ich schloss die Augen. Das Ganze dauerte höchstens eine Minute und keiner von uns sagte ein Wort. Danach hob ich den Kopf wieder an, Susann frisierte weiter, und wir taten, als ob nichts gewesen wäre. Aber, Mann, war ich durcheinander!

Als meine Schönheitsbehandlung zu Ende war,

153

stellte ich mich vor den Spiegel im Bad und war angenehm überrascht zu sehen, dass Susann aus meinem Haupthaar-Chaos eine annehmbare Frisur gezaubert hatte.

»Sieht klasse aus«, murmelte ich.

»Ja, viel besser«, sagte Susann seltsam nüchtern.

»Willste noch'n Kaffee?«, fragte ich. »Oder vielleicht …«

»Nein«, beeilte sich Susann. »Ich muss, *äh* … los.«

Eilig packte sie ihre Sachen zusammen, zog ihre Jacke und Schuhe an und zischte aus der Wohnung. Wenn sie auch nur einen Hauch langsamer gewesen wäre, hätte ich ihr gern einen Kuss gegeben. Doch ich hatte keine Chance.

* * *

»Was, zum Teufel, war das?« Susann atmete tief aus, als sie aus dem Treppenhaus auf die Straße trat. In ihrem Kopf rotierte es: »War das … Flirten? Ein Vorspiel?«

Presste Piet seinen Kopf auf alle verfügbaren Brüste, oder hatte es tatsächlich mehr zu bedeuten? Er wirkte nervös. Nicht wie ein cooler Aufreißer.

Natürlich nicht. Piet war nicht cool. Nie gewesen.

Und ich? Wie fand ich das?

Oh Gott, ich fand es schön! Himmel, ich habe ihn gestreichelt!

Seit langem schon war Susann nicht mehr so verwirrt gewesen. Und schon lange hatte sie sich nicht

mehr daran erinnert, dass sie einst feierlich alle Hoff-
nungen auf ein Glück mit Piet auf dem Balkon ver-
brannt hatte. Eigentlich war sie doch über ihn hinweg,
oder? Andererseits, mal ehrlich: War sie heute Morgen wirklich nur zum Haareschneiden hergekommen?

Fast fünf Minuten stand Susann vor dem Haus,
vorsorglich hinter einer Hausecke, damit Piet sie
nicht entdecken würde, sollte er tatsächlich aus dem
Fenster schauen. Sollte sie wieder hochgehen? Mmh.
Das wäre dann doch irgendwie wie eine Aufforderung: »Bitte hab Sex mit mir!« Na und? Wäre doch
schön, oder? Aber was dann? Galt Piets Interesse ihr
als Mensch oder bloß ihr als Brustbesitzerin?

Oh Gott, ist das kompliziert!

Susann beschloss, dass sie darüber reden musste.
Nicht mit Piet natürlich, sondern mit jemanden, der
ihre Perspektive verstand. Eine beste Freundin wäre
gut, aber so etwas hatte Susann nicht. Petra wäre jedenfalls keine große Hilfe. »Fick ihn, fick ihn nicht.
Ganz wie du willst. Du bist doch erwachsen« – so oder
ähnlich klänge der wertvolle Beitrag, der von der zukünftigen Frau Dilbert Kasinski zu diesem Thema zu
erwarten wäre. Susann seufzte und setzte sich dann
in Bewegung, in Richtung S-Bahnhof. Sie würde zu
Sven fahren.

Sven war vor einigen Monaten von zu Hause ausgezogen und hatte sich eine kleine Wohnung in Barmbek
gemietet. Er hatte nicht viele Worte darüber verloren,
aber Susann hatte durchaus bemerkt, dass Sven
Stress mit seiner Mutter hatte. Das war verwunder-

lich, denn eigentlich waren die beiden ein Herz und eine Seele gewesen. Sven und seine Mutter waren fast wie Freunde. Doch irgendwann war es zwischen ihnen abgekühlt. Und jetzt wohnte Sven allein.

Susann drückte auf den Klingelknopf. Sven öffnete und lächelte, als er sie sah: »Oh, hi! Was für eine nette Überraschung!«

»Frühstück«, sagte Susan, als sie die Tüte mit den Brötchen, die sie am Bahnhof beim Bäcker gekauft hatte, aus ihrer Stofftasche fingerte. Sven sah auf seine Armbanduhr und zog ironisch die linke Augenbraue hoch.

»Okay«, grinste Susann. »Mittagessen?«

Sven ging in die Küche und drehte das Radio leiser, in dem Blondie gerade ihr Heart of Glass besang. Susann setzte sich an den kleinen Tisch mit der Resopalplatte und konnte es nicht länger für sich behalten: »Eben hat Piet seinen Kopf auf meine Brust gelegt, und ich habe ihn gestreichelt.« Sie versuchte, es ganz beiläufig zu sagen, doch Sven, der gerade einen Tee aufsetzte, hätte vor Schreck fast den Wasserkessel fallen lassen.

»Noch mal«, sagte er. »Langsam und ohne Scheiß!«

»Ich bin heute Morgen zu Piet gegangen, um seine Haare zu schneiden …«

Sven legte skeptisch den Kopf schräg.

»Na, ja«, stammelte Susann. »Wegen der Hochzeit und so, damit er gut aussieht. Egal. Also, während ich ihm die Haare schnitt, legte er plötzlich den Kopf auf meinen Busen …«

156

Sven schaute Susann unverhohlen auf die Brust.
»Mmh. Ja ….?«

»Und dann … ich weiß auch nicht … ich hab ihm seltsamerweise keine geknallt, sondern sein Gesicht gestreichelt.«

»Du hast doch schon davon geträumt, dass er deinen Busen berührt, bevor du überhaupt einen hattest«, grinste Sven. »Wo ist also das Problem?«

»Es ist ja nicht so, dass ich Piet zeitlebens vorwiegend als idealen Brustbetatscher betrachtet habe«, zischte Susann. »Ich meine, meine Vorstellung von Lebensglück besteht nicht darin, dass mir Piet für den Rest meiner Tage die Möpse knetet!«

Sven lachte laut auf.

»Ich meine«, kicherte Susann, selbst verblüfft über ihre Wortwahl, »ich bin verknallt in ihn, seit ich denken kann. Ich will ihn komplett, als ganzen Menschen, nicht bloß sexuell. Und ich habe keine Ahnung, ob er das auch will.«

»So wie ich Piet kenne«, sagte Sven, »hat der selbst keine Ahnung, was er will. Piet ist diesen Dingen ein Depp, dem muss man seine Chancen um die Ohren hauen, und wenn man Glück hat, hält er ein paar davon als Reflex fest.«

»Du meinst … ich sollte mich einfach mit ihm einlassen und dann hoffen, dass etwas Ernstes daraus wird?«

Sven zuckte die Achseln: »Ist das nicht die übliche Methode?«

»Bei euch Kerlen vielleicht«, sagte Susann mit

spitzfindigem Tonfall – und wunderte sich, dass Sven plötzlich bitter wiederholte: »Bei uns Kerlen! Köstlich!«

»Was?«, fragte Susann.

»Ach nichts«, wiegelte Sven ab.

»Na los, komm schon ... was ist mit ... euch Kerlen?«, bohrte Susann.

Sven sagte nichts. Er sah plötzlich seltsam ernst aus. Hatte er etwa Tränen in den Augen? Susann, die spürte, dass sie nicht mehr beim Thema Piet, sondern etwas Schwerwiegenderem waren, änderte den Tonfall ihrer Stimme. Sanft sagte sie: »Was hast du, Sven?«

Sven drehte sich von Susann weg und zog ein wenig Rotz hoch. Ja, er weinte tatsächlich! Susann stand auf, stellte sich hinter ihren Freund und umschlag ihn mit beiden Armen. »Erzähl«, forderte sie ihn auf.

Und dann brach Sven komplett in Tränen aus.

* * *

Ich war schon zwei Stunden früher gekommen, um die Anlage anzustöpseln. Petra und Dille hatten für ihren Polterabend das Vereinshaus der Kleingartenkolonie am Tegelweg gemietet, und dort standen natürlich bloß ein paar Tische und Stühle sowie ein kleiner Tresen mit fünf Barhockern. Irgendwie mussten wir diese schlichte Hütte in einen partytauglichen Saal verwandeln. Während ich mich durch das Kabelwirrwarr meiner Stereoanlage kämpfte, dekorierte Petra den Raum; das heißt, sie schmiss ziemlich wahllos mit Luftschlangen herum, zog ein paar Girlanden unter der Decke entlang und band allerlei Werbe-Luftballons mit *Bolle*-Aufdruck zu kleinen Luftballonsträußen zusammen. Dille hatte derweilen einen Tapeziertisch aufgestellt und begann das Büffet aufzubauen: Frikadellen, kalte Knackwürstchen, Kabanossi, fünf Stangen Weißbrot. Dazu ein Eimer voll Kartoffel- und einer mit Krautsalat, ein paar Gläser Mixed Pickles, Silberzwiebeln und etwas, das sich *Schlesische Gurkenhappen* nannte. Der ›Nachtisch‹ bestand aus zwei Paletten *Dany plus Sahne*. Schokogeschmack.

»Alles mit vierzig Prozent Rabatt«, verriet mir Dille stolz. »Die Frikadellen haben mir die Kollegen aus der Fleischereiabteilung sogar so gegeben. Als Hochzeitsgeschenk!«

»Echt nett«, sagte ich. »Aber findest du nicht, dass du zumindest die Salate aus den Eimern in Schüsseln umfüllen solltest?«

»Kaum ist die Punkfrisur weg«, grinste Dille und musterte mein ungewohnt sortiertes Haupthaar, »da wird unser kleiner Umstürzler schon zum Snob.«

»Wir wollen feiern«, rief Petra aus der Ecke, »keinen Gourmet-Preis gewinnen.«

Ich zuckte mit den Achseln. Klang einleuchtend.

Die Anlage war bereit. Ich legte eine der LPs auf, die ich mitgebracht hatte, und freute mich, mit welcher Wucht *California uber alles* von den *Dead Kenne-*

dys aus den Boxen dröhnte. Meine anderen Platten – eine reichhaltige Lärmauswahl von den *Toy Dolls* über *The Cure* bis zu den *Buzzcocks* – stellte ich zu den Scheiben, die das zukünftige Brautpaar bereitgestellt hatte: *Deep Purple, Black Sabbath, Kiss, Tommy Bolin, Meat Loaf, Richie Blackmore's Rainbow* und *Grobschnitt*. Ja, es versprach eine heftige Feier zu werden.

Gerade schloss ich die kleine Lichtorgel mit den drei verschiedenfarbigen Glühbirnen an, die Dille sich von einem Arbeitskollegen geliehen hatte, als die Tür aufging. Susann kam herein. Und, Mann: Sie sah toll aus!

Susann trug einen langen, schwarzen Rock und einen weißen Pulli, der dünn und flauschig zugleich war. Kaschmir, wie ich später erfuhr. Sie hatte ihr Haar hochgesteckt, trug zwei kleine Ohrringe (nicht solche christbaumschmuckartige Monstrositäten wie sonst) und hatte sich, was sie sonst sehr selten tat, die Augen geschminkt und ein wenig Lippenstift aufgelegt. Ich weiß, das klingt jetzt nicht nach einem spektakulären Anblick, doch mir fiel fast die Kinnlade herunter: He, da steckte eine richtig aufregende Frau in dem Hippiemädchen!

Es ist nämlich ein alter Irrglaube, dass Männer an einer Frau möglichst viel Fleisch sehen wollen. Zumindest mich nerven tiefe Ausschnitte und kurze Röcke enorm. Wenn ich mich mit einer großzügig dekolletierten Frau unterhalte, bin ich dermaßen damit beschäftigt, ihr *nicht* auf die Brüste zu starren, dass ich

160

keine vernünftige Konversation zu Stande bekomme. Ich glotze ihr mit solcher Vehemenz in die Augen, dass ich aussehe wie ein Geistesgestörter, und höre kein Wort von dem, was die Busenfrau sagt. Alles, was ich wahrnehme, ist meine eigene Stimme, die in meinem Kopf unermüdlich mahnend repetiert: »*Schau ihr nicht auf die Titten. Schau ihr nicht auf die Titten ...*«.

Nee, mal ehrlich: Wo ist da die Logik? Jahrzehntelang kämpften die Frauen dafür, nicht zu Sexualobjekten degradiert zu werden, und dann tragen selbst die härtesten Emanzen zu besonderen Anlässen plötzlich ihre Möpse demonstrativ halb aus der Bluse hängend spazieren, als hätten sie sie selbst mühsam mit Kraftfutter aufgepäppelt und erwarteten jetzt einen Zuchtpreis dafür. Denken die wirklich, wir Kerle könnten das ignorieren? Für Männer, die sich um ein respektvolles Verhalten gegenüber dem anderen Geschlecht bemühen, ist so etwas eine Folter. Es ist, als würde man auf dem Jahrestreffen der *Weight Watcher* einen Butler mit Tabletts voller Cheeseburger und Sahnetorten herumflanieren lassen. Denn natürlich läuft uns Männern allesamt das Wasser im Mund zusammen, wenn man vor unserer Nase mit Brüsten herumschwenkt. Unser Urinstinkt ist es, sich darauf zu stürzen, den Kopf darin zu vergraben und sie zu drücken und zu knuddeln, bis wir einen Muskelkater bekommen. Und nur unsere gute Erziehung hält uns davon ab. Wenn eine Frau allerdings glaubt, wir fänden sie als ganzes Wesen attraktiv, wenn uns ihre Brüste aus dem Konzept bringen, dann irrt sie. Wir reagieren bloß wie die Neandertaler auf jenen wunderbar gewölbten Bereich ihrer Erscheinung – der Rest der Dame ist uns Gierlappen in diesem Moment völlig schnuppe.

Lange Rede, kurzer Sinn: Susann sah nicht ›geil‹ aus oder ›sexy‹ oder sonst wie die männliche Speichelproduktion fördernd, sondern *schön. Attraktiv. Elegant. Bezaubernd.* Und auch wenn das Gros der Damenwelt es nicht glauben mag: Wir Männer reagieren auch auf diese Attribute mitunter sehr aufgeregt.

Ich kam hinter meiner Stereoanlage hervor und ging auf Susann zu. Sie lächelte mich, wie ich fand, recht unverbindlich, an. Ich grinste schief. Wir hatten seit dem Friseurtag nicht mehr miteinander gesprochen. Und ich war nervös.

»Hi«, sagte sie.

»Hallo«, sagte ich.

Und dann beschlossen wir beide mehr oder weniger zeitgleich, dass wir uns vielleicht ein kleines Begrüßungsküsschen geben sollten, bewegten die Köpfe aufeinander zu, spitzten die Lippen, koordinierten unsere Motorik jedoch denkbar schlecht: Während ich Susanns Lippen ansteuerte, wollte sie meine Wange küssen. Jeder drehte seinen Kopf in einen für den anderen völlig unerwarteten Winkel. Und so landete mein Kuss versehentlich auf ihrem Kinn, während sie mir feucht aufs Auge hauchte. Wir lachten leise und verlegen. Dann ging ich einen Schritt zurück und sah sie mir noch mal an. Wirklich: *Wow!*

162

»Du … Du siehst …«, hob ich an – doch in diesem Moment kam Sven hereingepoltert, so betont fröhlich, dass ich schlagartig verstummte. Er sang den Hochzeitsmarsch – »Daa damm da damm, daa damm da damm. Daa damm da damm damm, da daa damm da damm« – und schwenkte dabei eine Plastiktüte. »Partytime!«, juchzte mein alter Kumpel. Und selbst ich, Mister Unsensibel, merkte, dass Sven uns seine Fröhlichkeit nur vorspielte. Himmel, der Kerl war in letzter Zeit solch ein monströser Trauerkloß gewesen, da kann er doch nicht tatsächlich quasi über Nacht zur putzmunteren Stimmungskanone mutieren. Ich schaute ihm in die Augen. Sie sahen klar aus. Zumindest betrunken war er also nicht.

»Hi, Alter«, sagte ich und nahm Sven die Tüte, in der sich offenbar weitere Schallplatten befanden, ab. Ich warf Susann einen Blick zu, doch die schaute Sven an. Nicht mich.

Ich trug die Tüte mit den Platten zur Anlage und stellte die Scheiben zu den anderen. Sven besaß im Gegensatz zu uns nicht nur LPs, sondern auch Singles. Ihm war es nicht peinlich, Songs zu mögen, die den lieben langen Tag im Radio heruntergedudelt wurden. Ich schaute mir die Cover an: *Orchestral Manoeuvres in the Dark, Kool and the Gang, Toto* und, kein Witz: *Village People*!

Langsam füllte sich der Raum. Petras und Dilles Eltern erschienen und brachten den kleinen Jan mit, der uns von nun an ständig um die Beine wuselte, sich an einem Knackwürstchen nach dem anderen vergriff, in jedes aber nur einmal herzhaft hineinbiss und es dann wieder zurück auf das Büffet legte. Zwei von Dilles Kollegen schoben mit einer Sackkarre Getränkekisten in den Saal. Insgesamt sechs Fuhren! Bier hauptsächlich, aber auch etwas Cola und Selters. Und drei Kartons Sekt. Ich zeigte auf den imposanten Kistenstapel neben dem Tapeziertisch und fragte Dille: »Auch vierzig Prozent billiger?«

Dille grinste stolz: »Yup.«

Sven hatte sich inzwischen hinter der Anlage postiert und begonnen Platten aufzulegen. *Babooshka* von Kate Bush war seine erste Wahl. Immer mehr Leute erschienen, Verwandte des angehenden Ehepaares zumeist, aber auch einige andere Typen, die ich noch nie gesehen hatte. Kollegen von Dille, Eltern von Kindern, mit denen Klein Jan in den Kindergarten ging. Ein Pärchen, das nicht älter war als wir und dennoch so piefig und muffig aussah, als hätte es zu Hause eine Schrankwand aus furnierter Eiche herumstehen, stellte sich als Dilles und Petras Doppelkopfpartner vor. Jeden zweiten Dienstag würden sie sich auf ein Spielchen treffen. Ich hörte zu diesem Zeitpunkt zum ersten Mal, dass meine beiden Freunde Doppelkopf überhaupt *kannten*.

Als Sven David Bowies *Ashes to Ashes* auflegte, waren schon rund dreißig Leute im Saal. Ich suchte nach Susann. Dann fand ich sie. Sie stand neben Sven, den Arm auf seiner Schulter. Sven sagte irgendetwas, und sie lachte. Sie himmelte ihn richtig an.

Na, toll!

Vielleicht war ich blöd, aber ich hatte gedacht, da wäre etwas zwischen Susann und mir. Ich meine, ich hatte diese Ahnung immer mal wieder während der letzten Jahre. Aber seit dieser Sache in meiner Küche schien es doch nun konkret zu sein! Mein Kopf auf ihrer Brust, ihre sanfte Hand auf meiner Wange – das bedeutete doch irgendetwas. Das war doch kein kumpelhaftes Verhalten. Das hieß doch, dass sie sich zu mir hingezogen fühlte, oder? Ich hatte natürlich nicht erwartet, dass sie an diesem Abend auf mich zustürzen, mir ohne Umschweife die Zunge in den Rachen schieben, mich in eine stille Ecke zerren und sich mir dort als willige Liebessklavin darbieten würde – aber ich hatte doch ganz fest damit gerechnet, dass es zwischen uns knistert. Aufgeregte Blicke, kleine Gesten, ein verstohlenes Lächeln – na, so ein Zeug eben. Stattdessen ignorierte sie mich und turtelte mit meinem alten Sandkistenkumpel.

Scheiße!

Ich tat, was jeder richtige Mann in so einer Situation tut: Ich brummte irgendetwas Grantiges in mich hinein und holte mir ein Bier.

* * *

»Zwei Stunden noch, dann ist er total besoffen«, seufzte Susann.

Sie hatte sich bei Sven eingehakt, und die beiden spazierten gemächlich durch die kleinen Wege der

Laubenkolonie. Der Vollmond schien, und es war eine sternenklare Nacht.

»Er wäre garantiert stocknüchtern, wenn du jetzt mit ihm durch die Nacht schlendern würdest anstatt mit mir«, behauptete Sven.

»Du hast es doch selbst gesehen«, sagte Susann. »Er guckt mich überhaupt nicht an. Einmal kurz Hallo und seitdem unterhält er sich mit allen Leuten außer mit mir, immer eine Bierflasche in der Hand. Echt, er hat mit dem kleinen Jan eine längere Konversation geführt als mit mir!«

»Das liegt vielleicht daran, dass Jan ihn nicht nervös macht«, lächelte Sven.

»Scheiße, nervös. Der ist nicht nervös. Der ist gefühlskalt! Erst schmeißt er sich an mich ran ...«

»... und zwar buchstäblich!«, kicherte Sven.

»... und dann tut er so, als wäre ich ein Niemand!«

»Na ja«, sagte Sven, »es ist ja auch nicht gerade so, dass du heute Abend besonders seine Nähe suchst!«

»Das ist nicht meine Aufgabe.«

»Deine Aufgabe?« Sven ächzte. »Hast du irgendwo eine Betriebsanleitung für fortgeschrittene Flirtarbeit gelesen? Tu, was du tun musst, damit du ihn bekommst. Und vergiss den ganzen Schmonzes, wer nach landläufiger Meinung eigentlich was machen müsste! Piet tickt nicht so wie andere Leute, der startet nicht durch, der wartet ab. Der wartet auf dich! Also: ran an den Speck und reingebissen!«

Susann sah Sven mit einem viel sagenden Blick an.

Der atmete tief aus, verstehend, und lächelte: »Ja, ja, Ich weiß. Ich hab gut reden. Ausgerechnet ich! Aber darum geht's jetzt nicht. Hör zu, Susann: Heute kümmern wir uns um dein Problem, und später, in ein paar Tagen, dann um meins.«

Sie legte ihren Arm um seine Schulter und drückte ihn fest an sich. Leise fragte sie: »Bist du dir sicher, dass du okay bist?«

Sven nickte.

»Sicher?«, vergewisserte sie sich noch einmal.

Sven wand sich aus ihrem Griff und gab ihr einen spaßhaften Klaps auf den Po. »Ich bin sicher, Süße«, sagte er. »Los jetzt, schnapp ihn dir!«

* * *

Ich wollte die Bierflasche gerade ansetzen, als eine Hand von der Seite auf sie zuschnellte, die Flasche packte und von meinem Mund entführte. Es war Susanns Hand. Sie stellte die Pulle auf den Büffettisch, der mittlerweile – bis auf das knappe Dutzend von Jan flüchtig angeknabberter Bockwürste, dem noch nicht einmal geöffneten Glas mit den ominösen Vertriebenen-Gurken und drei Becher Schokopudding – ziemlich geplündert war.

»Tanz mit mir!«, sagte sie und zog mich in die Mitte des Raumes. Erst jetzt merkte ich, dass aus den Lautsprechern *Lady in Black* von *Uriah Heep* jaulte. Schmusemusik. Ich war völlig perplex und sagte kein Wort, bis wir beide uns auf der Tanzfläche, mehr oder weniger eng umschlungen, langsam drehten. Und was ich schließlich sagte, war nicht besonders originell.

Ich sagte: »Hallo.«

Susann antwortete nicht. Sie legte stattdessen den Kopf auf meine Schulter.

»I don't know how she found me, in darkness I was walking«, erklang es aus den Boxen.

Natürlich hatte ich schon früher schöne Frauen im Arm gehalten und mit ihnen getanzt, und schwindelig war mir auch schon früher gewesen. Doch jetzt, in diesem Moment, überkam mich das Gefühl, dass ich beides zum allerersten Mal erleben würde. Und das lag nicht daran, dass ich schon etwas betrunken war. Das lag auch nicht daran, dass ich irgendeine schöne Frau im Arm hielt, sondern daran, dass es *Susann* war, die ich sanft an mich presste. Sie spürte. Sie riechen konnte.

Ich wollte etwas zu ihr sagen, irgendetwas – aber keiner der Sätze, die ich im Geiste erwog, wurde meinen tatsächlichen Gefühlen auch nur ansatzweise gerecht. Also sagte ich gar nichts.

Und dann küsste ich sie.

Auf den Hals.

Ganz vorsichtig.

Susann hob den Kopf an. Ich war mir sicher, dass sie nun eine schnippische Bemerkung machen würde. Doch sie suchte meinen Mund. Und dann küsste sie mich auch.

»Du hast eine Fahne«, flüsterte sie.

»Und Schmetterlinge im Bauch«, sagte ich – und wundere mich noch heute, wie ausgerechnet mir Knalltüte so eine spontane, zauberhafte, romantische Antwort gelingen konnte. Sie war kein Kalkül, keine Masche. Es war ehrlich, was ich fühlte.

Dann war *Lady in Black* zu Ende, und Dille legte *Ich glotz TV* von der *Nina Hagen Band* auf. Ich zog Susann sanft von der Tanzfläche in eine Ecke des Raumes. Dort nahm ich ihren Kopf in beide Hände, sah sie lange an, lächelte, freute mich, als sie zurücklächelte, und küsste sie wieder. Wir küssten uns höllisch lange. Noch mal und noch mal. Und ich fand es toll, dass sie wusste, dass ich nicht reden wollte. Ich wette, sie brannte darauf, etwas zu sagen, etwas von mir zu hören, alles auszudiskutieren und wasserdicht zu machen – doch sie blieb still. Und wir küssten uns!

Als *Ideal* durch den Raum schepperte – *Deine blauen Augen machen mich so sentimental* – flüsterte ich Susann zu: »Lass uns gehen.«

Sie reagierte nicht sofort.

»Ist doch eh bald Schluss hier«, sagte ich. »Komm, wir fahren zu mir.«

Susann überlegte. »Moment«, sagte sie schließlich – und ging! Ich blieb stehen wie ein Trottel und wunderte mich. Aus dem Augenwinkel sah ich, dass sie auf Sven zusteuerte, der am Büffet stand, einen *Dany plus Sahne* in der Hand hielt und sich offensichtlich fragte, wo all die Plastiklöffel abgeblieben waren, die zu Beginn des Abends noch in unfassbaren Mengen auf dem Tapeziertisch herumgelegen hatten.

169

Susann ging auf ihn zu und umarmte ihn. Sehr innig. Und dann redete sie auf ihn ein. Sven grinste. Aber es sah gequält aus, fand ich zumindest. Worüber, zum Teufel, reden die? Was soll das? Mir wurde es zu blöd, und ich ging Susann hinterher. Bevor Sven mich sah und seinen Satz abrupt unterbrach, hörte ich noch »... schauen, ob's gut geht ...«.

»Hi, Sven«, sagte ich und legte demonstrativ meinen Arm über Susanns Schulter. Das war idiotisch, weiß ich ja. Wie ein Orang-Utan-Pascha, der sein Weibchen vor den Konkurrenten markiert: *Das hier ist meine – halte Abstand!* Aber war das ein Grund für Susann, sich sofort vehement aus meiner besitzergreifenden Umarmung herauszuwinden und mich dermaßen tadelnd anzuschauen? Schließlich hatten wir eben gerade noch beträchtliche Mengen Speichel ausgetauscht, da ist doch so ein Arm auf der Schulter keine große Sache! Ich beschloss, ihre aufkeimende Feindseligkeit einfach zu ignorieren, und sagte: »Komm, wir gehen!«

Susann sah Sven an. Sven sah Susann an.

»Wollen wir?«, bohrte ich.

»Okay?«, fragte Susann Sven.

Wieso fragte sie ihn das?

Sven nickte. Und zwinkerte sogar. »Viel Spaß!«, sagte er. Zu Susann wohlgemerkt, nicht zu mir.

»Sicher?«, fragte Susann.

Sven winkte ihr demonstrativ zum Abschied und drehte ihr dann den Rücken zu, auf der scheinbaren Suche nach einem Löffel.

Ich kapierte das nicht: Warum musste sie Sven um Erlaubnis fragen, wenn sie mit mir weggehen wollte? Hatten die beiden was laufen und probierten gerade irgend so ein polygames Hippie-Ding aus? Es ärgerte mich, dass es von Svens Gnade abhing, ob ich mit Susann ins Bett gehen durfte. Mal ehrlich: Wen würde das nicht ärgern?

»Ich hole meine Jacke«, sagte Susann und gab mir einen Kuss.

Andererseits ... was sollte das? Ich wollte genießen, was gerade passierte. Über die Portion Stress, die zu jedem Glück dazugeliefert wird, würde ich später nachdenken.

»Ich will!«, sagte Dilbert.

»Ich will!«, sagte Petra.

»Ich will auch«, flüsterte ich meiner Trauzeugenkollegin ins Ohr. »Jetzt sofort.«

Susann kicherte. »Schon wieder?«, flüsterte sie. Sie schaute auf ihre Armbanduhr. »Es ist gerade mal dreieinhalb Stunden her.« Ich rollte viel sagend mit den Augen und grinste wie ein Breitmaulfrosch.

»... zu Mann und Frau!«, schloss die Standesbeamtin. Susann und ich warteten, bis das frisch gebackene Ehepaar Kasinski sich pflichtgemäß geküsst hatte. Dann gingen wir auf sie zu. Ich klopfte Dille auf die Schulter: »Gut gemacht! Viel Glück, Mann!«

»Danke!« Dille hatte – ehrlich wahr! – eine Träne im Auge, so gerührt war er von der ganzen Zeremonie.

Susann ging zu Petra, umarmte sie und sagte: »Ich gratuliere!«

Petra hob eine Augenbraue, sah erst Susann, dann mich, dann wieder Susann an. »Ich auch«, antwortete sie ganz cool.

1981

Es wird bestimmt ein Mädchen!«, strahlte Dilbert und schloss diskret die Badezimmertür, hinter der sich Petra geräuschvoll weiter erbrach. »Petra hätte lieber noch einen Jungen, aber ich würde gern eine Tochter haben! Hier, kannste den auch noch nehmen?«

Dille wuchtete einen zweiten Karton in meine Arme. *Küchenzeugs* hatte einer der beiden mit einem Edding draufgeschrieben. Dille und Petra waren nicht die Typen, die wertvolles Filzstiftmaterial an ein Wort wie *Utensilien* oder kostbare Denksekunden an die deutsche Grammatik verschwendeten. Ich trug die beiden Kartons das Treppenhaus hinunter.

Das Ehepaar Kasinski hatte sich angesichts des zu erwartenden Familienzuwachses eine größere Wohnung gemietet, nicht allzu weit von ihrer alten entfernt. Eine hübsche Souterrain-Behausung in Wandsbek. Mit Terrasse! 72 Quadratmeter! Wir anderen Kirschkernspucker fanden das alle dekadent groß. Doch Dille konnte es sich leisten. Schließlich war er gerade, trotz seiner erst zarten 21 Jahre, zum stellvertretenden *Bolle*-Filialleiter aufgestiegen, was uns

173

selbst dann noch beeindruckte, als Dille uns erklärte, dass der ganze Supermarkt ohnehin nur sieben Ganzzeitangestellte habe. Von denen sei einer ein Idiot, zwei andere faule Säcke, eine gerade schwanger und die andere chronisch krank. Dille war somit neben dem Filialleiter der Einzige, dem man überhaupt zutrauen durfte, über Monate hinweg jeden Morgen pünktlich zu erscheinen, um die Tür aufzuschließen.

Als wir mit dem von *Bolle* ausgeliehenen VW-Bus die nächste Fuhre Kartons in die neue Wohnung schafften, sah ich Sven, der gerade zwei Holzböcke in einem der Räume aufgebaut hatte und einen dicken Holzbalken auf ihnen zersägte. Sven hatte Dille und Petra versprochen, dem kleinen Jan ein Hochbett zu bauen. Seine Lehrjahre als Tischler waren längst zu Ende, doch den Sprung ins Theater hatte er nicht geschafft. Er bewarb sich zwar regelmäßig bei den verschiedensten Häusern, doch bislang hatte es nur Absagen gegeben. Also hing er immer noch in seinem Ausbildungsbetrieb fest und zog Dachbalken in Neubauten, anstatt *Bernada Albas Haus* auf der Bühne nachzubauen.

»Hi!«, lächelte Sven mich unsicher an.

»Tach«, knurrte ich. Nicht besonders freundlich, wie ich zugeben muss. Aber Sven machte mich wütend. Um es mal vorsichtig auszudrücken. Seit acht Monaten war ich schon mit Susann zusammen, und sie verbrachte immer noch ebenso viel Zeit mit der Graumaus Sven wie mit mir. Wenn nicht sogar mehr! Da stimmte doch was nicht, oder? Was bildete der

174

Kerl sich ein? Ich würde ja seine Freundin auch nicht mit Beschlag belegen – wenn er denn eine hätte. Aber Sven war immer noch Single. Wie sollte er auch ein Weibchen finden, wenn er ständig an meinem klebte?

Einen eleganten Rückzug – *das* war es, was ich von Sven erwartete. Bis dahin würde er von mir nicht mehr zu hören bekommen als einsilbiges Geknurre!

Ich schaute auf die Uhr: Es war kurz vor zwei. Essenszeit.

»Ich bestelle uns Pizza«, rief ich durch die Wohnung, »irgendwelche Sonderwünsche?«

»Schinken, doppelt Käse«, wünschte sich Dille.

»Salami«, sagte Petra, die während der letzten drei Stunden ihren gesamten Mageninhalt in die Kanalisation gespuckt hatte und jetzt neu aufgefüllt werden musste.

Sven sagte nichts. Ich hatte nicht übel Lust, ihm eine dreifache Portion Anchovis mit Ananas zu ordern.

Da in der neuen Wohnung noch kein Telefon angeschlossen war, rief ich *Ginos Pizza Express* von einer Telefonzelle aus an. Ich verlangte Gino persönlich.

»Hi, Gino, hier ist Piet. Du erinnerst dich, vom *Maxomax?*«

Gino war gebührend begeistert: »Ah, Piet! Toller Artikel, vielen Dank! Wir haben schon seit vierzehn Tagen eine echte Bestelllawine! Was willste? Geht alles auf uns!«

Ich hatte gehofft, dass er das sagt. Und Gino hatte ja tatsächlich allen Grund, mir dankbar zu sein. Ich hatte

175

in den letzten Wochen nämlich begonnen, neben meinem Zivildienst, den ich bei der Johanniter-Unfall-Hilfe absolvierte, kleine Artikel für das Stadtmagazin *Maxomax* zu verfassen. Unter anderem einen Pizza-Lieferdienst-Vergleichstest, bei dem Ginos Mampfbude mit Abstand am besten abgeschnitten hatte. So mies, wie die Zeitung bezahlte, fand ich es nur fair, dass Gino mich für meine Leistung mit ein paar Gratispizzen entlohnte. Sollte ich tatsächlich, was ja mein Plan war, hauptberuflich Journalist werden, so hatte ich die erste Qualifikation bereits vorzuweisen: Ich wusste, wie man Connections aufbaute und dann für sich arbeiten ließ. Susann, die mittlerweile Geschichte und Französisch auf Lehramt studierte, behauptete allerdings, so etwas sei Korruption.

»Korruption, mein Schatz«, lächelte ich überheblich, »wäre es nur, wenn Ginos Pizza Scheiße wäre und ich sie zu Unrecht gelobt hätte. Doch sein Essen und sein Service waren tatsächlich am besten. Gino zeigt sich bloß erkenntlich dafür, dass ich das erkannt und publiziert habe.«

»Du bist ein Haarspalter«, lachte Susann.

Ich grinste zufrieden. Noch etwas, was mich für eine journalistische Karriere zu qualifizieren schien.

* * *

Das Tuc Tuc *war noch zwei Straßen entfernt – und Sven war kurz davor umzudrehen! Er stand auf dem Bürgersteig, hielt inne, und atmete tief aus. Was*

machte er hier? Allein auf dem Weg in die Schwulenkneipe? Was hatte sich Susann nur dabei gedacht?
Sven war nicht der Typ für Schwulenkneipen! Okay,
er war schwul ... aber er gehörte nicht zu jenen Leuten, die allein in Kneipen gingen! Sven würde sich
schon mulmig fühlen, wenn er allein ein ganz norma-
les Restaurant beträte. Ihm würde selbst in der relati-
ven Anonymität eines Karstadt-Schnellrestaurants
vor lauter Nervosität die Gemüsebeilage aus dem
Mund fallen, weil er das Gefühl hätte, alle anderen
Gäste würden ihn beobachten. Ihn, den Solisten. Wo
schaute man hin, wenn einem gegenüber kein freundliches und bekanntes Gesicht als visueller Fixpunkt
zur Verfügung stand? Normalerweise, wenn Sven irgendwo allein saß – in der U-Bahn, im Wartezimmer eines Arztes, auf Behördenfluren –, dann las er.
Irgendetwas. Sven würde sogar begeistert den Bei-
packzettel eines homöopathischen Mittels gegen
Nasenbluten studieren, nur um nicht aufschauen zu
müssen. Aber im Tuc Tuc – einer stadtbekannten
Schwulenkneipe – ginge das nicht. Er ging ja schließlich nicht dort hin, um unauffällig zu bleiben. Er ging
dort hin, um jemanden ...

... kennen zu lernen!

Er wusste, man würde ihn mustern. Er wäre unter
Beobachtung. Es wäre, als läge er in einem Schau-
fenster und über ihm blitzte eine Leuchtreklame:
Frischfleisch!

Es war Susanns Idee. Und streng logisch betrachtet
hatte sie ja durchaus Recht.

»Sven«, hatte sie eines Abends gesagt, »es kann nicht angehen, dass du die restlichen Abende deines Lebens allein vor dem Fernseher verbringst und die Waltons anschaust!«

»Ich bin nicht allein«, hatte Sven zaghaft gelächelt. »Du bist doch da.«

»Aber nicht mehr lange«, hatte Susann streng geantwortet. »Wenn ich John-Boy noch öfter sehe, muss ich kotzen!«

»Ich finde John-Boy süß«, hatte Sven gekichert.

»Du bist auch süß«, hatte Susann gelacht, ihm über den Kopf gestrubbelt und dann ein Machtwort gesprochen: »Geh raus in die Welt, such dir ein Männchen, mach dich selbst glücklich!«

Sven schluckte. Es war solch ein veritables Gulp, dass man glauben konnte, er hätte nicht nur eine Portion nervöser Spucke, sondern gleich seine ganze Zunge verschluckt.

Seit jenem Brunch, als er Susann zögerlich von seiner Homosexualität erzählt hatte, von seiner Einsamkeit, von seinem Vater, den das Schwulsein von seiner Familie fortgerissen hat, von seiner Mutter, die sich alle Mühe gab, nett zu ihm zu sein, die ihn nach wie vor liebte, aber ihn trotzdem behandelte, als hätte er eine schreckliche Krankheit … seit diesem Tag waren sich Susann und er noch näher gekommen als je zuvor. Sie war die Einzige, die sein Geheimnis kannte. Und sie war die Einzige, die die Sache mit den Schlaftabletten wusste. Er hatte ihr, nach vielen Tränen und langem Zögern, erzählt, wie er ein Wochenende bei

178

seiner Mutter verbracht hatte. Er hatte Nachts in seinem alten Bett in seinem Kinderzimmer gelegen.

»In diesem Raum war ich mal glücklich«, hatte Sven Susann flüsternd erklärt, »und in diesem Raum, wo früher einmal alles in Ordnung war, wo die Welt simpel und beherrschbar schien, in diesem Raum wollte ich sterben. Ich schluckte dreißig Tabletten.« Doch bevor der endgültige Schlaf einsetzte, musste sich Sven übergeben, und seine Mutter, die seine rollenden Augen, seinen plötzlich ausbrechenden Schweiß beängstigend fand, hatte ihn ins Krankenhaus geschafft, wo man ihm den Magen auspumpte.

»Wolltest du wirklich sterben?«, hatte Susann gefragt.

Sven hatte mit den Achseln gezuckt. Er hatte sich diese Frage schon oft genug selbst gestellt und nie eine Antwort gefunden. Das Leben verlassen, nur weil man Männer liebte? Das wäre ja, zumindest aus streng rationeller Sicht, tatsächlich ausgemachter Schwachsinn.

Sven wunderte es aufrichtig, dass keiner der anderen Kirschkernspucker je auch nur den Verdacht geäußert hatte, dass er schwul sein könnte – doch andererseits waren die auch viel zu sehr mit sich selbst beschäftigt, um über Sven nachzudenken. Dille und Petra betrieben Ehe-Arbeit und gingen offenbar in Kinder-Massenfabrikation, und Piet war dermaßen eifersüchtig, dass er den Wald vor lauter Bäumen nicht sah. Ehrlich: Piet war eifersüchtig auf Sven! Mann, was für ein guter Witz!

Es wäre ein Leichtes gewesen, Piet auf seinen fundamentalen Irrtum aufmerksam zu machen. Und hätten Sven und Susann geahnt, was dieser Irrtum schon bald für eine Katastrophe auslösen würde, hätten sie es ganz sicher auch getan. So aber musste Susann ihrem Freund schwören, nichts zu verraten. Niemandem. Nicht mal Piet.

»Aber es ist doch nichts Schlimmes«, hatte Susann, die es hasste, vor Piet Geheimnisse zu haben, argumentiert. »Keiner unserer Freunde ist doch so ein Kleingeist, der ein Problem damit hätte, dass du schwul bist. Ich meine ...«, Susann musste lachen, »Piet würde dir vermutlich begeistert auf die Schulter klopfen und sich sogar bedanken!«

Sven hatte den Kopf geschüttelt: »Ich kann nicht. Noch nicht.«

Susann wusste, dass es mit Svens Mutter zusammenhing. Hätte die auf die unfreiwillige Enthüllung anders reagiert, würde Sven die ganze Sache wohl entspannter sehen. Doch so hatte er tief in sich das Gefühl eingegraben, dass er sich bei einem Outing nicht befreien würde, sondern ein schreckliches Geständnis abzuliefern hätte. Sven drohte, wie sein Vater zu werden. Ein Versteckspieler.

»Und ich kann da nicht hingehen!«, hatte Sven gejammert und war damit zum eigentlichen Thema ihres Gespräches zurückgekehrt: »Schwulenkneipe – sorry, das klingt gefährlich!«

Susann zog skeptisch die Augenbrauen hoch.

»Ich meine, was geht da ab?«, seufzte Sven. »Hau-

180

fenweise behaarte, muskulöse Kerle in Leder, die zu YMCA *tanzen?*«

Susann seufzte. »Muss ich einem Schwulen wirklich erklären, dass Schwule ganz normale Menschen sind?«

»Du findest mich normal?«, fragte Sven in säuselnd tuntigem Tonfall und wedelte divenhaft mit den Armen.

Susann lachte. »Ich sag dir was«, seufzte sie dann, »ich gehe da nächste Woche mal hin und erzähle dir dann, auf was du dich einzustellen hast!«

»Oh ja, bitte!«. Sven freute sich aufrichtig. Susann lächelte ihn aufmunternd an. In Wirklichkeit war sie allerdings ziemlich nervös. Sie hatte schließlich auch keine Ahnung, wie es im Inneren eines Schwulenlokals aussah. Waren Frauen da überhaupt erlaubt beziehungsweise erwünscht? Doch sie war bereit, alles für Sven zu tun. Sie wusste, wie sehr er litt. Sie wusste, welch großen Schmerz er mit seinen Scherzen überspielte. Und sie wusste, dass Sven so nicht weiterleben konnte. Er musste reinen Tisch machen. Mit sich selbst und dem Rest der Welt.

* * *

Es sollte eine Überraschung sein. »Zwei Karten für *Peter and the Test Tube Babies!*«, trompetete ich begeistert und schwenkte die Tickets vor Susanns Nase.

»Wann?«, fragte Susann – und klang nicht besonders begeistert.

181

»Heute! In der *Markthalle*«, strahlte ich. Die Aussicht auf vier wild herumbrüllende Typen, die ihre Gitarren mehr schlecht als recht, aber dafür in enormer Lautstärke malträtierten, versetzte mich in ein Stimmungshoch. Doch das hielt nicht lange an: »Tut mir Leid, Schatz«, seufzte Susann und küsste mich auf die Stirn. »Ich kann heute nicht!«

Ich war sichtlich enttäuscht: »Wieso denn nicht?«

»Ich, *äh* …«, stammelte Susann, »ich muss Lydia bei einem Referat helfen, das habe ich … *äh*, ihr schon letzte Woche versprochen.«

Susann war die schlechteste Lügnerin der Welt.

»Mmrgh!«, brummte ich. Ich überlegte, ob ich nachbohren sollte, die Wahrheit aus ihr herausquetschen. Aber eigentlich kannte ich die Wahrheit ja schon: Sie würde den Abend mit Sven verbringen. Wie so oft. Das Einzige, was ich nicht wusste, war: Was *tat* sie mit Sven an all diesen Abenden? Ich konnte mir beim besten Willen nicht vorstellen, dass die beiden Sex hatten. Aber andererseits: Manche Frauen standen ja auf diese verhuschten Heinis, die mit ihrer femininen Seite im Einklang waren.

Ich beschloss, nichts weiter zu sagen. Wie üblich.

Aber irgendwann würde ich explodieren!

* * *

»Es ist eine ganz normale Kneipe«, hatte Susann ihm erklärt. »Na ja, ziemlich normal. In den meisten Kneipen gibt es natürlich nicht so viel gut aussehende Ty-

pen auf einen Haufen – und üblicherweise hängen da auch keine Poster von Barbra Streisand an der Wand. Aber ansonsten sitzen die Leute da einfach rum, trinken etwas, klönen … Es ist jedenfalls nicht so, dass sie sich rudelweise auf dem Tresen begatten.«

»Wie bedauerlich«, hatte Sven gekichert. Aber Susann merkte, wie erleichternd er ihren Bericht fand. Sie war froh, dass sie an diesem Abend ins Tuc Tuc gegangen war. Auch wenn Piet deshalb ohne sie ins Konzert gehen musste. Und es war auch gar nicht schlimm. Sie war nicht einmal die einzige Frau dort. Verständlich eigentlich: Es war für Damen der sicherste Ort der Stadt, wenn man in Ruhe ein Bier trinken wollte, ohne angebaggert zu werden.

»Ganz normal«, sagte sich Sven tapfer – und öffnete die Tür! Und tatsächlich: Das Tuc Tuc war kein Plüschparadies, sondern einfach eine gemütliche Pinte. Der einzige Unterschied war, dass Sven normalerweise nicht gleich ein ganzes Dutzend neugierige Blicke auf sich zog, wenn er einen Laden betrat. Mit möglichst neutralem Gesichtsausdruck ging er zum Tresen, setzte sich auf einen Barhocker und studierte – der alte Lesereflex! – die ausliegenden Bierdeckel: Beck's. Interessant. Die trinken hier Hetero-Bier. Dummdidumm. Ganz unauffällig. Ich war schon in hunderten von Schwulenkneipen. Ist absolut nichts Besonderes, hier herumzusitzen. Ba-damm-da-damm, la la, la. Ich bin ganz entspannt …

Sven hatte das Gefühl, die Blicke der anderen Gäste würden sich regelrecht in ihn bohren. Da er mit *dem Rücken zum Raum saß, wusste er natürlich nicht, ob das stimmte, vielleicht waren alle Männer längst wieder in ihre Gespräche vertieft und ignorierten ihn. Aber noch nie in seinem Leben hatte Sven sich dermaßen exponiert gefühlt.*

»Hallo«, begrüßte ihn der Mann hinter dem Tresen – eine schwarzhaarige Schönheit mit glutvollen Augen. Ein nahezu kriminell hübscher Kerl.

»Bier«, sagte Sven – und der Kloß in seinem Hals war unüberhörbar. »Äh ... eins!«

»Ein ... Bier ...«, grinste der Barkeeper ironisch. »Nur ... eins?«

»Hm-m«, nickte Sven. Das fing ja gut an.

Die Tresenschönheit brachte ein Pils vom Fass. »Ich hab dich hier noch nie gesehen«, lächelte er.

»War auch noch nie hier«, sagte Sven.

»Na, dann herzlich willkommen«, sagte der Tresengott mit aufrichtiger Freundlichkeit.

»Danke«, lächelte der nervöse Sven. Er trank einen Schluck und studierte erneut den Bierdeckel. Hätte ja sein können, dass er vorhin etwas übersehen hatte. Dumm-di-dumm. La, la, la. Ganz entspannt.

»Wenn man diese Bierdeckel lange genug anstarrt, dann sieht man plötzlich das Bild eines Delfins«, sagte plötzlich eine Stimme neben ihm. »Wie bei diesen 3-D-Postkarten!«

Sven schaute erschrocken auf und sah einen Typen mit blondem Pferdeschwanz und leuchtend blauen Augen. Nicht einfach nur blau – leuchtend blau! Wie bei Terrence Hill. Er war so etwa in Svens Alter, viel-

184

leicht zwei, drei Jahre älter. Sven schaute einfach nur verdutzt und sagte gar nichts.

»Kleiner Scherz«, grinste der Typ. »Hi, ich bin Markus! Nenn mich Matze.« Er hielt Sven die Hand hin.

»Sven«, sagte Sven – und schüttelte Matzes Hand. Matze hatte einen außergewöhnlich festen Händedruck.

»Neu in der wunderbaren Welt der Homosexualität?«, grinste Matze.

»Ist das so offensichtlich«, fragte Sven.

Matze lachte: »Hey, wir haben alle mal bei Null angefangen!«

Sven drehte sich zu den anderen Gästen um. Täuschte er sich oder wandten plötzlich alle blitzschnell ihren Blick von ihm ab?

»Also«, sagte Matze und legte seine Hand auf Svens Schulter, »dann erzähl doch mal ...«

»Er ist sooo süß!« Sven strahlte.

»Und er heißt wirklich Atze?«, fragte Susann ungläubig.

»Matze! Mit M!«, strahlte Sven. »Aber eigentlich Markus. Und er ist sooo süß!«

»Das sagtest du bereits«, grinste Susann.

* * *

Ich hatte gerade Fernsehen geschaut. Es lief ein *Tatort* mit einem neuen Kommissar namens Schimanski, der

eben – oder hatte ich mich verhört? – tatsächlich
»Scheiße« gesagt hatte. *Wow!* Ein öffentlich-recht-
liches *Scheiße!* Da sag noch mal einer, es gebe keine
Überraschungen mehr!

Eine noch größere Überraschung war es allerdings,
als während ebendieses *Tatorts* meine Mutter anrief
und mir mitteilte, dass ein neuer exotischer Brief für
mich eingetroffen sei. Aus Obervolta! Herrgott, wo lag
denn das? Ich verabredete mit meinen Eltern, dass ich
gleich am nächsten Morgen zum Frühstück vorbei-
kommen wollte, um den Brief abzuholen. Ich brannte
darauf, Neues von Bernhard zu erfahren!

»Wie schön, dass wir dich mal wieder zu sehen bekommen«, sagte meine Mutter schnippisch, »auch
wenn du nicht wegen uns, sondern nur wegen eines
Briefes kommst!«

Ich seufzte, sagte: »Bis morgen Vormittag also!«,
und legte auf. Dann kramte ich meinen alten Schul-
atlas hervor und schaute im Index unter O nach. Aha:
Obervolta lag in Afrika. Wer hätte das gedacht?

Zuerst rief ich Susann an, um sie für den nächsten
Abend zur großen Briefverlesung in meine Wohnung
zu bitten. »Klar komme ich«, sagte sie und fügte mit
hauchender Stimme an: »Ich wäre allerdings auch
ohne Brief gekommen, Baby!« Wenn sie danach nicht
so albern gekichert hätte, wäre das ein ziemlich cooler
Spruch gewesen. Auch Dille sagte, er und Petra würden sich das natürlich nicht entgehen lassen. Seine
Mutter könnte auf Jan aufpassen. Und er würde ein
paar Tüten Kartoffelchips mitbringen – er hätte einen

186

ganzen Karton voll, mit nur ganz leicht überschritte-
nem Haltbarkeitsdatum.

Und dann rief ich, nach einigem Zögern, sogar bei
Sven an. Auch wenn ich mehr als stinkig auf ihn war –
er gehörte schließlich dazu. So viel Fairness musste
sein.

»Hallo«, meldete er sich.

»Hi«, sagte ich, »hier ist Piet. *Äh* ...«

Sven blieb still.

»Äh ...«, fuhr ich fort, »Bernhard hat endlich mal
wieder geschrieben. Aus Obervolta ...«

»Oh, Afrika«, staunte Sven. *Klugscheißer!*

»Also«, sagte ich, »morgen um neun kommen alle
Kirschkernspucker zu mir, und wir lesen den Brief.
Kommst du auch?«

Sven war überrascht. Was man daran hörte, dass
man eine Weile lang gar nichts hörte. Doch dann sagte
er: »Ja. Gern.«

»Okay«, sagte ich. Und legte auf. Zu einem
»Tschüss!« konnte ich mich dann doch nicht mehr
durchringen.

* * *

*Die Quarkspeise kam mit voller Wucht und völlig un-
erwartet! Petra, die hinter Dille stand, hatte die
große, schwere Schüssel angehoben und den gesamten Inhalt kurz entschlossen über seinen Kopf gekippt. Mit einem nahezu obszönen Schmatzgeräusch
war die glibberige Masse auf einen Schlag herausge-
schappt, klebte nun in Dilles Haar und lief ihm über*

das Gesicht. Der kleine Jan, der seinem Vater am Küchentisch gegenübersaß, juchzte begeistert auf: »Papa ist ein Quarkkopf! Hähähä!«

Petra warf ihrem Sohn einen dermaßen stechenden Blick zu, dass der schlagartig verstummte.

»Eineinhalb Stunden habe ich gebraucht, um diese Quarkspeise anzurühren«, zischte Petra. »Ich habe frische Pfirsiche hineingeschnitten und mindestens zwanzig Minuten gebraucht, um das richtige Mischungsverhältnis von Quark und Mascarpone herauszufinden. Dann habe ich noch eine ganze Tafel Zartbitterschokolade fein geraspelt und untergerührt. Und was, Schatz, habe ich dann gesagt?«

Dille, der sich gerade ein Pfirsichstückchen vom linken Nasenflügel pulte, sah Petra nur durch einen Schmierfilm aus Quark und Mascarpone an.

»Dann«, fauchte Petra, »habe ich gesagt: ›Stellst du die Quarkspeise bitte nachher in den Kühlschrank, sonst wird sie schlecht!‹ Hab ich das gesagt? Hä? Hab ich das gesagt?!«

Dille schluckte.

»Und dann«, Petras Stimme drohte nun umzukippen, »bin ich ins Bett gegangen, weil ich ja nun mal schwanger und vom Quarkspeisemachen müde war. Und du ...«

Dille hob an etwas zu sagen, doch als er Petras Blick sah, tat er es seinem Sohn gleich und kniff die Lippen zusammen.

»Du ... hast dir den Tatort angeschaut und dich einen Scheißdreck für meine Quarkspeise interessiert!

Und jetzt, nach einer Nacht neben der Heizung, ist sie ranzig!«

»*Es tut mir Leid ...*«, stammelte Dille.

»*Das ist nicht mehr gut genug!*«, schrie Petra. Und es sah aus, als würde sie gleich zu weinen beginnen. »*Das ist, verdammt noch mal, nicht mehr gut genug! Ich bin nicht dein Bimbo!*«

Als sie aus der Küche stürmte, grinste Dille seinen perplex dreinschauenden Sohn verlegen an. Er angelte sich mit der Zunge etwas Quarkspeise von der Oberlippe und sagte dann mit gespielter Überraschung: »*Komisch. Schmeckt gar nicht ranzig.*«

Der kleine Jan kicherte.

* * *

»Tut mir Leid, Piet«, seufzte Dilbert. »Es geht nicht. Beim besten Willen nicht! Petra ist auf Hundertachtzig und will mit mir reden. Sich aussprechen! Wenn ich auch nur vorschlage, dass wir heute Abend ausgehen, dann schlachtet sie mich!« Dille kicherte nervös. »Mann, mir geht der Arsch regelrecht auf Grundeis!«

Ich war furchtbar enttäuscht. Ich wollte Bernhards Brief zelebrieren, wir alle sollten seinen Inhalt gleichzeitig hören. Das war mir wichtig, darauf hatte ich mich gefreut. Pustekuchen.

»Schade um die Kartoffelchips«, sagte ich giftig. Und ich konnte förmlich hören, wie Dille eine hilflose Grimasse schnitt. Ich wusste ja, dass er sicher lieber bei mir sitzen, ein Bier trinken und Bernhards Neuig-

189

keiten hören würde, anstatt von seiner mitunter ganz schön furchterregenden, durch allerlei Schwangerschaftshormone momentan sogar doppelt gefährlichen Gattin den Kopf gewaschen zu bekommen. Aber ich ärgerte mich trotzdem.

»Mhm, na ja …«, murmelte ich, mich selbst zur Anteilnahme und Versöhnlichkeit zwingend, »dann eben ein andermal. Hey, viel Glück! Ich hoffe, sie lässt dich in einem Stück!«

»Hehehe«, lachte Dille nervös. Und dann legte er auf.

Ich schaute auf die Uhr. Es war kurz vor acht. In einer halben Stunde würde Susann kommen, um neun dann Sven. Ich zog eine der Tupperschüsseln aus dem Kühlschrank, die mir meine Mutter mitgegeben hatte: Rotkohl und Kassler. Ich kippte das Essen auf einen Teller und schob ihn in meine neue Mikrowelle.

1981 war das Jahr, das mir mein Leben maßlos erleichterte und versüßte. Zwei neue Erfindungen eroberten nämlich den Markt: die Mikrowelle und der Videorekorder. Beide musste ich mir, obgleich es ein ziemliches Loch in mein Konto fraß, unbedingt anschaffen! Von Ersterem ging das Gerücht um, es verursache Krebs, von Letzterem hieß es, es sei der finale Sargnagel für das gute, alte Kinoerlebnis – aber, hey: Es waren zwei Kästen, die für mich wie maßgeschneidert waren. Endlich konnte ich einen Film meiner Wahl genießen, ohne auf das schockierend fade Angebot der drei deutschen TV-Sender angewiesen zu sein.

190

Und wenn ich etwas warmes Essen wollte, musste ich nicht mehr schnippeln, schmoren, rühren und hinterher die angebrannten Töpfe schrubben, sondern bloß den kleinen Drehschalter auf *3 Minuten* und den Druckknopf auf *On* stellen. Es war wie ein Vorahnung des Paradieses.

1981 war allerdings auch das Jahr, in dem ich die größte Dummheit meines Lebens beging und eine Seite an mir entdeckte, von der ich bis dato nicht einmal etwas ahnte. Eine Seite, die mir noch heute, wo ich von ihrer Existenz weiß, Angst macht. Was, wenn sie noch einmal zum Vorschein kommt?

Dilles Anruf war das erste Steinchen jener Lawine, die alles auslöste. Der zweite Auslöser kam, als ich gerade die erste Gabel Rotkohl in den Mund schob. Denn da klingelte das Telefon erneut. Es war Susann.

»Piet«, sagte sie kurzatmig und denkbar geschäftsmäßig, »es klappt heute nicht. Mir ist etwas dazwischengekommen.«

»Was denn?«, fragte ich möglichst neutral.

»*Etwas!*«, raunzte Susann. »Es ist einfach *etwas* dazwischengekommen!«

»Ich will, dass du herkommst!«, sagte ich und wunderte mich selbst über meinen weinerlichen Tonfall.

»Morgen, Schatz. Okay?« Susann versuchte eine gewisse Sanftheit in ihre Stimme zu bringen, doch ich spürte, dass sie nur eines wollte: auflegen.

»Scheiß drauf!«, schrie ich. »Scheiß einfach drauf!« Und dann knallte ich den Hörer auf die Gabel.

Ich starrte das Telefon an und war mir sicher, dass sie sofort noch einmal anrufen würde. Susann würde es nicht ertragen, so verabschiedet zu werden. Doch das Telefon blieb stumm. Nach etwa zwei Minuten hob ich den Hörer ab und lauschte. Ja: ein Freizeichen. Das Telefon funktionierte also. Ich legte den Hörer wieder auf. Warum rief sie nicht an?

Ich nahm Bernhards Briefumschlag, den ich vor mir auf den Tisch gelegt hatte, in die Hand. Er war noch verschlossen, obwohl ich darauf brannte, ihn zu lesen. Doch ich war nicht der alleinige Empfänger. Dieser Brief war für uns alle. Für alle Kirschkernspucker! Es war so ziemlich das Einzige, was uns noch als Einheit erscheinen ließ, das letzte Bindeglied zu unserer Vergangenheit.

Sie fehlte mir, die Vergangenheit. Ich vermisste meine Welt, wie sie einmal war. Ich hätte ohne zu zögern meine Mikrowelle und den Videorekorder aus dem Fenster geworfen, wenn ich dafür das Gefühl zurückbekommen hätte, das ich damals hatte. Damals, als wir zusammen auf der Wiese saßen, herumalberten, in unserem eigenen Universum lebten und völlig sicher waren, dass alle offenen Fragen, alle Zweifel, alle Traurigkeit an jenem Tag beendet sein würden, wenn wir ›groß‹ wären. So stellte ich mir das vor: Eines Tages würde ich aufwachen, wäre erwachsen, und alles würde sich zusammenfügen. Der totale Durchblick wäre endlich da!

Doch irgendwann begann ich zu ahnen, dass wir alle ratlos bleiben würden. Verwirrt und suchend, bis wir in die Kiste kamen. Und das deprimierte mich. Und noch mehr deprimierte es mich, dass ich scheinbar der Einzige war, der der Vergangenheit solch einen Stellenwert zumaß. Mit den anderen zusammen Bernhards Brief zu lesen – das wäre wie eine Reise zurück gewesen, eine Erneuerung unserer Freundschaft. Doch Dille und Petra ließen die Chance verstreichen, um ihre Beziehung zu diskutieren, Susann sagte ab, weil …

… weil?

Warum sollte ich mir etwas vormachen: Sie war auf dem Weg zu Sven! Mittlerweile war es fünf nach neun. Und ich wusste: Ich könnte noch zwei Stunden warten, und Sven würde trotzdem nicht kommen. Susann und Sven! Sven und Susann!

Als ich diese Erkenntnis nicht mehr vor mir selbst leugnete und mit wutverzerrtem Gesicht, laut brüllend den Teller, der noch halb voll Rotkohl war, gegen die Wand schmiss, war die Lawine in voller Fahrt. Ich war nicht mehr zu bremsen!

* * *

Eine Woche war es her, dass Sven seine Unschuld an Matze verloren hatte. Es war schön. Nein, es war wunderbar! Matze war zärtlich, verstand Svens Angst und Aufregung und wusste, wie sie ihm zu nehmen war. Und als Matze dann gegangen war, mitten in der Nacht, hatte sich Sven lächelnd in seine Decke gekuschelt und leise geseufzt. Er war verliebt!

»Ich ruf dich an«, hatte Matze gesagt.

Doch getan hatte er es nicht.

Erst nach zwei Tagen – er wollte ja nicht aufdringlich erscheinen – hatte Sven seinerseits versucht, Matze zu erreichen. Doch es ging niemand ans Telefon. Auch am Tag darauf nicht. Gleich nach der Arbeit eilte Sven nun jeden Tag ohne Umweg nach Hause und wartete auf einen Anruf. Er ging nicht mehr aus, nicht einmal wie sonst so oft zum Imbiss an der Ecke, um sich ein halbes Hähnchen zu holen. Er blieb in seiner Wohnung. Das Telefon könnte ja klingeln!

Nach fünf Tagen gestand er sich jedoch ein, dass Matze sich wohl niemals melden würde. »Ich bin ein One Night Stand«, sagte Sven zu seinem Spiegelbild. »Ein Fick für eine Nacht!«

Doch im Hinterkopf war immer noch die Hoffnung. Vielleicht, nur vielleicht hatte Matze ja auch den Zettel mit Svens Telefonnummer verloren? Und er fand auch das Haus, in dem Sven wohnte, nicht wieder, weil es ja dunkel gewesen war, dieses eine Mal, als er den Weg dorthin zurückgelegt hatte. Vielleicht musste Matze auch überraschend für ein paar Tage weg. Vielleicht.

An dem Abend, als bei Piet Bernhards Brief verlesen werden sollte, beschloss Sven, vorher kurz ins Tuc Tuc zu schauen. Vielleicht war Matze ja da. Sven musste endlich wissen, woran er war! Piet wohnte praktischerweise nur einige Busstationen von dort entfernt – Sven müsste diese Verabredung also nicht absagen.

194

Als Sven die Tür der Kneipe öffnete, sah er Matze sofort – er saß am Tresen und sprach mit dem dunkelhaarigen Barkeeper, der sich – wie Sven mittlerweile wusste – Parzival nannte und ein Freund von Matze war. Sven legte von hinten seine Hand auf Matzes Schulter – und in dem Moment, als er sich umdrehte, wusste Sven Bescheid! Da war keine Freude, ihn zu sehen, in Matzes Blick. Da war Unbehagen, ein kleines, aber offenkundiges Genervtsein. Matze lächelte, nicht sehr glaubwürdig, und sagte: »Oh! Hi!« Er gab Sven sogar einen Kuss. Doch Sven spürte, dass er störte.

»Du hast nicht angerufen«, sagte Sven. Und er ärgerte sich über die Brüchigkeit seiner Stimme.

»Du«, antwortete Matze, »ich hatte die letzten Tage höllisch viel zu tun!«

Parzival wandte Sven den Rücken zu. Doch im Spiegel hinter dem Tresen konnte Sven sehen, dass er feixte.

Sven sah Matze nur an. »Hör mal«, sagte der schließlich, »ich finde dich total süß. Und es war sehr schön. Aber es ist ja nicht so, dass wir uns verlobt hätten …«

Kicherte da jemand leise an einem der Tische? Sven zwang sich, nicht hinzuschauen.

»Das war's?«, fragte er. »Das ist alles?«

Matze zuckte mit den Schultern. Ihm war dieses Gespräch offenbar unangenehm, aber neu schien diese Art von Situation für ihn nicht zu sein. »Das heißt ja nicht, dass wir uns jetzt aus dem Weg gehen müssen«, wiegelte er ab. »Ich sagte ja: Es war schön.

Ich hätte keine Einwände gegen eine Wiederholung,
aber wir müssen ja nicht gleich ...«

Sven drehte sich um. Mitten im Satz ließ er Matze
stehen, öffnete die Tür und trat auf die Straße. Es sah
sehr würdevoll aus. Parzival und Matze sahen Sven
noch am Fenster vorbeigehen, erhobenen Hauptes.
Matze lächelte verlegen.

»Du bist so ein sensationelles Riesenarschloch,
Matze!«, schimpfte einer der Männer an den Tischen.

Matze wedelte mit der Hand eine schwammige
Geste zu ihm hinüber, die alles und gar nichts bedeuten
ten konnte.

Als Sven um die Ecke gebogen war, blieb er stehen.
Niemand sah ihn mehr. Sven ließ die Schultern herunterfallen und erlaubte einer Träne, aus seinen Augen
zu rollen. Damit war der Bann gebrochen: Sven begann hemmungslos zu schluchzen. Ein leises, zittriges
Wimmern. Sein rotes Gesicht nass vor Tränen.

Und so sah er auch noch aus, als er eine halbe
Stunde später vor Susanns Tür stand!

»Ich ...«, stammelte er. Doch mehr Worte kamen
nicht. Nur ein Heulen.

»Oh, mein Gott!«, rief Susann entsetzt. »Was ist?
Bist du verletzt?«

Sven schüttelte den Kopf. Susann zog ihn in ihre
kleine Wohnung, drückte ihn auf ihr Sofa, setzte sich
neben ihn, nahm ihn in den Arm und ließ ihn eine
Weile lang an ihrer Schulter schluchzen. Dann, stockend, erzählte er ihr, was passiert war.

Susann stand nur kurz auf, um Piet anzurufen und abzusagen, dann setzte sie sich zurück zu Sven auf das Sofa. Er brauchte sie. Und sie würde für ihn da sein.

* * *

»Moooment!« Der Mann mit der roten Nase rollte mit den Augen und musste sich vergewissern, dass er das alles richtig verstanden hatte: »Du m-meinst, während wir hier sitzn, knattert deine Alte d-deinen besstn Freund.«

Ich nickte und hob, deutlich sichtbar für die sensationell fette Frau hinter dem Tresen, Zeige- und Mittelfinger hoch. Die international anerkannte nonverbale Methode, zwei Kurze zu ordern. Ich war noch nie in dieser Pinte gewesen, obwohl ich jeden Tag mehrmals an ihr vorbei ging. *Holsten-Klause*. Eigentlich nicht meine Art von Etablissement: Hier saßen nur Männer ab fünzig, oder zumindest solche, die so aussahen, als ob sie das halbe Jahrhundert schon absolviert hätten. Schlichtes Holzmobiliar, gerahmte Poster vom HSV, ein muffiger Geruch und aus den Lautsprechern sabbschte Schlagersülze. Es war der perfekte Ort, wenn man sich scheiße fühlte. *Hier* würde dieses Gefühl ganz sicher nicht verschwinden! Hier war ich richtig!

Der Mann mit der roten Nase war mein neuer bester Freund. Er hatte sich unverzüglich selbst dazu ernannt, nachdem ich begonnen hatte, ihm Schnäpse zu spendieren. Als Gegenleistung erteilte er mir praktische Lebenshilfe: »W-wenn dir die Fraun blöd kommn, musste ihnen auffe Fresse haun!«

Ich schüttelte den Kopf. »Nicht mein Stil«, brummelte ich und kippte den Kurzen, der plötzlich vor mir stand, in meinen Schlund. Der Mann mit der roten Nase schnappte sich das andere Glas.

»D-du musst aber irgndwas machen! Kannstse ja nich einfach d-da rumficken lassen, mit d-deinem b-besten Freund. G-geht doch nich, so was! D-da verlierste ja d-deine Menschnw-würde!« Der Mann mit der roten Nase fand, dass sein letzter Satz von besonderer Tiefe war und wiederholte ihn deshalb – diesmal jede Silbe betonend, indem er mir mit dem Finger stakkatoartig auf den Solarplexus piekte: »D-da verlierste deine M-menschnwürde, verstehste? D-deine Menschnw-würde!«

Die Kneipe drehte sich. Zumindest fühlte es sich so an. Ich war noch nicht so besoffen, dass ich das Gebrabbel des Mannes mit der roten Nase ernsthaft für erwägenswerte Denkimpulse hielt, aber ich hatte inzwischen genug Kurze gekippt, dass ich mich doch ein wenig von seinem aggressiven Aktionismus anstecken ließ. Zumindest in einem Punkt hatte er ja auch Recht: So konnte es nicht weitergehen! Ich war nicht mehr bereit, Susann mit Sven zu teilen! Es musste reiner Tisch gemacht werden! Sofort!

»Habt ihr 'n Telefon?«, fragte ich die Tresenwuchtbrumme.

Die Dame überlegte einen Moment und beschloss dann offenbar, dass mich die stolze Anzahl von

Schnäpsen, die ich für mich und den Mann mit der roten Nase bestellt hatte, zu einem Gratis-Gespräch qualifizierte. »Ortsgespräch?«, fragte sie, während sie ein schweres, schwarzes Telefon unter dem Tresen hervorangelte.

»Häh?«, fragte ich nach, während ich mit rechts nach einem der beiden Hörer griff, die vor meinen Augen tanzten, und den Zeigefinger der linken Hand mit äußerster Konzentration in das dritte Loch der Wählscheibe steckte.

»Wohin geht das Gespräch?«, fragte sie.

»Direkt in die Höhle des Löwen!«, knurrte ich.

Es tutete achtmal, bis Susann endlich abnahm. Sie klang müde. Ich schaute auf die Uhr: halb eins. Hoppla.

»Ich w-weiss, was du machst! Ich m-mach dass nicht mehr mit! Mir reicht's!«, pöbelte ich Susann ohne Umschweife an. Der Mann mit der roten Nase hob anerkennend den Daumen hoch.

»Piet?«, fragte Susann.

»Ich hab' die Schnauze voll!«, schrie ich. »Ich will eine Entscheidung! J-jetzt!«

Susann kombinierte haarscharf, indem sie den Inhalt meiner Worte mit meinem nicht sehr stabilen Tonfall und den Hintergrundgeräuschen (Tony Marshall, Gläserklirren und ein rülpsender Rentner) addierte: »Du bist betrunken!«

»Ich w-will jetzt eine Entscheidung!«, motzte ich.

»Ruf morgen an, wenn du nüchtern bist«, zischte die empörte Susann. Und kurz bevor sie auflegte,

199

hörte ich im Hintergrund ein Flüstern. *Verdammt!* Dieses Schwein von Sven war immer noch bei ihr!

* * *

»Ist es das, worauf ich mich einzustellen habe: flüchtigen Sex? Sonst nichts?«

Susann seufzte. Sie liebte Sven. Wie einen Bruder. Aber manchmal übertrieb er es mit seiner Rührseligkeit und seinem Selbstmitleid. Er konnte sich wirklich wortreich bedauern. Stundenlang!

»Mein Gott«, seufzte Susann, die langsam erschöpft war vom Zuhören und Trösten. »Du bist an ein Arschloch geraten. Big Deal! *Frag jede beliebige Frau auf der Straße, ob ihr das auch schon mal passiert ist. Und wenn sie keine Nonne ist, dann nickt sie!«*

»Dir ist das noch nicht passiert!«, nölte Sven.

»Du erinnerst dich an den Furz?*«, grinste Susann. »Der war dicht genug dran.«*

»Aber jetzt hast du Piet ...«

Susann rollte mit den Augen. »Ich weiß nicht, ob ich Piet habe! Mit Piet zusammen zu sein ist wie eine Qualle zu würgen. Du kriegst den Kerl einfach nicht zu fassen.«

»Er liebt dich!«, sagte Sven bestimmt. »Er ...«

»Hier geht's jetzt aber nicht um Piet und mich, sondern um dich«, unterbrach ihn Susann.

»Es geht mir schon besser!«, sagte Sven, ließ es sich aber nicht nehmen, noch einmal demonstrativ zu schniefen.

Susann sah ihn ironisch lächelnd an.

»Ehrlich!« Jetzt grinste auch Sven. »Mir geht's besser.«

»Willst du heute Nacht hier bleiben?«, fragte Susann, nachdem sie auf die Uhr gesehen hatte. Es war schon fast Mitternacht.

»Darf ich?«, fragte Sven.

»Klar«, antwortete Susann.

Eine Viertelstunde später lagen die beiden zusammen in Susanns Bett. Sie hatte Sven noch ein wenig den Kopf gestreichelt und dann auf die Stirn geküsst. Manchmal fühlte sie sich nicht wie seine Schwester, sondern eher wie seine Mutter.

Dann schliefen beide ein.

Für genau zehn Minuten. Dann klingelte plötzlich das Telefon.

* * *

So betrunken ich auch gewesen sein mag: die misstrauischen Blicke des Taxifahrers, der mich durch den Rückspiegel sehr genau beobachtete, entgingen mir nicht. Ich weiß nicht, ob er eher damit rechnete, dass ich mich auf seine schönen Lederpolster erbrach, oder mich vielmehr für jene Art von Mensch hielt, die plötzlich ein Messer zückt und ihm an die Kehle presst – aber ich spürte, wie froh er war, als er mich schwankende und keuchende Kreatur vor Susanns Haustür absetzen konnte. Mir fehlten sowohl der scharfe Blick als auch die feinmotorischen Fähigkeiten, um ihm das genau abgezählte Fahrgeld zu geben.

Also drückte ich ihm kurz entschlossen mein Portemonnaie in die Hand und verließ mich darauf, dass er schon nicht zu viel herausnehmen würde. Reichtümer befanden sich, nachdem ich die schockierend hohe Zeche der *Holsten-Klause* beglichen hatte, ohnehin nicht mehr in meiner Geldbörse.

Ich wankte die zwei Stockwerke zu Susanns Wohnung hinauf und drückte auf den Klingelknopf.

Nichts.

Ich drückte noch einmal.

»Piet?«, fragte Susann, die mich offenkundig durch den Türspion betrachtete.

»Mach auf«, forderte ich. »Ich w-weiss, dass du Sven da drin hast!«

»Geh nach Hause«, bat Susann. »Schlaf dich aus.«

»M-mach auf!«, sagte ich. Nicht übermäßig laut, aber sehr fordernd.

Susann öffnete die Tür einen kleinen Spalt, wohl um mir in die Augen zu sehen, während sie versuchte, mich zur Vernunft zu bringen. Und ich nutzte diese vertrauensvolle Geste, um die Tür mit einem Ruck aufzustoßen.

Ich werde meinen zweifelsohne beeindruckenden Promillewert nicht als Entschuldigung für das benutzen, was nun folgte. Ich glaube nicht an Alkoholeinwirkung als Strafmilderungsgrund. Ich finde, wer säuft, muss auch die Konsequenzen für den Mist tragen, den er in diesem Zustand anrichtet. Und ›Mist‹ ist ein sehr kleines Wort für das, was in dieser Nacht geschah.

Ich stieß also die Tür auf. Mit mehr Wucht, als ich wollte! Susann wurde dadurch zurückgeschleudert und krachte mit dem Hinterkopf gegen den Flurspiegel, der in tausend Scherben zerbrach! Fassungslos betrachtete ich, wie sie danach völlig apathisch dastand, mich mit großen, leeren, geschockten Augen anstarrte.

Ich wusste nicht, was ich tun sollte.

Und dann kam plötzlich Sven aus Susanns Schlafzimmer geschossen! Das sah ich noch aus dem Augenwinkel: Er hatte in ihrem Bett gelegen! Und er trug nur eine Unterhose!

War das jetzt noch wichtig?

Ich wusste es nicht.

Sven schoss auf mich zu. Todesmutig, muss man fast sagen. Er warf sich laut kreischend auf mich! Es lag nicht nur an meinem volltrunkenen Zustand, dass ich umkippte. Irgendwie ließ ich mich auch fallen. Ich wollte nicht mehr stehen. Ich wollte abtauchen. Während ich stürzte, sah ich Susann, die immer noch starr dastand. Fassungslos.

Sven saß auf meinem Brustkorb, und ich tat gar nichts. Für ein paar Sekunden hockte er nur auf mir drauf, und ich schloss die Augen. Doch dann schlug er mir mit der Faust ins Gesicht! Und ich war nicht nur mit einem Mal wieder hellwach, sondern klinkte endgültig aus: *So* ging das nicht! *Das* war falsch! *Er* war doch das Schwein! *Er* hatte mit meiner Freundin im Bett gelegen! Und jetzt sollte *ich* es sein, der die Prügel kassierte? Beim nächsten Schlag, den der weiß Gott nicht besonders kräftige Sven bei mir landen wollte, bekam ich seine Hand zu fassen. Ich packte sie und ließ sie nicht mehr los.

»Du Schwein!«, schrie Sven und zappelte hysterisch herum.

Und da stieß ich ihn von mir, kam selbst wieder auf die Beine, und als wir uns gegenüberstanden, dachte ich überhaupt nicht mehr, sondern schlug nur zu. Ein einziger, harter Schlag. Und ich traf genau dorthin, wohin ich treffen wollte: Svens Gesicht.

Der Hieb warf ihn förmlich durch den Flur. Er stieß dabei eine Blumenvase um, krachte mit dem Arm gegen die Wand und landete schließlich mit dem Hinterkopf in den Scherben des Spiegels. Ich torkelte auf ihn zu, halb stolperte ich, halb warf ich mich auf ihn und wollte dem Mann, der mir meine Freundin wegnehmen wollte, gerade einen weiteren gehörigen Faustschlag versetzen. Bis ich das Blut sah! Es lief in einem dünnen Streifen über seine Schläfe, seine Wange, sein Ohr und sammelte sich zu einer immer größer werdenden Pfütze auf dem Teppich.

Ich ließ sofort von Sven ab! Susann, die sich inzwischen aus ihrer Apathie gelöst und einen Regenschirm geschnappt hatte, den sie nun wie eine Keule schwang, starrte mich an. »Geh!«, schrie sie schließlich. »Geh weg!«

»Ich …«

»Geh!«, schrie sie noch einmal. Und ihre Stimme überschlug sich.

»Das ist eine Unverschämtheit, dieser Lärm! Hallo,

Sie da oben! »Ich habe die Polizei gerufen!«, rief die schrille Stimme einer Frau aus dem Treppenhaus.

»Rufen Sie auch einen Krankenwagen!«, rief Susann der unsichtbaren Helferin zu. »Und du«, jetzt zischte sie nur noch und warf mir einen eisigen Blick zu, »verschwindest! *Für immer!*«

Ich zögerte immer noch, wollte alles rückgängig machen, die letzten Minuten zurückspulen und löschen, zumindest erklären, um Verzeihung bitten, helfen, büßen … irgendwas! Doch ich stand nur da, zitternd, wankend.

»Hau ab!«, brüllte Susann in einer Stimme, die ich noch nie gehört hatte.

Und da ging ich.

Ich schlich die Stufen des Treppenhauses hinab. Im ersten Stock schloss sich hastig eine Tür, als ich herunterkam.

Susann legte sofort auf, als ich sie am nächsten Morgen anrief. Und in Svens Wohnung nahm niemand ab.

Ich fühlte mich entsetzlich, so schrecklich wie noch nie in meinem Leben. *War ich das? Habe ich das wirklich getan?* Nur einmal in meinem ganzen Leben hatte ich mich mit jemandem geschlagen – bei jenem legendären Schulhofkampf, bei dem Petra und Dille deutlich mehr Kampfgeist an den Tag gelegt hatten als ich. Ich hatte mich nie für gewalttätig gehalten – selbst in meiner Autonomen-Zeit hatte ich es nie übers Herz gebracht, für einen Polizisten eine wirklich ernsthafte

Gefahr darzustellen. Ich war allerhöchstens ein Verbalaggressor. Doch dann die letzte Nacht!

Ich verstand mich nicht mehr!

Ich bekam Angst vor mir.

Von meiner Scham über das, was ich Sven und Susann angetan hatte, ganz zu schweigen! Alles, wirklich alles hätte ich getan, um diesen Vorfall wieder gutzumachen. Doch wie sollte das gehen? Das Ganze war irreparabel.

Hatte ich Sven schwer verletzt? Ich musste es wissen!

In meiner Verzweiflung rief ich bei Petra an. Und an dem Zögern in ihrer Stimme erkannte ich, dass sie bereits informiert war.

»Bitte leg nicht auf!«, flehte ich.

Zuerst sagte Petra gar nichts. Dann schließlich: »Okay.«

Natürlich: Wenn irgendjemand auf diesem Planeten Verständnis für gewalttätige Wutausbrüche aufbringen musste, dann Petra.

»Wie geht es Sven?«, fragte ich.

»Platz- und Schnittwunden und eine leichte Gehirnerschütterung«, erklärte Petra. »Er durfte heute Morgen schon wieder nach Hause.«

Gottseidank!

»Ich …«, hob ich an. Doch dann verstummte ich. Was wollte ich sagen? Was *sollte* ich sagen?

Petra wartete noch einen Moment. Und als ich immer noch schwieg, legte sie einfach auf.

Ich ließ den Kopf sacken. Wenigstens war Sven in

Ordnung. Na ja, *ziemlich* in Ordnung. Aber das war auch schon alles.

Stundenlang saß ich da und starrte vor mich hin. Ich ging den Abend in jeder quälenden Einzelheit wieder und wieder durch. Keine Chance, etwas zu finden, was meine Schuld in irgendeiner Weise schmälern könnte.

Während ich so dasaß und mir den Kopf zermarterte, entdeckte ich Bernhards Brief, der immer noch auf dem Tisch lag. Ich öffnete ihn.

Liebe Kirschkernspucker!

Diesmal schreibe ich Euch aus dem Herzen des schwarzen Kontinents! Ich habe mich mal wieder in die Dienste des Roten Kreuz begeben und helfe hier in Obervolta als Sanitäter. Ich weiß nicht, ob ihr in Deutschland schon davon gehört habt, aber hier unten grassiert eine schreckliche Seuche namens »Aids«. Tausende sterben. Es gibt keine Heilung und keine Impfung. Alles, was wir tun können, ist, die Leute mehr oder weniger in Würde sterben zu lassen.

Manchmal ist es schrecklich deprimierend, und ich wünschte, ich könnte bei Euch sein! Ihr seid immer so gut drauf, habt immer etwas zu lachen. Ihr macht Euch die Dinge nicht unnötig kompliziert! Aber andererseits möchte ich auch meine Erfahrungen hier und im Rest der Welt nicht missen. Ich habe wirklich gelernt, das Glück in den Kleinigkeiten zu finden.

Ich wünschte, Ihr könntet mir zurückschreiben, aber ich weiß ja nie, wo ich als Nächstes sein werde. Doch natürlich wüsste ich gern, was Ihr so treibt. Ich bin mir aber sicher, dass es Euch gut geht. Ihr seid Glückskinder. Vielleicht komme ich ja irgendwann auch mal wieder ins kalte Deutschland.

Ob wir uns wieder erkennen würden?

Macht's gut, Freunde!
Bernhard

Ich legte den Brief zu Seite. Für einen Moment dachte ich, ich müsste weinen. Doch es waren keine Tränen mehr da.

1985

Ich hatte Arlette in der Baghwan-Disco kennen gelernt. Die Sekte des Shree Rajneesh war der letzte Schrei in der Stadt, und der dazugehörige Tanzschuppen galt als hipper Treff. Ich stand dem esoterischen Unfug, der dahinter steckte, allerdings nicht besonders nahe, und ich bezweifelte zudem stark, dass ein Haufen dumm schwafelnder Gestalten, die einen Großteil ihrer Zeit darauf verwanden, die Stadt nach orangefarbener Kleidung zu durchforsten, mir tatsächlich zu einer neuen Bewusstseinsebene verhelfen konnten. Trotzdem gab es zwei gute Gründe, diese Disco zu besuchen: Erstens traf man hier tolle Frauen, Frauen wie Arlette. Und zweitens ertönte dreimal pro Nacht plötzlich ein Gong, woraufhin abrupt die Musik verstummte und alle Baghwanesen anfingen, zwei Minuten lang zu beten. Das war ein denkbar guter Zeitpunkt, sich zechprellenderweise aus dem Lokal zu schleichen! Solche Chancen boten andere Tanzschuppen nicht.

Arlette studierte Kunstgeschichte und war Französin, was sich vor allem in einem überaus putzigen Akzent und einer sehr ungewöhnlichen Esskultur manifestierte. Wenn sich Arlette zum Essen hinsetzte, stand sie frühestens zwei Stunden später wieder auf. Immer gab es eine Vorspeise, Rotwein, als Nachtisch eine reichhaltige Käseauswahl, Weintrauben. Sie hatte sogar eine dieser riesigen, echten Espressomaschinen, wie man sie sonst nur aus Restaurants kannte, in ihrer Küche stehen. Es war unglaublich! Für mich, der es bereits als »Verfeinern« bezeichnete, wenn jemand bloß Ketchup über Pommes kippte, waren diese kulinarischen Exzesse eine ganz neue Erfahrung. Rückblickend kommt mir die Zeit mit Arlette wie ein einziges großes Schlemmergelage vor. Verblüffenderweise blieb Arlette dabei ein ungemein zierliches Persönchen – während ich mir in diesen sieben Monaten einen kleinen Hüftring anfutterte, den ich wohl bis zum Ende meiner Tage spazieren tragen werde.

Alles war in Ordnung: Wir aßen, tranken, hatten Sex, aßen, tranken, hatten Sex, aßen, tranken … Und dann sagte Arlette eines Tages: »Isch fühle misch benutzt von dir. Du nimmst nur und gibst *rien* zurück!«

Ich sah sie an, dachte einen Moment nach und kam dann zu einer verblüffenden Erkenntnis: Sie hatte Recht! Man kann mir vieles vorwerfen, *sehr* vieles – aber nicht, dass ich mir meiner Fehler nicht bewusst bin!

Seit vier Jahren lebte ich in einem emotionalen Vakuum. Das war für Außenstehende nicht unbedingt offensichtlich, denn ich konnte recht witzig sein, charmant, wenn es sein musste, ich amüsierte mich manchmal, mochte ein paar Dinge, verabscheute andere – aber nichts traf mich ins Herz, ins Mark, in die Eingeweide. Arlette? Ich mochte Arlette, sie war hübsch, lieb, gute Gesellschaft. Besser jedenfalls als die anderen Frauen, mit denen ich mich die Jahre zuvor getroffen hatte. Und ich hätte mich mit Arlette wohl bis ins hohe Greisenalter von Essen zu Essen gehangelt, hätte sie an diesem Tag nicht »Isch verlass disch!« gesagt.

Ich horchte ob dieser Ankündigung ich in mich hinein. Und da war kein Aufheulen, kein Schmerz, keine Traurigkeit. Da war nichts.

»Du wirst mir fehlen«, sagte ich also. Eine höfliche Lüge.

Was mir wirklich fehlte, waren die Kirschkernspucker! Vor allem natürlich Susann. Seit dieser schrecklichen Nacht hatte ich nie wieder mit ihr gesprochen. Ich hatte sie in den ersten Tagen nach dem Vorfall drei-, viermal angerufen. Doch jedes Mal hatte sie, sobald sie meine Stimme hörte, aufgelegt. Und sie hatte ja weiß Gott auch ein Recht, das zu tun! Ich gab also auf. Sven hatte ich dagegen einen Brief geschrieben, mich darin ausgiebig entschuldigt. Doch er hatte nie darauf reagiert. Nur Petra und Dille hatte ich noch zweimal getroffen. Das erste Mal besuchte ich sie drei Wochen nach meinem Amoklauf. Nach einem kurzen Begrüßungsgeplänkel kamen wir damals schnell zum

Thema: »Das war so was von Scheiße, Piet!«, urteilte Petra.

Dilbert stimmte zu: »Ausgerechnet Sven zusammenzuschlagen! Ihr wart doch immer die besten Freunde! Und außerdem ... *Sven*!«, er begann ausgiebig seufzend den Kopf zu schütteln: »Ich meine, das ist doch, als würde man ein kleines Kind verprügeln!«

Ich tat, was ich mir eigentlich fest vorgenommen hatte, nicht zu tun: Ich rechtfertigte mich. »Er hat mit Susann geschlafen!«, nörgelte ich.

»Ja, in einem Bett. Aber sonst nichts!«, erklärte Petra. »Sven hat's uns letzte Woche erzählt: Er ist schwul!«

Mir fiel die Kinnlade runter.

Oh Gott!

Diese Tatsache erhob mich vom Rang eines Arschlochs in den Olymp der Überschweine!

»Was ist *schwul*?«, fragte der kleine Jan, der dem Gespräch schon die ganze Zeit mit großem Interesse folgte.

»Geh in die Küche und hol dir noch ein paar Smarties«, sagte Dille. Das war weit mehr, als er mir für den Rest des Abends zu sagen hatte.

Das zweite Mal traf ich Dille und Petra fünf Monate später. Sie hatten mir eine Geburtsanzeige ihres neuen Nachwuchses geschickt: Es waren Zwillinge, ein Junge und ein Mädchen. Und damit es nicht wieder Streit um die Namensgebung gab, hatten sie sich darauf geeinigt, dass jeder für eines der Kinder zuständig war. Dille nannte das Mädchen Lucy (und bestritt energisch, dass das eine Hommage an die dralle kleine Blondine aus *Dallas* war!), während Petra ihren Sohn Florian nannte. Ich kaufte zwei Strampler, ließ auf den rosafarbenen *Lucy* sticken, auf den hellblauen *Florian,* und besuchte die stolzen Eltern. Petra hatte Ringe unter den Augen, Dille trug neuerdings einen Schnurrbart, was ziemlich dämlich aussah. Wir sprachen über die Kinder, Dilles Job, meinen Job und merkten irgendwann, dass wir uns ansonsten nichts zu sagen hatten.

* * *

Sven hielt die aufgeschlagene Hamburger Morgenpost *hoch. »Piets Kommentar über Rot-Grün in Hessen ist nicht übel«, sagte er und wollte Susann die Zeitung über den Frühstückstisch reichen.*

»Niemand hat je bestritten, dass er ein kluger Kopf ist«, sagte sie, machte aber keinerlei Anstalten, sich die Zeitung zu nehmen, sondern biss stattdessen in ihr Marmeladenbrötchen.

»Er hält diesen ... wie heißt der noch mal ... Joschka Fischer für eine, ich zitiere, echte Bereicherung der eingefahrenen, ja fast muffigen deutschen Politikszene«. Sven grinste: »Wenn das die Leser wüssten: Vor ein paar Jahren noch schmiss Piet auf Demos mit Pflastersteinen – und jetzt erklärt er den Leuten die Welt.«

»Übertreib's nicht«, sagte Susann, »es ist nur die Morgenpost, *nicht die* Washington Post.*«*

213

»Wirst du Piet zu deiner Hochzeit einladen?«, fragte Sven plötzlich völlig unvermutet und mit einem fiesen Grinsen.

Susann hätte sich fast am Kaffee verschluckt! Feine braune Tröpfchen ausprustend, rief sie: »Bist du bescheuert?«

»Na, dann könntest du ihm noch mal so richtig einen reinwürgen! Du im Brautkleid und neben dir nicht Piet, sondern ...«, Sven rümpfte die Nase, »... Norbert!« Es klang, als würde Sven diesen Namen zusammen mit einer gehörigen Portion Rotz aus der Nasennebenhöhle ziehen.

»Ich weiß, dass du ihn nicht magst«, seufzte Susann. »Ich hab's wirklich begriffen.«

»Ehrlich, Süße«, sagte Sven, der nun hinter der sitzenden Susann stand und ihr beide Arme um den Hals schlang: »Ganz im Ernst: Du bist zu gut für Norbert! Ich verstehe ja, dass du dir nach Piet das genaue Gegenteil gesucht hast. Einen Anti-Piet sozusagen. Aber du warst echt ein bisschen zu erfolgreich dabei: Du lebst mit einem Mann zusammen, der nichts als Fassade ist! Ein großer Sack heiße Luft! Im Vergleich zu Norbert hat sogar ein Schaufensterpuppe Charisma, Charme und Witz.«

Susann ächzte. Es kam selten vor, dass Sven und sie anderer Meinung waren. Doch was Norbert anging, herrschte zwischen den beiden eine riesige Kluft. Sven sah in Norbert bloß einen Blender im Anzug, das Klischee eines jungdynamischen, oberflächlichen Businesstypen. Er glaubte Susann einfach nicht,

214

dass hinter der im ersten Moment zugegebenermaßen recht kühl und selbstzufrieden anmutenden Fassade ein sehr lieber Kerl steckte.

»Für eine Weile war's auf eine ziemlich perverse Art ganz lustig, euch beiden zuzuschauen«, ereiferte sich Sven weiter. »Mein kleines, romantisches Susannchen und der coole Typ mit der goldenen American-Express-Card – aber jetzt ist es an der Zeit, diesen Wahnsinn zu beenden! Du kannst Norbert nicht heiraten! Das ist ... das ... Mein Gott, so was heiratet man doch nicht!«

Susann wurde wütend: »Ich liebe ihn, verdammt noch mal!«

»Geht's um Norbert, die zarteste Versuchung, seit es frei laufende Gockel gibt?«, fragte plötzlich ein hoch gewachsener, außergewöhnlich breitschultriger Mann, der tropfnass, nur mit einem Handtuch um die Hüfte bekleidet, aus dem Badezimmer in die Küche trat. Es war Knut – Svens Freund.

Susann seufzte: »Und da kommt genau im richtigen Moment unser Norberthasser Nummer zwei! Wollt ihr mir jetzt alle beide einen Vortrag halten? Sorry, aber da kann ich heute gar nicht drauf!«

Susann erhob sich, gab Sven einen Kuss und dann auch Knut einen, wozu sie sich auf die Zehenspitzen stellen und warten musste, bis Knut seinen Kopf senkte. Knut war wirklich ein Schrank von Kerl.

Susann zog Jacke und Schuhe an und öffnete die Wohnungstür: »Zerbrecht euch bloß nicht meinen Kopf«, sagte sie noch, bevor sie ging.

»*Schatz, wenn d*u *deinen Kopf nicht benutzt, dann müssen* wir *das nun mal tun!*«, *lachte Knut.*

Sven warf ihr eine Kusshand nach.

* * *

Ich dachte, ich hätte mich verhört!

»Wer?«, fragte ich.

»Sven!«, sagte die Stimme auf der anderen Seite der Leitung.

Ich hatte es also doch richtig verstanden.

»Oh!«, sagte ich.

»Überraschung, was? Wie geht's dir, Piet?«, fragte Sven. Und für einen kurzen Moment dachte ich, irgendjemand würde mich gerade ganz gehörig reinlegen. Das war doch nicht Sven! Okay: Die Stimme klang schon nach ihm – aber irgendwie auch nicht. Was war anders? Ja! Jetzt wusste ich es: Ich konnte mich nicht erinnern, Sven jemals so offen, so munter und selbstbewusst gehört zu haben!

»Piet?«, fragte Sven, der sich zu Recht fragte, warum ich den Mund nicht aufbekam.

»Ja, äh …«, stammelte ich. »Das ist ja toll, das du anrufst!« Und das meinte ich ehrlich! »Hör zu«, fuhr ich fort: »Diese Sache damals tut mir echt Leid. Ich …«

»Ist schon okay«, unterbrach mich Sven. »Ich habe deinen Brief gelesen. Und die Wunde ist auch gut verheilt. Nur bei plötzlichen Wetterumschwüngen bekomme ich noch diese rasenden Kopfschmerzen und die epileptischen Anfälle.«

»Was?« Ich war entsetzt!

»Kleiner Scherz«, lachte Sven. »Hey! Hast du heute Abend Zeit?«

Das wurde ja immer erstaunlicher! »Ja, klar! Gern!«, sagte ich.

»Okay. Um neun im *Thämers*?«

»Perfekt!«

»Und wie erkennen wir uns?«, fragte Sven.

»Äh …«

Sven lachte. »Mann, du warst echt schon mal schlagfertiger!« Dann legte er auf.

Was war denn das? Und seit wann machte Sven Witze?

* * *

»Nimm deine Griffel da weg!«, zischte Petra, schob Dilberts Hand von ihrer Brust und drehte ihrem Ehemann den Rücken zu.

»Immer noch sauer?«, fragte Dille kläglich und zog die Bettdecke bis zur Schulter hoch.

»Offensichtlich!«, knurrte Petra.

»Was soll ich denn machen?«, jammerte Dille.

Petra drehte sich wieder um und richtete sich ein Stück auf: » Ich weiß gar nicht, womit ich da anfangen soll. Du könntest dich endlich mal wie ein guter Ehemann und richtiger Vater benehmen!«

»Das tue ich doch!«, protestierte Dille.

»Ach ja?« Petra setzte sich jetzt komplett aufrecht hin und schaltete die kleine Lampe auf dem Nachttisch ein. »Wann hast du jemals das Klo geputzt?

Wann hast du zuletzt versucht, eines deiner Kinder zu bändigen, wenn es einen Wutausbruch hat?«

Dille hob an, etwas zu sagen, doch Petra fuhr fort: »Wann hast du das letzte Mal mit den Lütten ge- spielt? Ich meine nicht fünf Minuten Herumtoben, sondern richtig spielen! Memory. *Oder* Malefiz *und* Monopoly *mit Jan!«*

»Dazu habe ich doch gar keine Zeit!«, argumen- tierte Dille. »Ich komme nicht vor acht, halb neun nach Hause. Soll ich Jan dann aus der Tiefschlaf- phase reißen und ihn zum Malefiz *zwingen?«*

»Blabla!«, pampte Petra. »Und am Sonntag musste ja auch immer zum HSV!«

»Nur bei den Heimspielen«, warf Dille zaghaft ein und fügte dann mit einem Hauch von Aufmüpfigkeit ein: »Ist doch nicht meine Schuld, dass du kein Hobby hast!«

»Wie bitte?« Petra traute ihren Ohren nicht. »Du findest, ich sollte mir ein Hobby *suchen?!«*

Dille, dem zwar Furchtbares schwante, konnte den- noch nicht anders, als »Klar!« zu antworten.

»Du findest, ich habe das Recht auf ein eigenes Le- ben?«

Dille zuckt mit den Achseln. Was war denn das für eine Frage?

»Du meinst ›Scheiß auf den Abwasch! Heute bleibt die Küche kalt! Die Wäsche erledigt sich irgendwann bestimmt von selbst! Such dir lieber ein Hobby!*‹?«*

Dille wusste nicht, was er sagen wollte.

Petras Stimme überschlug sich. Lachte sie, oder

war sie kurz vor einer Hysterie? »Ein Hobby für Mama! Geil! Ich such mir ein Hobby! Scheiße noch mal, dass ich da nicht selbst draufgekommen bin! Das macht mich bestimmt auch viel …« – und jetzt schrie sie schrill: »AUSGEGLICHENER!«

Die Quittung für diesen lautstarken Ausbruch folgte prompt: Aus dem Kinderzimmer rief die aufgeweckte Lucy: »Mama? Papa?« Und weil ihr nicht binnen einer Sekunde geantwortet wurde, fing sie laut zu heulen an. Florian, der im Etagenbett über ihr erwachte, stimmte prompt solidarisch in das Gejaule ein.

Petra schaute Dille an. Und tatsächlich: Trotz der Standpauke machte er keinerlei Anstalten, sich zu erheben und die Kinder trösten zu gehen! Was für ein Pascha! Erst als er Petras stechenden, vorwurfsvollen Blick bemerkte, ging ihm ein Licht auf, und er brachte sich mit großer Geste in senkrechte Position. Märtyrerhaft sagte er: »Ist schon gut, Schatz. Ich gehe!« Und dann schlurfte er los, schleppend, den Kopf gesenkt und tief ausatmend wie ein französischer Monarch auf dem Weg zur Guillotine.

»Danke, Liebling«, säuselte Petra zuckersüß. »Und ich denke mir inzwischen ein hübsches Hobby aus!«

* * *

Oh, Scheiße! Ich wäre am liebsten unter den Tisch gekrochen! Das war es also, was Sven wollte: Rache! Ich hatte im *Thämers* einen Fensterplatz genommen und sah Sven deshalb schon von weitem, als er den Markt-platz vor der Kneipe überquerte. Er war nicht allein! Neben ihm ging … nein: *stampfte* ein baumlanger Brocken von Mann. Ein Typ mit dermaßen breiten Schultern, dass ein amoklaufender Elefant daran ab-prallen und bewusstlos zu Boden sinken würde. Nach vier Jahren hatte Sven nun also endlich jemanden ge-funden, der mir in seinem Auftrag das Fell über die Ohren ziehen würde! Aber musste es denn gleich Dop-pel-Conan der Superbarbar sein? Hätte es nicht auch ein handelsüblicher Straßenschläger getan?

Als Sven und sein überdimensionierter Begleiter die Kneipe betraten, schaute ich noch einmal kurz in den Spiegel neben der Tür und sagte meinem Gesicht auf Wiedersehen. Doch als die beiden mich erspähten, verengten sich ihre Augen erstaunlicherweise nicht zu hasserfüllten Schlitzen! Stattdessen grinste Sven mich an. Und auch das Sumo-Tier schaute nicht feindselig, sondern eher interessiert. Na ja, ein wenig skeptisch vielleicht.

»Hi, Piet!«, sagte Sven und setzte sich mir gegen-über.

»Hallo«, antwortete ich und zwang mich zu einem Lächeln.

»Das ist Knut«, sagte Sven. »Mein Freund.«

»Oh, hallo«, sagte ich. Und als Knut mir seine Hand reichte, musste ich sie natürlich ergreifen. Knuts Hand war ungefähr so groß wie Svens Kopf. Er hatte Finger wie Currywürste. Nur härter. Und als ich die Pranke schüttelte, war das eine erwartungsgemäß

220

schmerzhafte Erfahrung. Ich sah Knut tapfer in die Augen, während er mir den Saft aus dem Pfötchen presste. Er grinste. Okay: Er kannte also die Geschichte meines volltrunkenen Wutausbruches und wollte mir subtil klarmachen, dass ich Sven besser nie wieder angreifen sollte. Dabei hatte ich das doch sowieso nicht vor!

Um zu beweisen, dass von mir wirklich keinerlei besinnungslose Gewalteskapaden mehr zu erwarten waren, bestellte ich sogar demonstrativ eine Apfelschorle. Sven wollte ein Bier. Und Knut orderte – echt wahr! – Wasser. Ich wette, die Kellnerin überlegte dasselbe wie ich: Ob sie es ihm in einem Trog vor der Tür servieren sollte. Okay: Ich übertreibe! Eigentlich sah Knut gar nicht übel aus. Er hatte ein sehr ausdrucksstarkes, kantiges Gesicht, und sein immenses Körpergewicht resultierte tatsächlich nicht aus Fett, sondern aus Muskeln. Er sah ein bisschen aus wie der junge Robert Redford – nachdem man ihm eine Luftpumpe in den Mund gesteckt und ihn zwei Stunden lang aufgeblasen hat.

»Du bist also Journalist geworden«, sagte Sven. »Ich lese manchmal die *Morgenpost*. Macht's Spaß?«

»Ist schon okay. Obwohl ich mir nach einer zweistündigen Pressekonferenz des CDU-Ortsverbandes Bramfeld oder einem Interview mit dem Pressesprecher *des Interessenverbandes norddeutscher Kleingärtner e.V.* manchmal wünschte, ich hätte etwas Vernünftiges gelernt.«

Knut lachte. So muss es klingen, wenn sich ein

Braunbär amüsiert. Und dann fragte er mich etwas: »Kennst du dich eigentlich mit jedem Thema aus, über das du schreibst?«

»Nö«, antwortete ich freimütig. »Gestern neues Erbschaftsrecht, heute die Bombardierung von Tripolis, morgen vielleicht etwas über die deutschen Meister im Vierer ohne Steuermann. Wir sind ja eine kleine Redaktion, da hoppst man zwischen der Ressorts herum und versucht sich möglichst schnell in alle möglichen Themen einzulesen.«

»Der Typ, der für euch die vernichtende Kritik zu *Glamour Girls* geschrieben hat, hat jedenfalls keine Ahnung«, brummte Knut.

»*Glamour Girls* ist das neue Musical im *Schmidt's-Theater*, erklärte Sven. Das *Schmidt's* war eine Neueröffnung auf der Reeperbahn, eine schwul eingefärbte und allseits beliebte Kleinkunstbühne. Ich wollte mir dort schon länger mal ein Stück anschauen, war aber bislang noch nicht dazu gekommen.

»Knut hat die Musik dazu komponiert«, fuhr Sven fort. »Und ich hab das Bühnenbild gemacht!«. Jetzt klang er richtig stolz.

Dass Sven irgendwann einen Job am Theater finden würde, hatte ich ihm immer gewünscht und irgendwie auch erwartet. Aber dass Knut von Beruf Komponist war, hätte ich nie erraten! Dieser Mann saß hauptberuflich an einem Tisch und verteilte kleine Noten auf dünnen Linien? Dieser Mann dachte sich putzige Trillertöne für Flöten und schmusige Melodien für Geigen aus? Was für ein Instrument er wohl spielte? Alles außer Schlagzeug erschien mir absurd.

Doch irgendwann war ich über das Phänomen Knut hinweg. Nachdem wir drei uns eine Weile unterhalten hatten, begann ich ihn richtig zu mögen, und seine im ersten Moment alles überschattende physische Präsenz verlor an Bedeutung. Er war herzlich, gutmütig und offenbar verrückt nach Sven. Ein richtiger Pfundskerl, wenn mir dieser finale Kalauer noch gestattet sein sollte.

Der geoutete Sven irritierte mich sogar noch weniger: Als bekennender Schwuler wirkte mein alter Kumpel auf mich vielmehr endlich komplett. Als hätte jemand das letzte noch fehlende Puzzlestück bei ihm eingesetzt und so das abstrakte Sven-Fragment zu einem plausiblen Menschen gemacht. Hinzu kam, dass Sven mittlerweile alle Huschigkeit verloren hatte. Er war selbstsicher wie noch nie, seine Stimme war lauter und fester geworden, er hatte eine ausgesprochene Schlagfertigkeit und einen ausgeprägten Sinn für Humor entwickelt. Sven hatte endlich herausgefunden, wer er war. Und es gefiel ihm offenbar, was er da entdeckt hatte.

Überhaupt war es ein erstaunlich angenehmes Gespräch, das wir drei führten. Keiner von uns erwähnte den damaligen Vorfall auch nur beiläufig. Natürlich hatte ich überlegt, ob ich mich noch einmal in aller Form entschuldigen sollte. Doch Sven hatte mich bei solch einem Versuch ja bereits am Telefon abgewürgt. Und ich entdeckte bei Sven, so genau ich auch in seinen Worten, Blicken und Gesten forschte, keinen Groll mehr gegen mich. Ich hatte offenbar eine Generalamnestie bekommen. Ich war wieder frei von Schuld. Und ich kann gar nicht beschreiben, wie glücklich mich das machte!

Sven erzählte von seinem Aufbruch zu neuen Ufern – beruflich meine ich –, und ich erzählte ein bisschen vom gar nicht so glamourösen Reporterdasein. Und dann, so etwa um elf Uhr abends, kam Sven dann völlig unvermutet zur Sache: »Hast du momentan eigentlich eine Freundin?«

»Nein«, sagte ich, »momentan nicht.«

»Susann wird in zwei Monaten heiraten!«, rief Sven und legte mit der Enthüllung dieser schockierenden Neuigkeit das Feingefühl eines Rammbocks an den Tag. Tatsächlich war es, als ob mich seine Worte voll in die Magengrube trafen. Ich riss entsetzt die Augen auf.

Auch Knut besaß das Talent, Dinge ohne Umschweife beim Namen zu nennen: »Der Kerl, mit dem sie Ringe tauschen will, ist eine Arschgeige. So'n platter Yuppie-Typ. Wir müssen diese Ehe verhindern!«

»Und wir wissen alle«, sagte Sven, »wie das am besten geht!« Knut und Sven grinsten mich an.

»Fehlt sie dir?«, fragte Sven.

»Ja«, antwortete ich ohne zu zögern, selbst völlig überrascht von meiner Offenherzigkeit. Und weil ich schon mal dabei war, sprudelte aus mir ein noch erstaunlicheres Statement heraus: »Ich liebe sie noch immer!«

224

»Sie dich auch!«, behauptete Sven.

»Sie hat's nur vergessen«, lächelte Knut.

* * *

Dille hatte Blumen besorgt. Na ja, ›besorgt‹ war ein ir-
reführender Ausdruck. Er hatte einfach einen der
Sträuße aus dem Bolle-*Sortiment geschnappt. Es war*
Freitag, und jeder Angestellte durfte sich am Wochen-
ende so viele Schnittblumen wie er wollte mit nach
Hause nehmen. Am Montag wären sie nämlich ohne-
hin verblüht und unverkäuflich. Bislang hatte Dille
noch nie in Erwägung gezogen, dieses Angebot zu nut-
zen. Doch er wollte sich mit Petra vertragen. Und die
Versöhnung mit einer Frau leitet man ja bekanntlich
am besten mit Grünzeug ein.

Als er zu Hause die Tür aufschloss, rief er Petras
Namen.

»Ich bin hier! Im Schlafzimmer!«, antwortete
sie.

Dille zog nur schnell die Schuhe und die Jacke aus
und ging dann, den demnächst sterbenden Blumen-
strauß in der Hand, zu Petra.

Die packte gerade einen Koffer.

»Was machst du denn da?«, fragte der verständli-
cherweise überraschte Dilbert.

»Gute Nachrichten!«, strahlte Petra. »Ich habe ein
Hobby gefunden! Ich glaube, meine große Leiden-
schaft ist das Reisen!«

Dille stand nur mit offenem Mund da. Petra nahm

ihm den Blumenstrauß ab. »Narzissen! Wie entzückend! Danke, Schatz!«

Sie legte die Blumen auf den Nachttisch und packte weiter. Was war das, was sie da gerade hoch hielt? Ein Bikini?!

»Was ist hier los?«, fragte Dille.

»Zehn Tage Cluburlaub an der Algarve! Last-Minute-Buchung!« Petra strahlte. »Das wird mir gut tun!«

»Aber ... die Kinder!«, stammelte Dilbert.

»Kein Problem«, lächelte Petra. »Ich habe deinen Chef angerufen und ihm erzählt, dass ich eine Überraschungsreise zu unserem Hochzeitstag gebucht habe. Ich habe zehn Tage Urlaub für dich beantragt, und er hat sie sofort genehmigt. Und er hat versprochen, dir nichts zu verraten!«

»Wir haben keinen Hochzeitstag«, stammelte Dille, der immer noch das Gefühl hatte, er befinde sich mitten in einem schlechten Traum.

»Das weiß dein Chef doch nicht«, sagte Petra und gab Dille einen Kuss auf die Wange.

War das Verstehen Sie Spaß? Kauerten womöglich, ein Kichern unterdrückend, Paola und Kurt Felix unter seinem Bett?

Petra sah auf die Uhr. »Ups! Mein Flieger geht in zweieinhalb Stunden! Ich muss mir ein Taxi rufen!«.

Und das tat sie dann auch!

»Du! Äh ...«, Dille war schlicht geschockt. Selbst nachdem Petra telefoniert hatte, suchte er noch Worte, die seiner kompletten Verwirrung gerecht werden konnten. Aber solche Worte gab es nicht.

Petra schloss den Koffer, zog sich Jacke und Schuhe an und gab ihrem Mann einen innigen Kuss. Dann legte sie für einen kurzen Moment ihre provokante Fröhlichkeit ab, sah Dilbert lange in die Augen und sagte dann ernst: »Ich denke, es wird uns beiden gut tun, wenn du mal eine Ahnung davon bekommst, wie sich drei Kinder anfühlen!«

»Ich …«, Dille wollte tatsächlich immer noch kein kompletter Satz gelingen.

»Ich liebe dich«, sagte Petra und ging hinaus, um auf der Straße auf das Taxi zu warten.

Dille stand immer noch wie vom Blitz erschlagen im Flur. Bis er eine Stimme aus einem der beiden Kinderzimmer hörte: »Mama! Ich hab Bauchweh!«, rief Jan. »Maaaamaaaa!«

* * *

Der Plan, den Sven und Knut ausgetüftelt hatten, war kein richtiger Plan, sondern bloß das Rudiment einer Idee: Sie hatten einen Tisch im *Schmidt's* reserviert – einen Tisch mit fünf Plätzen. Daran wollten die beiden selbst Platz nehmen, meine Wenigkeit natürlich auch sowie Susann und Norbert. Es würde irgendein Liederabend sein – Chansons aus dem Berlin der Zwanzigerjahre. Der Mann, der dort singen würde, bevorzugte es, nicht als Mann betrachtet zu werden, nannte sich deshalb *Chantal* und trug mit Vorliebe Paillettenkleider und eine Federboa. Knut war ein echter Chantal-Fan.

»Wir erzählen Susann natürlich nicht, dass du kommst«, erklärte Sven.

»Sie würde ganz sicher nicht kommen, wenn sie wüsste, dass du da bist«, meinte Knut. »Aber sie wird bestimmt auch nicht gehen, wenn sie dich sieht.«

»Sie *möchte* dich wieder sehen!«, behauptete Sven. »Man muss sie nur zu ihrem Glück zwingen!«

»Und was soll ich dann machen?«, fragte ich nervös.

»Sei einfach du selbst«, riet Sven.

Knut sah mich skeptisch an: »Ohne das In-die-Fresse-Hauen natürlich.«

Sven grinste.

Mir war die Sache überhaupt nicht geheuer! Natürlich wollte ich wieder Kontakt zu Susann! Scheiße, es gab nichts, was ich lieber wollte! Und ich wollte, dass sie mir verzeiht! Dass ausgerechnet ich die Hochzeit mit diesem Norbert verhindern könnte, war allerdings eine fixe Idee, der bloß Sven und Knut nachhingen. Ich glaubte nicht für eine Sekunde, dass das klappen würde. Ich war mir nicht mal sicher, ob ich es versuchen wollte. Wer war ich denn, dass ich glaubte, mich in die Zukunft anderer Menschen einmischen zu können.

Nein, ich wäre schon überglücklich, wenn ich Susann einfach wieder sehen könnte, wenn sie mit mir reden würde, wenn ich nur einen Hauch von Damals zurückbekäme. Dass wir wieder ein Paar werden könnten – das glaubte ich wirklich nicht. Es schien mir eine absurde Vorstellung. Ich wollte bloß meine

Kirschkernspucker zurück. Das war ein Wunsch mit realistischem Unterfutter. Von mehr zu träumen, erlaubte ich mir nicht.

* * *

Petra lehnte sich im Sitz zurück und nahm einen Schluck aus dem Begrüßungs-Sektglas der Fluggesellschaft. Ihre Hände zitterten ein wenig. Sie war nervös. Als sie aus dem Fenster schaute, sah sie weit unten die Lichter der Stadt blinken. Für einen kurzen Moment hatte sie das unbändige Bedürfnis, laut aufzuschreien und die Crew mit Waffengewalt zur Umkehr zu zwingen!

Was hatte sie getan?

War sie wahnsinnig geworden?

Würden Dille und die Kinder diese zehn Tage heil überstehen?

Und vor allem: Würde ihre Ehe diese tollkühne Eskapade überleben?

Petra zwang sich tief durchzuatmen und nahm einen weiteren Schluck Sekt. Doch! Es war die richtige Entscheidung! So hatte es nicht weitergehen können! Dille brauchte einen Warnschuss, einen Weckruf! Und sie selbst hatte sich weiß Gott eine kleine Auszeit verdient.

Als Petra einen weiteren Schluck Sekt nehmen wollte, bemerkte sie, dass das Glas leer war. Sie hielt nach einer Stewardess Ausschau. Dabei traf ihr Blick auf den eines anderen Passagiers. Er saß auf der gegenüberliegenden Seite des Ganges und lächelte sie an.

Petra schluckte und drehte sich zur Seite. Meinte er tatsächlich sie oder jemand anderen? Sie schaute noch einmal zaghaft zu ihm hinüber. Jetzt war sein Lächeln ein freundliches Grinsen geworden. Ja: Diese zwei Reihen strahlend weiße Zähne und die leuchtend blauen Augen galten eindeutig ihr!

Wow, *dachte Petra.*

* * *

Da war sie! In der Sekunde, in der ich Susann erspähte, spürte ich plötzlich mein Herz im Kopf schlagen. Ehrlich: Es war, als hätte meine Pumpe den Druck verdreifacht, so dass ihr üblicherweise auf den Brustkorb beschränktes Pochen plötzlich zu einem Ganzkörperrumsen anwuchs, das selbst vor meinem Schädel nicht Halt machte.

Üblicherweise heißt es ja, bei Aufregung würde das Herz zu rasen beginnen – doch meines erhöhte nicht das Tempo, sondern die Intensität seines Schlages. Und ich hielt es in diesem Moment für durchaus denkbar, dass es das letzte große Aufbäumen meines Herzens war, bevor es den Geist aufgab. So wie ein Orchester am Ende einer Symphonie üblicherweise noch einmal richtig Gummi gibt, die Pauken mit besonderer Wucht malträtiert, die Streicher zum Hochgeschwindigkeitsfiedeln treibt und die Bläser zum wuchtigen Dauertuten nötigt, nur um dann – *Kawumm! Ka-*

wumm! Kaaaaaa-wwwwwwummmm!!! – einen monströsen finalen Akkord anzustimmen und danach endgültig zu verstummen. Ja, so fühlte sich mein Herz an: wie kurz vorm letzten, tödlichen Akkord.

Während ich also dasaß, an einem Tisch des Schmidt's-Theaters, mit vermutlich hochrotem Kopf, und mehr oder weniger fest mit einem Infarkt rechnete, sah nun auch Susann in unsere Richtung und entdeckte mich. Und es war nicht gerade Begeisterung, die sich da auf ihrem Gesicht breit machte. Es war eher ein Schock! Ich sah Susann an, grinste schief und unbeholfen, versuchte mein ängstliches Zittern zu verbergen und hob entschuldigend die Schultern, als wollte ich sagen: *Da bin ich nun. Weiß auch nicht, was ich hier mache. Sorry.*

Die völlig perplexe Susann stand noch ganz vorn am Eingang. Bis zu unserem Tisch waren es mindestens zwanzig Schritte. Doch sie machte keinerlei Anstalten, auch nur einen davon zu tätigen. Stattdessen drehte sie sich zu dem Mann um, mit dem sie hereingekommen war. Ich bedaure zutiefst, es mitteilen zu müssen, aber dieser Mann sah höllisch gut aus! Das war also Norbert – ein schlanker, großer, dunkler Typ mit schicker Frisur, edlem Anzug und etwas, was ich in meinem gesamten Bekanntenkreis noch nie gesehen hatte: geputzten Schuhen! Verdammt! Susann hatte einen Verlobten, der sich die Schuhe putzte! Nie und nimmer würde ich mit so etwas konkurrieren können! Peinlich berührt schaute ich zu meinen abgewetzten Adidas-Turntretern hinab.

231

Sven und Knut, die Susanns Zögern natürlich auch bemerkt hatten, erhoben sich eiligst und stürmten auf sie zu. Ich zwang mich, nicht so genau hinzuschauen, was sich nun dort abspielte, aber aus dem Augenwinkel konnte ich beobachten, dass es eine ziemlich erregte Diskussion über meine unerwartete Präsenz gab. Sven und Knut versuchten offenbar sehr wortreich, die aufgebrachte Susann daran zu hindern, sofort wieder das Theater zu verlassen. Erstaunlicherweise schien es am Ende aber Norbert zu sein, der Susann beruhigte. Er schien das beste und endgültige Argument zu haben, und ihm war es zu verdanken, dass sich alle vier nun auf meinen Tisch zubewegten. Ich war froh, dass Susann nicht den Rückzug angetreten hatte, aber es stank mir, dass das Norberts Verdienst war! Sollte der nicht eigentlich nervös sein, wenn seine Verlobte ihren Ex-Freund wieder sah? Hatte der nicht gefälligst eifersüchtig zu sein? Was für eine maßlose Arroganz, fest davon auszugehen, dass ich keine Gefahr für ihn darstellen könnte!

Das wollen wir ja mal sehen!

Ich stand auf, als Susann noch zwei Schritte von mir entfernt war. »Hi!«, sagte ich nervös zu ihr.

»Hallo«, antwortete Susann kühl.

»Hallo!«, streckte mir nun der forsche Norbert die Hand hin, »Ich bin Norbert, Susanns Verlobter. Und du bist also Piet! Ich lese manchmal deine Artikel!«

Roll sie dir zusammen, zünde sie an und schiebe sie dir in den Arsch!, dachte ich. Aber sagen tat ich natür-

lich: »Hallo, Norbert. Nett dich kennen zu lernen.«
Und weil Susann mir inzwischen demonstrativ den
Rücken zugedreht und irgendetwas mit Sven zu zi-
scheln hatte, fügte ich – um eine peinliche Stille zu ver-
meiden – noch eine Frage an: »Was ist denn das? Ein
Schminkköfferchen?«

Norbert hievte die Lederbox, die er in der linken
Hand hielt und die so etwa die Größe einer Arzttasche
hatte, auf den Tisch und öffnete sie sichtlich stolz:
»Ein Mobiltelefon!«

Tatsächlich: In dem Koffer befand sich ein teils me-
tallenes, teils mit Plastik verkleidetes Telefon, etwa
doppelt so groß wie die, die man im Wohnzimmer daheim stehen hat. Links oben ließ sich eine Antenne
ausziehen. Was Norbert auch prompt tat.

»Funktioniert ohne Kabel!«, sagte der Mann mit
den geputzten Schuhen so stolz, als hätte er das
Scheißding selbst erfunden.

»Donnerwetter!«, sagte ich. Weil ich ein höflicher
Mensch bin.

»Das Ding machst du aber aus«, sagte Susann, die
sich endlich umgedreht hatte, zu ihrem Verlobten.
»Nicht, dass es nachher klingelt, wenn Chantal
singt.«

Plötzlich sah Norbert ganz unglücklich aus: »Aber
ich erwarte einen dringenden Rückruf von Krützner,
wegen der Kursschwankungen!«

»Stell dir vor, es klingelt mitten in einem Lied!«,
drängte Susann. »Und überhaupt: Stell dir vor, irgendwann haben alle Leute so ein Ding, und niemand

233

schaltet es jemals aus. Ständig würde es irgendwo klingeln – in Restaurants, Bussen, Kinos, auf der Straße. Das wäre doch der blanke Wahnsinn!«

Norbert lachte herzhaft: »Schatz! Solche Telefone sind doch nicht für jedermann. Hast du eine Ahnung, was die kosten? Mobiltelefone für den Mann auf der Straße? Köstlich!«

»Du schaltest es trotzdem aus!«, befahl Susann. Und damit war das Thema erledigt.

Susann sah gerade in meine Richtung, und ich öffnete bereits den Mund, um die Chance zu nutzen und irgendetwas zu sagen – als plötzlich das Licht erlosch. Ein Spot schien auf die Bühne, und Chantal erschien! Wir alle setzten uns und applaudierten. Das heißt, Norbert applaudierte nicht: Er fummelte beleidigt an irgendwelchen Knöpfen seiner tragbaren Telefonzelle herum.

Bereits beim zweiten Lied, das für meine ungeschulten und offenbar chansonuntauglichen Ohren genauso klang wie das erste, erhob ich mich möglichst leise und schlich in Richtung Toilette. Immer wenn ich aufgeregt bin, muss ich im Viertelstundentakt pinkeln. Ich schlängelte mich so leise wie möglich, aber dennoch nicht völlig geräuschlos um die Tische und Stühle und erntete von einigen Zuschauern kurze missbilligende Blicke. Ein Mann sah mich jedoch auffallend lange an. Ich spürte seinen regelrecht bohrenden Blick von der Seite. Als ich mich zu ihm umdrehte, wandte er sich erschrocken ab. Es war ein grauhaariger, alter Knacker, so etwa in den Fünfzigern. Und irgendwie kam er mir vage bekannt vor. Als ich eine Minute später an der Pinkelrinne stand, versuchte ich ihn im Geiste einzuordnen: irgendjemand, mit dem ich mal im Rahmen irgendeiner Recherche gesprochen hatte? Ein Kollege von einer anderen Zeitung? Ein Freund meiner Eltern? Ich kam nicht drauf! Und als ich in den Saal zurückkam, war sein Platz leer.

Aber Susann war noch da!

Und Norbert leider auch!

* * *

Petra lümmelte sich in einem Liegestuhl am Pool und nuckelte an einem Cocktail, in dem ein kleiner, aufgespannter Sonnenschirm steckte. Sie hätte eigentlich lieber ein Bier getrunken, aber irgendwie erschien ihr das nicht angebracht. Es war eine sternenklare Nacht, irgendwo auf einer anderen Hotelterrasse spielte eine Tanzkapelle, deren schwungvolle Mamborhythmen gedämpft herüberklangen.

Petra hatte ein enges schwarzes T-Shirt und einen blau gebatikten Wickelrock an, den sie sich in der Duty-Free-Boutique am Flughafen gekauft hatte. Im Gegensatz zu den meisten anderen Frauen, die sich hier präsentierten, hatte sie kein Interesse daran, sich aufzudonnern. Sie wollte einfach nur den Abend genießen und tief durchatmen. Das ging auch in luftigen Normalklamotten und ohne Make-Up. Ganz abgesehen davon, hatte Petra in den letzten Stunden eine erstaunliche Feststellung machen müssen: Sie war eine der schönsten Frauen weit und breit! Sie hatte trotz zweier Geburten immer noch eine nahezu makellose, schlanke und dennoch an den richtigen Stellen großzügig gerundete Figur. Sie hatte naturrotes Haar, das einfach besser aussah als die rostrot getönten oder brutal blondierten Wischmoppköpfe, die viele der anderen Frauen hier spazieren trugen. Petra hatte Augen, die keines Make-ups bedurften, weil sie selbsttätig funkelten. Und sie vermutete, dass die meisten Männer die kleinen Sommersprossen auf ihrer zum Stupsigen tendierenden Nase sehr apart fanden.

Der Typ im Flugzeug war das erste Indiz gewesen. Der hatte sie zwei Stunden lang unermüdlich vollgeflirtet, war dann aber am Flughafen in einen anderen Reisebus gestiegen, der ihn in ein Hotel brachte, das dreißig Kilometer von ihrem entfernt lag.

»Gib mir doch die Adresse deines Hotels!«, hatte er vorher noch vorgeschlagen. »Ich miete mir ein Auto, und ratzfatz bin ich da.«

»Och, nö«, hatte Petra nur gesagt. »Lass mal stecken!«

Und so ging es weiter. Petra spürte nahezu unentwegt Männerblicke auf sich ruhen. Manche Kerle musterten sie verstohlen, andere starrten sie ungeniert an, viele lächelten, und manche sprachen sie auch an. Und auch wenn Petra sie alle abblitzen ließ, war es doch kein schlechtes Gefühl. Ihrem Ego ging es jedenfalls noch nie besser! Natürlich wusste sie schon seit langem, dass sie eine gut aussehende Frau war.

Nur fand sie es nie besonders wichtig. Und dass sie dermaßen in der Erotik-Oberliga spielte, ahnte sie tatsächlich erst, als sie die offenkundige Feindseligkeit der anderen Frauen in dem Hotelkomplex bemerkte. Es herrschte Hormonkrieg an der Algarve – und Petra war Feindin Nummer eins.

Regt euch doch nicht auf, *hätte sie den Weibern* gern zugerufen. Eure Macker interessieren mich gar nicht! *Aber andererseits war's auch ziemlich lustig, die aufgetakelten Zicken geifern zu sehen. Petra winkte dem Kellner, der ohnehin ständig zu ihr herüberschaute. Sie wollte noch so ein Glas Caipidingsda mit Sonnenschirmchen.*

* * *

Als Chantal die dritte und letzte Zugabe absolviert hatte, ging das Licht im Saal an.

»War das nicht toll?«, schwärmte Knut.

Fand ich nicht. Ich fand die Musik sturzöde. Und die ganze Zeit in direkter Augenhöhe zu Chantals rasierten Fußballerwaden zu sitzen, die aus ihrem/seinem geschlitzten Kleid lugten, war auch nicht gerade ein ästhetischer Hochgenuss. Am schlimmsten aber fand ich es, die ganze Zeit Susann beobachten zu müssen!

Sie war meinen Blicken den ganzen Abend ausgewichen. Dafür nahm sie zweimal, obwohl (oder vielleicht auch gerade *weil*) sie wusste, dass ich ihr zusah, zärtlich Norberts Hand in die ihre.

Jetzt war es hell und ich war es leid, sie nur verstohlen zu betrachten. Ich nahm meinen ganzen Mut zusammen und sah Susann direkt an. Als sie den Blick erwiderte, zwang ich mich, den meinen nicht zu senken. Es war, als ob ich Susann regelrecht anbetteln würde, mich endlich zu beachten. Und das tat sie dann schließlich auch. Zumindest indirekt: »Wollen wir noch irgendwo etwas trinken gehen?«, fragte sie zur allgemeinen Überraschung. Und dabei sah sie von einem zum anderen, am längsten aber musterte sie mich. Ich nickte sofort begeistert wie ein kleiner Junge, dem man einen Gratis-Lutscher in Aussicht gestellt hatte, was Susann zum ersten Lächeln dieses Abends motivierte. Knut und Sven wollten den Abend natürlich auch noch nicht beenden. Und Norbert, diese dumme Nuss, sagte doch tatsächlich: »Ich muss morgen früh einen Flieger nach Frankfurt nehmen. Nehmt's mir nicht übel, aber ich geh nach Hause. Mir wird das sonst zu spät.« Dann küsste er Susann und wünschte ihr viel Spaß.

War der Mann wirklich so dämlich, dass er die Gefahr, die von mir ausging, nicht erkannte? Oder war er sich Susanns Liebe wirklich so verdammt sicher? Ich hätte ihm am liebsten die Zunge herausgestreckt, als er davonflanierte in seinen blitzeblanken Schuhen und mit sechs Kilo Telefon in der Hand.

»Mein Wagen steht dahinten«, sagte Knut und zeigte in eine Seitenstraße. Als ich mit den Augen der Richtung seines Fingers folgte, sah ich plötzlich einen

Mann hastig in einer Einfahrt verschwinden. War das nicht der alte Knacker von vorhin? Versteckte der sich vor *uns*? Hatte der mich schon die ganze Zeit beobachtet? Oder ging bloß die Fantasie mit mir durch?

Ach, war doch egal! Es gab jetzt Wichtigeres!

Eine Viertelstunde später saßen wir im *Pickenpack*, einer überdimensionierten Kneipe, in der jeder schief angeschaut wurde, der etwas anderes als Bier oder Croques konsumierte. Wir hatten Glück, dass es erst halb elf war, relativ früh fürs *Pickenpack*, und dass wir deshalb tatsächlich einen Tisch mit vier leeren Stühlen fanden. *We're on a Road to Nowhere*, behaupteten die *Talking Heads* aus den Lautsprechern, als wir uns setzten. Und ich hoffte sehr, dass sie damit Unrecht hatten.

Auf der Fahrt hierher hatten wir kaum geredet, doch jetzt konnte Susann ihr langes Schweigen nicht mehr aufrechterhalten. Frauen sind nun mal ganz, ganz schlecht darin, Dinge unterm Deckel zu halten. »Okay«, wandte sie sich Sven zu, »ihr habt also Piet zurückgebracht!«

Dass Susann *über mich* und nicht *mit mir* sprach, war hundsgemein! Aber ich war fest entschlossen, heute Abend alles zu schlucken, was Susann mir reinzuwürgen gedachte. Sie durfte mir so lange Psychoprügel verabreichen, bis sie zufrieden war. Ich fühlte mich so demütig wie noch nie in meinem Leben.

»Ich finde, er hat lange genug gebüßt«, sagte Sven.

Susann sah mich skeptisch an. Ich blickte wie ein trauriger Hundewelpe zurück. Wahrscheinlich hatte ich es mit der demonstrativ zur Schau gestellten Zerknirschtheit etwas übertrieben, denn jetzt fingen Sven, Knut und auch Susann zu lachen an.

»Was?«, fragte ich.

»Wenn du dich jetzt sehen könntest!«, lachte Sven.

»Du siehst aus wie Maria Schell!«, lästerte Knut.

»Wer?«, fragte ich.

Und da lachten Sven und Knut noch mehr.

Ich fand's ja schön, dass der Tonfall etwas lockerer wurde, aber ich wollte nicht, dass wir jetzt ins Herumalbern abglitten. Mir war die Sache ernst. »Hör zu, Susann«, hob ich also an: »Ich kann dir gar nicht sagen, wie Leid es mir tut, was damals passiert ist …« Ich wartete für eine Sekunde, ob sie mich unterbrechen würde, aber im Gegensatz zu Sven wollte Susann meine Entschuldigung wohl wirklich hören.

»Ob du es glaubst oder nicht«, fuhr ich also fort, »seit diesem Tag ist mein Leben ein ganzes Stück beschissener geworden. Es war das Dümmste und Widerlichste, das ich je getan habe!«

Susann sah mich neutral an. Sie erwartete noch mehr. Sven besaß das Taktgefühl, uns etwas Privatsphäre zu gönnen. »Lass uns tanzen«, sagte er deshalb und zog den eher widerwilligen Knut zu der kleinen Tanzfläche in einem der Hinterräume. Wir hörten Knut beim Davonstampfen noch in seinem Bariton nörgeln: »Zu *Marillon* kann ich nicht tanzen. Kein Mensch kann zu *Marillon* tanzen!«

Als die beiden verschwunden waren, sah ich Susann sehr lange an. Und fast wäre ich in Tränen ausgebrochen. Tränen, weil mir jetzt so schmerzhaft wie noch nie klar wurde, was ich da verloren hatte. Oder waren es Tränen der Erleichterung, weil Susann endlich wieder in meinem Leben war – wenn auch nur mit einem Fuß, zögerlich und mit der Hand an der Türklinke des Hinterausgangs?

»Weißt du, was am meisten wehtut?«, fragte ich Susann. Sie sah mich nur an. »Dass ich mich fast täglich frage, wie mein Leben wohl aussähe, wenn ich in dieser Nacht nicht durchgedreht wäre!« Ich hatte einen gigantischen Kloß im Hals.

»Du und ich«, sagte Susann – und ich meinte zu bemerken, dass nun auch ihre Augen feucht wurden –, »Du und ich, wir wären jetzt verheiratet und hätten Kinder.«

Ich schluckte.

»Aber du *bist* nun mal durchgedreht«, fügte sie an. »Und es war mir unmöglich, dir zu verzeihen!«

Ich fühlte mich, als würde ich geprügelt.

»Kannst du es jetzt?«, fragte ich ängstlich.

Susann zögerte. Doch dann nickte sie: »Ja.« Und nach einer kurzen Pause ergänzte sie: »Doch jetzt ist es nicht mehr so viel wert.«

Ich schwieg. Ich war glücklich und am Boden zerstört zugleich. Susanns Worte waren sowohl eine Liebeserklärung wie auch ein Schlussstrich. Es war ein schmerzhaft großes Gefühl, das mich übermannte. Ich hatte kaum noch damit gerechnet, dass ich je-

241

mals wieder so tief in meine Seele hineinhorchen würde.

Susann und ich saßen nur da, sahen schweigend aneinander vorbei. *Marillon* war verstummt, und nun dröhnten die *Simple Minds* aus den Lautsprechern: *Don't you forget about me.* Die laute Musik bewahrte uns davor, etwas Dummes oder – noch schlimmer – etwas Banales zu sagen. Es gab einfach keine richtigen Worte mehr, zumindest für den Moment. Also erhob sich Susann irgendwann, nahm ihre Jacke von der Stuhllehne und fragte mich: »Hast du Lust, morgen mit mir zu frühstücken?«

»Ja!«, antwortete ich schnell.

»Um zehn«, sagte sie. »Sven und Knut haben meine Adresse.«

Ich nickte.

Sie hatte sich schon zwei Schritte von mir entfernt, da drehte sie sich noch einmal um, kam zurück, beugte sich zu mir herunter und gab mir einen Kuss auf die Wange: »Schön dich wieder zu sehen, Piet.«

* * *

»Nehmt's mir nicht übel, aber ich muss morgen früh einen Flieger nach Frankfurt nehmen«, äffte Sven Norbert nach, wobei er Susanns Verlobten eine näselnde Stimme unterstellte, die der gar nicht hatte. »Einen Flieger nach Frankfurt!«, motzte Sven. »Was für ein Vollidiot nimmt ein Flugzeug von Hamburg nach Frankfurt? Bis man mit dem Auto am Flughafen

ist, ist man mit dem Zug doch schon in Hannover! Und von Hannover bis Frankfurt, das ist doch höchstens nur noch ... äh ... also, auf jeden Fall nicht mehr weit!«

»Ab Hannover ist Süddeutschland!«, verkündete Knut, der ganz oben in Friesland aufgewachsen war und deshalb den Äquator in der Nähe der Schweiz vermutete. »Und da wollen sowieso nur Schwachköpfe hin!«

Sven und Knut gingen Arm in Arm und leicht schwankend die Stufen im Treppenhaus hinauf. Sie hatten noch ein paar Bier und Wein im Pickenpack getrunken, nachdem Piet sich überraschend schnell verabschiedet hatte. Und beide – erstaunlicherweise auch der massige Knut – vertrugen Alkohol nicht besonders.

»Und während Norbert im Flieger sitzt, wird unser Piet beim Frühstück die süße Susann zurückerobern!«, prophezeite Sven.

»Der liebe Piet und die süße Susann!«, brummte Knut bestätigend und suchte in seinem Rucksack nach dem Haustürschlüssel. Plötzlich spürte er, wie Sven innehielt. Also blieb auch Knut stehen. Er hob den Blick, sah erst Sven an, der erstarrt auf der Treppe stehen geblieben war, dann blickte er die Stufen hinauf. Dort, direkt vor Svens und Knuts Wohnungstür, stand ein Mann, so etwa fünfzig Jahre alt, grauhaarig.

»Hallo, Sven«, sagte der seltsame Unbekannte mit leiser, brüchiger Stimme.

Sven starrte ihn bloß an. Der Mann trat von einem Bein aufs andere und biss sich nervös in die Unterlippe. »Sven?«, fragte er fast flehend.

»Papa?«, flüsterte Sven.

* * *

Eigentlich hätte ich an diesem Samstag Dienst gehabt – irgendeine alte Dame, die seit dreißig Jahren ehrenamtlich eine Suppenküche für Obdachlose organisierte, sollte mit einem Orden der Stadt ausgezeichnet werden. Die *Morgenpost* plante ein doppelseitiges Porträt der netten Oma. *Menscheln* nennt man diese Art von nachrichtenfreier Berichterstattung. Ich meldete mich jedoch krank und schickte einen Volontär zur Ordensverleihung ins Rathaus. Der hatte bislang nur Fünfzeilenmeldungen verfassen dürfen und freute sich aufrichtig über den großen Auftrag. Ich dagegen freute mich auf ein Frühstück mit Susann!

Pünktlich auf die Minute klingelte ich an der Tür ihrer Altbauwohnung im feinen Harvestehude. Susann war gerade am Telefon, als sie mir öffnete. Sie trug das Gerät mit sich herum, und ich achtete beim Hereinkommen darauf, nicht über das Kabel zu stolpern, das hinter ihr wie ein Fallstrick durch den Flur verlief. Susann lächelte mich an, während sie in den Hörer sprach: »Ja! Der Empfang ist toll! Nur ein leichtes Knacken! Du hörst es auch? Ja, genau: So ein *Knack-knack*!«

Ich grinste.

»Vom Flugzeug aus! Wer hätte das gedacht!«, simulierte Susann Begeisterung, während sie mir einen halb entschuldigenden, halb verschwörerisch amüsierten Blick zuwarf. Ich stellte mir vor, wie Norbert gerade im Flieger nach Frankfurt saß, das Koffertelefon auf einem leeren Sitz neben ihm aufgebaut, und wie sich dieser Lackaffe euphorisch in sein klobiges Sprechgerät brüllend darüber freute, dass er auch von oberhalb der Wolken ein Ferngespräch führen konnte. Telefonieren aus Spaß! Begeistert in einen Hörer zu sprechen, obwohl man eigentlich gar nichts zu sagen hat – was für eine exotische und schier unglaubliche Macke!

Susanns Stimme wurde leiser. Sie drehte mir den Rücken zu, doch ich hörte es trotzdem. Sie sagte:»Ich dich auch.«

Mein Herz sank.

Doch was traf mich ihre nicht an mich gerichtete Liebesbekundung eigentlich? Ich wusste, dass sie Norbert heiraten würde! Und ich war wirklich nicht gekommen, um sie davon abzubringen. Ich war hier, weil …

… weil …

Ich war hier, weil ich in Susanns Nähe sein wollte! So einfach war das. Ich wollte sie sehen, mit ihr reden. Ich wollte im selben Raum sein wie sie!

Susann hatte gerade aufgelegt und wollte das Telefon zurück auf das kleine Schränkchen im Flur stellen, als es erneut zu klingeln begann. »Ja?«, meldete sich Susann. Und dann hörte sie sehr lange zu, sagte selbst

jedoch nichts außer bloß gelegentlich »Mmh«, »Oh!«
und »Auweia!«.

Sie stand wieder mit dem Rücken zu mir, also warf
ich inzwischen einen Blick ins Wohnzimmer. Stilvoll,
doch. Ein bisschen *zu* stilvoll für meinen Geschmack:
fast alles war schwarz – das Ledersofa, die Regale, das
Sideboard, auf dem die schweineteure, schwarze
HiFi-Anlage von *Bang und Olufsen* sowie der
schwarze Fernseher standen. Schwarz war schon seit
einigen Jahren die bevorzugte Nichtfarbe meiner Ge-
neration: Möbel, Autos, Jeans – die Achtziger waren
schwarz.

Als ich vorsichtig eine andere Tür aufschob, wurde
es schlagartig heller: Dies war ganz eindeutig Susanns
Arbeitszimmer. Auf den Fensterbänken und auch auf
dem Boden wimmelte es von Pflanzen, an der einen
Wand standen zwei Kiefernregale, die mit Büchern
voll gestopft waren: viel historisches Zeugs, das sie
sicher für ihren Geschichtsunterricht brauchte. Sie
hatte gestern erzählt, dass sie ein Referendariat am
Helene-Lange-Gymnasium begonnen hatte. Es fiel mir
nicht schwer, mir Susann als Lehrerin vorzustellen.
Sie konnte schon immer Dinge gut erklären und kom-
plizierte Sachverhalte mit wenigen Worten auf den
Punkt bringen. Daran wurde ich ja erst am Abend zuvor im *Pickenpack* wieder erinnert.

Zwischen all den Büchern übers alte Rom, die
Etrusker und das Dritte Reich standen Romane von
Erica Jong, Günther Grass, Marcel Proust, Honoré de
Balzac. Da stand auch, noch eingeschweißt, der nagel-

neue Bestseller *Das Parfum*, den seltsamerweise vom Supermarktkassierer bis zur Hochschulprofessorin jeder, wirklich jeder liebte. Ich auch.

Auf der anderen Seite des Raumes dominierte ein großer, alter Schreibtisch aus massiver Eiche das Bild. Auf der Arbeitsfläche türmten sich Zettel: Fragebogenmatrizen, die mit ungelenker Handschrift ausgefüllt waren – Klassenarbeiten offenbar, die Susann zu korrigieren hatte. Ich warf einen flüchtigen Blick auf das oberste Blatt: *Le chiens allez aux la routte de la Paris* hatte ein Kind, dessen Begabung wohl eher im naturwissenschaftlichen Bereich lag, darauf gekritzelt. Unten sah ich die Note: eine Fünf. Ob es Susann schwer fiel, streng zu sein? Eine Frage, auf die ich mir keine Antwort anmaßte.

Während ich gerade überlegte, wie der französische Satz mit den zielstrebig gen Paris marschierenden Hunden eigentlich richtig lauten müsste, stupste mich Susann von hinten an. »Kleine Programmänderung«, sagte sie. »Wir fahren zu Dilbert!«

»Irgendetwas passiert?«, fragte ich, mich an ihre sorgenvollen, einsilbigen Zwischenrufe am Telefon erinnernd.

»Kann man so sagen!«, lachte Susann.

* * *

Als Knut erwachte, traute er seinen Ohren kaum: Sven und sein Vater redeten immer noch! Sie saßen in der Küche und sprachen seit … Knut sah auf den We-

cker ... seit sieben Stunden! Knut räkelte sich. Andererseits: Was waren schon sieben Stunden, wenn man zwanzig Jahre aufzuholen hatte?

»Moin!«, grüßte Knut, als er in die Küche trat. Er gab Sven einen Kuss und schenkte sich dann einen Becher Kaffee ein.

»Guten Morgen«, lächelte Franz.

Knut sah es sofort: Der alte Mann hatte dasselbe Lächeln wie sein Sohn. Überhaupt wirkte er im Ganzen ein wenig wie Sven – wie der Sven von damals, als Knut ihn im Theater kennen gelernt hatte. Scheu, nervös. Mann, was war Sven für ein verschrecktes Mäuschen gewesen! Und schau ihn dir heute an, dachte Knut, als er seinen Freund betrachtete. Dem Kleinen ist eine Menge Rückgrat gewachsen!

»Was willst du von mir?«, hatte Sven seinen Vater gestern nach dem ersten Schreck im Treppenhaus angeschnauzt.

»Ich ... ich wollte dich sehen«, hatte der alte Herr gestammelt.

»Das ist ja ganz was Neues!«, hatte Sven geknurrt. Doch Knut spürte, wie aufgewühlt, hin- und hergerissen zwischen Freude und Wut sein Freund im Inneren war.

»Ich wollte dich immer sehen. Seit Jahren!«, flehte Svens Vater. »Es ging nicht! Es war kompliziert ...«

»Woher hast du überhaupt meine Adresse?«, fragte Sven.

»Von Heinz.«

Sven sah seinen alten Herrn verständnislos an.

»Heinz«, erklärte der. »Piets Vater! Er war der Einzige, mit dem ich noch Kontakt hatte. Er hat mir regelmäßig geschrieben und mir berichtet, was er von Piet über dich erfahren hat. Er hat immer möglichst unauffällig nach dir gefragt. Und dann hast du dich mit Piet gestritten, und vier lange Jahre habe ich nichts über dich erfahren! Das war schrecklich!«

»Du ...« Jetzt standen Sven Tränen in den Augen. »Du hast dich nach mir erkundigt?«

»Natürlich!«, sagte Franz. »Du bist mein Sohn!« Für einen kurzen Moment sah es aus, als würde Franz auf Sven zugehen, ihn womöglich sogar umarmen wollen, doch dann erstarrte Franz in der Bewegung, ließ die Schultern sinken und fuhr fort: »Und als ich endlich von Heinz hörte, dass ihr, Piet und du, euch wieder vertragt, und als ich hörte, dass du dich ... geoutet hast ..., da wollte ich ... da konnte ich ... endlich ...«

Svens Vater stockte die Stimme. Sein Körper bebte, und offenbar war er kurz davor zusammenzuklappen. Er konnte nicht mehr sprechen, und auch Sven sagte nichts. Knut ging kurz entschlossen zur Wohnungstür und schloss sie auf. »Kommen Sie rein«, sagte er zu dem zitternden Mann. Und der folgte ihm dankbar in die Wohnung. Sven ging hinterher.

Zuerst umkreiste Sven seinen Vater misstrauisch, immer noch voll Wut auf den Mann, der ihn als Kind einfach verlassen und sich nie gemeldet hatte. Doch dann siegten die Neugier, das Mitleid, vielleicht auch ein uralter Instinkt, der Kinder mit ihren Eltern un-

sichtbar und auf ewig zusammenschweißte. Und es siegte die seltene Fähigkeit zur völligen Vergebung. Die hatte Sven schon bei Piet bewiesen – und er zeigte sie auch bei Franz. Das war einer der Gründe, warum Knut Sven so liebte: Er hatte ein Vier-Personen-Herz.

Franz hatte seine Familie verlassen, weil er das Lügen nicht mehr ertrug. Und auch wenn Franz sich alle Mühe gab, Svens Mutter in seinem Bericht nicht die Rolle der Bösen zuzuteilen, so wurde doch deutlich, dass diese damals extrem brutal reagiert hatte. Verständlich irgendwie: Von einem auf den anderen Tag, ohne Vorwarnungen, wurde sie von ihrem Mann verlassen. Und er wollte ihr nicht einmal eine Erklärung für seine Flucht geben. Erst als sie drängte, schrie, bettelte, gestand er ihr schließlich, dass er Männer liebte. Und dass er es nicht mehr ertragen konnte, sich vor den Menschen, die ihm am nächsten standen, vor seiner eigenen Familie verstellen zu müssen. Es war für Svens Mutter wohl schlimmer, als hätte er eine Geliebte gehabt. Er hatte ihr in gewisser Weise ihr Leben genommen: Nichts, woran sie glaubte, stimmte nun noch. Ihre Familie war in ihren Augen binnen einer Minute zu einer Illusion geworden, das Bild, dass sie sich von sich selbst als Frau gemacht hatte, zerfiel. Es war, als wäre ihre Welt implodiert.

Also zwang sie Franz, ganz zu gehen. Er sollte nicht nur in ein anderes Viertel ziehen, wie er vorgehabt hatte, und auf gar keinen Fall sollte es ihm möglich sein, seinen Sohn noch zu sehen, worum er sie

mehrfach anflehte. Nein, er sollte Hamburg verlas-
sen! Sie verbat ihm, jemals seinen Sohn wieder zu se-
hen, schwor ihm, ihm das Leben zur Hölle zu machen,
sein Geheimnis auszuposaunen, ihn der perversesten
Dinge zu beschuldigen, wenn er sich weigerte. Nur
wenn er für immer verschwände, wäre er sicher vor
ihrem Hass.

»Hast du dich nie gefragt, ob sie das nur im ersten
Moment gesagt hatte?«, fragte Sven. »Unter
Schock?« Doch insgeheim dachte er an die schreckliche Szene, die seine Mutter ihm gemacht hatte, als sie
seine Neigung entdeckte.

»Natürlich hätte ich. Aber so einfach ist das nicht,
wenn man in so eine Situation gerät. Ich war völlig
zerstört«, seufzte Franz. »Ich bin kein starker
Mensch. Ich bin nicht wie du!«

»Ich bin nicht stark«, behauptete Sven.

»Doch, das bist du«, behauptete Franz. »Du zeigst
dich, wie du bist. Ich tue das immer noch nicht. Ich
lebe jetzt in Holland. Vielleicht das liberalste Land der
Welt. Und trotzdem weiß kaum jemand, dass ich …
schwul bin. Ich bin Junggeselle. *Basta.«*

»Und Sie konnten nicht mal für Ihren Sohn kämp-
fen?«, fragte Knut.

»Ich war zu sehr damit beschäftigt, ums Überleben
zu kämpfen«, flüsterte Franz. Und dann schob er zögernd seine Ärmel hoch. Auf seinen Handgelenken
zeichneten sich dicke Narben ab. *»Zwei Selbstmord-*
versuche, ein Jahr stationäre Psychiatrie, jahrelange
ambulante Therapie.« Franz' Stimme wurde wieder

251

brüchig. »Ihr wisst das gar nicht mehr«, flüsterte er, »aber damals war Homosexualität strafbar. Es gab ein Gesetz, den Paragrafen 175. Ich hätte ins Gefängnis gehen können, nur wegen meiner Neigung. Da fragt man sich doch, zumindest innerlich, ob man vielleicht wirklich kriminell ist. Ein schlechter Mensch. Und was meint ihr, was passiert wäre, wenn Amelie mich tatsächlich beschuldigt hätte, dass ich mich an Sven vergangen hätte ...«

»Und jetzt?«, fragte Sven.

»Als ich hörte, dass du auch ... schwul bist. Und dass du dich nicht versteckst, so wie ich ... da war ich so unsagbar stolz! Ich musste dich einfach sehen! Ich musste dir sagen, dass ich dich nicht vergessen, sondern immer an dich gedacht habe, dass ich um dich geweint habe. Und ... und dass ich dich liebe!«

Sven schluckte.

»Und wenn du es willst, verschwinde ich wieder und werde dich nie mehr behelligen!«, sagte Franz.

Doch Sven, dem die Tränen jetzt ungehemmt aus den Augen schossen, stand auf und umarmte seinen Vater, der sich sofort an seinen Sohn klammerte wie ein Ertrinkender an ein Stück Holz.

Knut schlich leise aus dem Raum.

* * *

Wahrscheinlich hatte sich ein iranischer Kampfjet verirrt! Seit Wochen bombardierten die Soldaten des Ayatollah Khomeni die Städte des Irak, obwohl die mit

Saddam Hussein verbündeten USA mit massiven Ver-
geltungsschlägen drohten. Einer der Ayatollah-Piloten
hatte offenbar seine Orientierung verloren, vielleicht wollte er auch direkt bis ins gottlose Amerika
fliegen und hatte plötzlich keinen Sprit mehr – auf jeden Fall hatte es ihn bis nach Hamburg verschlagen,
wo er dann seine Bombe kurz entschlossen direkt in
Dilles Wohnung fallen ließ. Ja, das war die einzig
denkbare Erklärung für das Chaos, das Susann und
mich erwartete, als wir Dilberts Zuhause betraten:
Nur ein Sprengsatz konnte eine Wohnung so verwüs-
ten!

Der Fußboden des Flurs lag knöchelhoch voller Klamotten – die meisten davon dreckig. Anoraks, Schuhe,
Latzhosen, Strümpfe und Mützen – Berge von Texti-
lien türmte sich, als würde sie gleich jemand auf den
Lastwagen der Altkleidersammlung schaufeln. Dille,
der die hysterisch schreiende und zappelnde Lucy auf
dem Arm trug und dem ebenfalls unermüdlich brül-
lenden Florian im Zehnsekundentakt ins Kinderzimmer zurief, dass Papa gleich zu ihm kommen werde,
rollte nur mit den Augen, als er uns sah. Selbst die Tatsache, dass ausgerechnet *ich* zusammen mit Susann
erschien, entlockte ihm nur für den Bruchteil einer Sekunde einen Blick des Erstaunens. Für Dille gab es gerade gravierendere Dinge, denen er seine Aufmerksamkeit schenken musste. Hilflos verzog er das Gesicht zu einer Grimasse und piepste dann: »Hilfe!«
Susann und ich sahen uns an – und nach einer gemeinsamen Schrecksekunde lachten wir schallend

253

los! Dille stieg inzwischen mit seiner wild strampelnden Heulboje über die Klamotten-Nordwand und begab sich ins Wohnzimmer zum Mount Müll: Der komplette Inhalt einer *Monopoly*-Schachtel, Dutzende von Doppelkopfkarten, etliche zerknitterte, beschmierte, voll geschriebene Zettel, aufgeschlagene Bilder- und Malbücher, Langspielplatten vom *Schatz im Silbersee*, *Hui Buh* und *Zwerg Nase* bedeckten hier den Boden und legten Zeugnis von Dilles verzweifelten und offenkundig vergeblichen Versuchen ab, seine drei Kinder durch Entertainment zu bändigen.

In der Ecke auf dem Boden saß ein seelenruhiger Jan und spielte auf dem Fernseher eine Partie *Pong* – jenes hypermoderne Telespiel, bei dem man mit zwei Strichen einen Punkt hin- und herschlagen musste. Jedes Mal, wenn der Punkt einen der Paddel berührte, machte es *Pong*. Und zwar so laut, dass es sogar mit Lucy, deren Stimmvolumen ohne zusätzliche Verstärkung die Opernarena von Verona hätte ausfüllen können, mithielt. »Mach das leiser!«, brüllte Dille seinen Sohn an. Doch der hörte natürlich nichts. Nichts, außer die Hochdrucksirene Lucy und ein regelmäßiges, ohrenbetäubendes *Pong, Pong, Pong*!

Das Einschlagszentrum der Bombe befand sich in der Küche! Etliche Hühner hatten wohl bei der Detonation ihr Leben verloren, denn auf dem Tisch und teilweise auch auf dem Boden türmten sich Hähnchenknochen, teilweise notdürftig in *Wienerwald*-Thermotüten gestopft, teilweise einfach in ihrem eigenen Glibber liegend. Zwei Pizzaränder auf der An-

richte erwiesen sich durch einen Drucktest meinerseits als etwa zwei Tage alt, und die Reste der Käse-
nudeln, die im Topf auf der Spüle standen, waren mit
kleinen grünen Flecken bedeckt, die sich bei einer
näheren Untersuchung sicher nicht als Kräuter erwei-
sen würden. Der Herd war rund um die Kochplatten
schwarz verrußt und an allen anderen Stellen von ver-
brannten Gewürzen, verkohltem Fett und einer stolzen Zahl von Saucenspritzern besudelt. Den Backofen
zu öffnen, traute ich mich gar nicht erst.

Ich hob widerwillig und nur mit zwei Fingern einen
Hühnerknochen an, steckte ihn in eine *Wienerwald*-
Tüte und öffnete die Tür unter der Spüle, hinter der
ich den Mülleimer vermutete. Ich vermutete richtig:
Drei randvolle Plastiktüten mit Essensresten und voll-
gepissten Windeln fielen mir entgegen und ergossen
ihren Inhalt über meine Schuhe.

»Ich wusste gar nicht, dass die Zwillinge nachts
noch Windeln um bekommen«, sagte die erstaunlich
gelassene Susann, die von mir unbemerkt in die Küche getreten war.

»So schlimm hat's nicht mal damals in meiner WG
ausgesehen!«, behauptete ich.

Susann sah mich nur an, die linke Augenbraue ge-
ringfügig angehoben. »Okay«, gestand ich. »Aber nur
nach Feten!«

Susann grinste: »Ich habe Dille gesagt, er soll die
Kleinen anziehen und mit ihnen spazieren gehen. Wir
machen inzwischen sauber.«

»Was ist denn mit Petra?«, fragte ich.

»Die ist in Portugal«, lachte Susann.

Bevor ich nachfragen konnte, was Dilles Frau denn im sonnigen Süden täte, während ihr Zuhause in Schutt und Asche fiel, war Susann schon wieder verschwunden.

Ich ging in den Flur, wo Dille gerade Florian die Schuhe anzog. Wie durch ein Wunder (aber vielleicht lag es auch an den Lollis, die Dilbert ihnen in die Kreischluken gestopft hatte) waren seine beiden Kinder gerade still.

»Ich kann nicht aufräumen! Ständig wollen die Kinder etwas! Es sind Schulferien! Der Kindergarten ist zu! Die sind die ganze Zeit hier! Alle drei! Und sie schreien ständig! Sogar nachts! Die wollen ihre Mama! Und etwas essen! Und trinken! Und ständig kippen sie etwas um, und machen was kaputt! *Hier* macht man sauber, *da* machen sie schon wieder Dreck!«, stenografierte der nahezu hyperventilierende Familienvater mir seine Schicksalsgeschichte entgegen.

Ich lächelte ihm aufmunternd zu: »Ist okay, Alter! Lüfte deine Stöpsel ein paar Stunden draußen aus. Und Susann und ich machen hier klar Schiff.«

»Susann und du …«, murmelte Dille, dem scheinbar erst jetzt die volle Tragweite der Situation aufging. »Seid ihr beide etwa wieder …?«

»Nee!«, sagte ich. Dann hielt ich inne. *Oder?* »Weiß nicht«, befand ich schließlich.

* * *

Es hatte Petra 270 Mark gekostet, ihren Urlaub um vier Tage verkürzen und einen früheren Charterflug der TUI nach Hause nehmen zu dürfen. Sie fand es zwar ausgesprochen absurd, dass man dem Reiseveranstalter einen Bonus zahlen musste, wenn man sein Zimmer früher als erwartet räumte, zudem auf viermal Frühstück und sogar den im Pauschalpreis bereits enthaltenen Busausflug in die malerische Bucht von Lagos verzichtete. Aber sie zwang sich, dem Reiseleiter, der die Wölbungen ihres T-Shirts erheblich sorgfältiger studierte als ihre Reisepapiere, keine Szene zu machen. Das war schließlich einer der Gründe, warum sie ihren Urlaub beenden wollte: Sie wollte nicht noch mehr Ärger haben!

Am Abend zuvor hatte es nämlich gekracht!

So erheiternd und auch ein wenig schmeichelhaft Petra es die ersten drei Abende gefunden hatte, wie die Kerle sie belauerten, sich cooler gaben, als sie waren, ihr vermeintlich lässige Blicke zuwarfen und ihr mindestens drei Drinks pro Stunde angeboten wurden, so sehr ging es ihr ab dem vierten Tag dann auf die Nerven. Petra hatte die Schnauze voll davon, ein potenzieller Edelfick zu sein. Denn darum ging's ja schließlich: die schönste Frau der Hotelanlage zu poppen! Sie wusste: Selbst wenn sie dumm wie Brot wäre und ihr das Formulieren zusammenhängender und sinnvoller Sätze immense Schwierigkeiten bereiten würde, würden sich all diese Flachwichser dennoch unermüdlich abstrampeln, um sie in ihr Zimmer locken zu können.

257

Zugegeben: Ganz am Anfang hatte sie noch ein wenig übers Fremdgehen fantasiert, dachte, es sei irgendwie nötig, zumindest einmal in ihrem Leben mit jemand anderem Sex zu haben als mit ihrem Ehemann. Aber nach dieser dreitägigen Parade männlichen Sondermülls wurde ihr schon beim bloßen Gedanken an einen Seitensprung übel.

Plötzlich wurde Petra klar, was sie an Dille hatte!

Der hatte sich in sie verliebt, als er noch nicht einmal ahnen konnte, dass sich die ruppige Rotzlöffelgöre einmal in eine Schönheit verwandeln würde. Der suchte ihre Nähe schon, als sie Kinder waren und ihre einzigen körperlichen Kontakte beim Rangeln und Raufen stattfanden. Dille, das wusste Petra, liebte sie! Sie! Petra, den Menschen! Und wenn sie ihr Gesicht mit heißem Fett übergießen und fortan wie Quasimodo aussehen würde, würde er sie noch immer lieben ...

Okay, na ja, übertreiben wir nicht, *dachte Petra* – aber Orangenhaut, Übergewicht und Falten würde er ganz sicher schlucken!

Und so saß Petra also da, in ihrem Liegestuhl, und beschloss zu tun, was sie eigentlich auf keinen Fall hatte tun wollen: Sie wollte Dilbert anrufen, sich nach ihm erkundigen, sich vielleicht sogar entschuldigen! Und sie wollte ihm sagen, wie sehr sie ihn liebte! Doch gerade als sie sich aufrichten und zu der Telefonkabine in der Rezeption gehen wollte, kam einer dieser Testosteronlurche angeschlichen. Ein besonders fieses Exemplar, denn er sah nicht mal gut aus, war

258

bestimmt schon über vierzig und ziemlich schwammig um die Hüften. Trotzdem maß er sich an, Petra anzubaggern: »Hallo!«, sagte er mit einer Schmierseifenstimme, die ein wenig gepresst klang, da er beim Reden den Bauch einzog. Für wie dämlich hielten diese Typen die Frauen eigentlich? Glaubten sie wirklich, wenn sie für drei Minuten die Wampe einfahren, vergessen die Damen plötzlich, welch Geschwabbel ihren Sehnerven für die restlichen 23 Stunden und 57 Minuten des Tages zugemutet wurde?

»Hallo«, sagte der Schmiermann also.

»Auf Wiedersehen«, blaffte Petra und erhob sich.

»Das ist aber unhöflich«, lachte der Schmiermann. »Ich wollte Sie doch nur fragen, was ...«

»Verpiss dich!«, sagte Petra, die es kaum erwarten konnte, Dilles Stimme am Telefon zu hören.

»Also wirklich!« Jetzt war der Schmiermann richtig empört. Und dann tat er, was er besser nicht hätte tun sollen: Er fasste Petra an den Arm! Nur ganz leicht griff er zu, ein kleiner Reflex, um sie aufzuhalten. Doch Petra drehte sich blitzschnell um und schlug ihm mit der Faust frontal und mit ungebremster Wucht ins Gesicht! Man hörte ein leises Knacken und dann ein schmerzverzerrtes Aufheulen. Der Mann hielt sich beide Hände vors Gesicht, aus dem nun beträchtliche Mengen an Blut schossen. »Sie hat mir die Nase gebrochen!«, schrie er.

»Der hat mich angetatscht, das Schwein!«, schrie Petra, als sie sah, dass sich einige Gäste von der Bar und den anderen Liegestühlen näherten.

»Ich wollte ...«, winselte der Mann, »...doch nur wissen, wie ... wie der Cocktail heißt, den sie trinkt. Weil meine Frau fand, dass der ... so lecker aussieht.«

»Schwachsinn!«, motzte Petra. Doch dann sah sie eine kleine dralle Frau heranstürmen, die sich besorgt auf den winselnden Mann stürzte: »Nimm mal die Hand weg, Hasi. Lass mich mal schauen ...«

Die Dame – offensichtlich Frau Schmiermann – funkelte Petra mit wütenden Augen an: »Sie Flittchen! Sie Biest! Sie werden von unserem Anwalt hören!«

»Ihr geiler Bock von Ehemann hat mich angegrabscht!«, behauptete Petra. Aber es klang nicht mehr sehr überzeugend. Unter den stechenden Blicken der anderen Gäste, deren weiblicher Teil eine unverhohlene Schadenfreude an den Tag legte, schlich Petra in ihr Zimmer. Sie fing unverzüglich an, die Koffer zu packen. Sie wollte nach Haus! In ihre schöne, gemütliche Wohnung, zu ihrem liebevollen Gatten und den süßen Kindern!

* * *

Ich schrubbte mit der rauen Seite des Schwamms an den festgetrockneten Spritzern in der Kloschüssel herum, während Susann eindrucksvoll bewies, dass nur drei Monate Referendariat gereicht hatten, um sie in den Augen von Kindern zur Respektsperson zu machen: Zehn Sekunden, nachdem sie das Wohnzimmer betreten hatte, schwand das ohrenbetäubende

Pong! – Pong! – Pong! zu einem harmlosen, kaum wahrnehmbaren Hintergrundgeräusch.

»Danke, Jan«, hörte ich Susann sagen.

Während ich die Sanitätskeramik mit solcher Vehemenz bearbeitete, dass ich für den nächsten Tag mit einem Muskelkater rechnete, summte ich demonstrativ ein Lied, um Gelassenheit zu beweisen. Ich hatte mich freiwillig auf die Reinigung des Klos gestürzt, um Susann zu beeindrucken. Wenn es etwas gibt, was ich über Frauen wusste, war es nämlich dies: Männer, die nicht zu den schönsten Exemplaren ihrer Gattung zählten, können dieses Manko recht gut dadurch wettmachen, dass sie im Sitzen pinkeln, regelmäßig ungefragt Klos und Backöfen schrubben, bei Gesprächen mehr zuhören als reden und sich farblich aufeinander abgestimmte Klamotten anziehen. Übrigens: Ich trug an diesem Tag ein Paar frisch geputzte Halbschuhe!

Ja, ich war fest entschlossen, vor Susann zu glänzen! Ich wollte glänzen, wie die mittlerweile nicht mehr bekackte Kloschüssel, die ich nun mit einer Überdosis *Ata* bestreute. Ehrlich: Funkelnder konnten auch die Scheißhäuser im Buckingham Palace nicht aussehen!

»Okay, das reicht«, sagte Susann, als sie mir über die Schulter sah. »Knöpf dir jetzt am besten den Backofen vor!«

Verdammt, das wollte ich doch ungefragt machen!

Susann trug aus allen Ecken der Wohnung Wäsche zusammen, bildete aus ihnen verschiedene Stapel, die sie dann nacheinander in die Waschmaschine füllte. Ich widmete mich nach Backofen und Herd dem Linoleumfußboden der Küche, der nach nur vier Tagen herumspritzenden Biskins (nur noch drei Tage haltbar, für *Bolle*-Mitarbeiter zweifelsohne umsonst) und zu Boden geplumpsten *Wienerwald*-Abfällen so glitschig war, dass man darauf die Europameisterschaften im Curling hätte austragen können. Susann saugte die Teppichböden. Bereits nach Flur und Wohnzimmer musste sie den Staubsaugerbeutel wechseln.

Als ich die dritte Ladung Mülltüten hinunter zu den Containern schleppte, kam mir Dille mit seinen Knirpsen im Treppenhaus entgegen. »Wir sind fertig«, sagte ich. »*Fix* und fertig.«

»Ich weiß gar nicht, wie ich euch danken soll!«, sagte Dille und raffte sich, was eigentlich gar nicht seine Art war, zu einer Umarmung auf.

»Gern geschehen«, sagte ich. »Pass nur auf, dass die Wohnung nicht wieder verwahrlost, bis Petra nach Hause kommt.«

»Noch vier Tage«, stöhnte Dille. »Ich hoffe, die krieg ich etwas würdevoller über die Runden!«

»Wird schon glatt gehen«, prophezeite ich optimistisch.

Nun erschien auch Susann, die unsere Stimmen gehört hatte. Sie hatte sich schnell ihre Jacke übergeworfen und die Schuhe angezogen. »Du musst die Waschmaschine nachher noch auf Schleudern stellen«, sagte sie zu Dille. Und zu mir sagte sie: »Komm,

Piet, wir gehen. Wir haben immer noch nicht gefrühstückt!«

Ich sah auf die Uhr: Es war halb drei!

Um kurz vor drei saßen wir auf der Wiese am Goldbekufer. Es war ein für Hamburg ungewöhnlich sonniger und milder Tag. Wir hatten uns aus einem Imbiss zwei Croques geholt, zwei Piccolo *MM*, eine Flasche Orangensaft und zwei Plastikbecher. Susann schenkte uns Sekt ein. Sie gab mir den einen, nahm den anderen und hob ihn hoch: »Auf wieder gefundene Freunde!«

»Auf uns!«, sagte ich.

Wir tranken beide einen Schluck.

»Ich bin froh, dass du wieder da bist«, sagte Susann. Und ihr Lächeln war so süß wie Karamell.

Okay, *das* war das Signal! Ich stellte den Becher ins Gras, bewegte meinen Oberkörper in ihre Richtung und wollte gerade zart ihren Kopf nehmen und sie küssen, als ich Susanns Hand auf meiner Brust spürte. Sie brauchte nicht viel Druck auszuüben, um mich zu bremsen. Sie schüttelte bloß den Kopf. Ein wenig traurig, vielleicht sogar bedauernd, wie mir schien.

»Das Kapitel ist abgeschlossen«, sagte sie. »Ich werde Norbert heiraten. Ich liebe Norbert! Ganz gleich, was Sven und Knut dir erzählt haben: Er ist ein toller Mann. Und *du* hattest deine Chance. Es tut mir Leid.«

Ich war ganz Mann! Ich war so voller Würde, dass mir übel wurde! Ich war Bogart in *Casablanca*, ich war Sam Shepard, ich war ein einsamer Wolf: »Ja. Ich verstehe. Entschuldige.« Und dann tranken wir den Sekt aus, redeten krampfhaft locker über dies und das. Ich weiß nicht mehr, worüber. Ist doch auch egal.

* * *

»Wow!«, rief Petra, als sie in den Backofen schaute. »So geil sah der ja nicht mal aus, als wir ihn gekauft haben!«

Dille grinste. Das war grandios! Keine fünf Stunden nachdem Susann und Piet verschwunden waren, hatte Petra plötzlich vor der Tür gestanden. Schuldbewusst bis zum Abwinken! Sie war ihm in die Arme gefallen, hatte sich entschuldigt, hatte mindestens zwölfmal gesagt, wie sehr sie ihn liebte, und ihn so leidenschaftlich geküsst, dass er verstohlen seinen Ständer in die Unterhose zurückschob, als Petra dann ihre jubelnden Kinder begrüßte. Und dass die Wohnung aussah wie geleckt, dass Dille sogar die Wäsche in Angriff genommen hatte, war natürlich die Krönung! Natürlich sagte Dille kein Wort über Susann und Piet – er war doch nicht dämlich. Stattdessen sagte er: »Und nächste Woche kannst du dich ja mal als stellvertretender Filialleiter versuchen. Mal sehen, ob du das auch so gut hinkriegst!«

»Es tut mir so Leid! Ehrlich!«, rief Petra und küsste und küsste ihn wieder. »Bitte sei mir nicht böse. Mir ist einfach der Kragen geplatzt. Es tut mir Leid!«

»Schon okay«, sagte Dille gönnerhaft. Und insge-

264

heim nahm er sich vor, in Zukunft zumindest etwas
aufmerksamer zu sein. Er hatte wirklich nicht geahnt,
was für ein Koordinationstalent man brauchte, wenn
man einen Haushalt und drei Kinder auf die Reihe be-
kommen wollte. Er dachte: Ich werde mir in Zukunft
mehr Mühe geben, meiner Familie gerecht zu werden.
Vor allem aber dachte er: Wann können wir endlich
die Kinder ins Bett bringen? Ich will diese Frau vö-
geln, bis sie qualmt! Mein Gott sieht sie toll aus!

* * *

Susann und Norbert heirateten am 3. Dezember. Ich
war herzlich eingeladen, doch ich brachte es nicht fertig hinzugehen. Ich schickte den beiden aber per *Fleu-*
rop einen großen Blumenstrauß und wünschte ihnen
auf einer Karte alles Gute.

Während die beiden auf dem Standesamt waren,
saß ich allein zu Hause. Ich war fest entschlossen,
nicht zu weinen. Und dass ich es trotzdem tat, geht
niemanden etwas an!

1990

Ich hatte mir einen Computer gekauft. Bislang hatte ich als so ziemlich Letzter meiner Zunft noch eisern eine Schreibmaschine benutzt, doch weil mir nun seit geraumer Zeit nichts, aber auch gar nichts mehr so recht gefiel, was ich schrieb, musste etwas geschehen. Meinen *Kopf* konnte ich nicht austauschen, also wechselte ich das *Gerät*. Das war zumindest in einer Hinsicht praktisch: Ich musste jetzt nicht mehr haufenweise Zettel wegwerfen, sondern brauchte ab sofort einfach nur noch die *Del*-Taste drücken. *Del* für *Delete*.

Ich hätte natürlich bei der *Morgenpost* bleiben und weiterhin über Zweitligafußball, Drittligapolitik und den Aufmarsch der zwanzig besten Seemannschöre beim alljährlichen Hafengeburtstag schreiben können, aber mir gelüstete nach mehr. Als die neunziger Jahre begannen, als ich also die gruseligen *Dreißig* erreichte, unterwarf ich mein bisheriges Leben einer kritischen Begutachtung und brauchte nicht lange, um ein vernichtendes Urteil zu fällen: *Piet Lehmann, du führst ein entsetzlich banales Dasein!*

Und deshalb kündigte ich, zögernd zwar und mich mehrfach vergewissernd, dass ich in einem halben Jahr gegebenenfalls in meinen Reporterjob zurückkehren könnte. Ich übernahm nur noch zwecks Finanzierung der Grundbedürfnisse gelegentliche Aufträge für Theater-, Platten- und Filmkritiken, für Kurzporträts und Politkommentare. Hauptberuflich war ich ab sofort Schriftsteller!

Ja: Ich wollte ein Buch schreiben!

Ein *profundes* Buch!

Ein *substanzielles* Buch!

Ein Buch, das etwas *bedeutet*!

Und deshalb saß ich jetzt also am Computer und … suchte einen Anfang! Wenn der erst mal da wäre, käme der Rest bestimmt von selbst. Doch die ersten Sätze, die mussten einfach stimmen, die mussten perfekt sein!

Die Silhouette der Stadt glich Mahnmalen – Mahnmalen für jedes einzelne Leben, das hier vergeudet wurde …

Oh Gott! *Del!*

In dieser Nacht beschloss Fritz T., das Leben zu verlassen, wie man einen fahrenden Zug, für den man kein Billet hat, verlässt: mit einem Sprung, beherzt, bei voller Fahrt und …

Igitt! Piet, du Schwafler! *Del!*

Fritz liebte das Leben. Doch das Leben liebte nicht zurück.

Gnnnnnrhgh! *Del! Del! Del!*

Okay, um ganz ehrlich zu sein: Ich wusste nicht einmal, wovon mein Buch handeln sollte. Ich wusste nur, dass es die ultimative Traurigkeit ausdrücken sollte. Eine Ode an die Bitternis! Denn *das* war in meinen Augen wahre Literatur: Tränen auf Papier!

Aber vielleicht war ich auch einfach nur scheiße drauf und tat mir selbst ganz furchtbar leid …

Doch dann kam der 9. Oktober des Jahres 1990! Wenn ich behaupten würde, es war ein *turbulenter* Tag, wäre das untertrieben. Wenn ich sagen würde, es war ein *unglaublicher* Tag, würde ich ihm immer noch nicht einmal ansatzweise gerecht werden. Wenn ich sagen würde, es war ein *Wahnsinnstag*, der Tag aller Tage, der Tag, der mein Leben veränderte … okay, ja, das trifft so etwa den Punkt.

Es begann beim Frühstück. Ich hatte mir wie üblich morgens um zehn beim Bäcker zwei Mohnbrötchen und die *Morgenpost* geholt, mir dann zu Hause einen Kaffee aufgebrüht und mich am Küchentisch niedergelassen. Ich war gerade beim zweiten Brötchen angelangt, als ich das Foto auf Seite 19 sah: Es war ein Foto von Narc, meinem ehemaligen WG-Mitbewohner. Dem Fensterspringer. Seltsamerweise war es kein Foto, das ihn mit einer Spritze im Arm auf dem Boden einer Toilette am Hauptbahnhof zeigte und ihn als hundertsten Drogentoten des Jahres vorstellte, sondern ein sehr professionell geschossenes Porträt. Narc hatte einen 100-Mark-Haarschnitt und grinste selbstgefällig in die Kamera. Die Schlagzeile lautete: *Mit Kokain zum Kultautor: Karsten Ortlepps Drogenfantasien.*

Ich überflog den darunter stehenden Bericht und konnte es nicht fassen: Narc, der sich mittlerweile zu seinem Geburtsnamen bekannte, hatte ein Buch geschrieben, das den sinnigen Titel *Volle Breitseite* trug und, ich zitiere, *auf ebenso radikale wie brutal komische Weise ein Panoptikum von Verweigerern zu Helden erklärt. Die drogengeschwängerte Underground-Phantasie eines begnadeten Geschichtenerzählers, der sehr wohl weiß, wovon er schreibt.*

Das durfte doch nicht wahr sein! Dröhnbirne Narc, von dem ich meiner Erinnerung nach nie einen einzigen Satz gehört hatte, der auch nur im Entferntesten Sinn machte, hatte einen Bestseller gelandet. Scheiße, ein *Kultbuch*! Alles, was der Typ offenkundig tun musste, war, sein wirres Innenleben auszukotzen und dann einen Lektor zu finden, der so etwas wie Grammatik in die Sache brachte. Und fertig war das Literaturwunder.

Und ich?

Ich, der immerhin Seminare an der *Akademie für Publizistik* besucht hatte, der konjugieren konnte, jahrelang die schönsten aller *Morgenpost*-Alliterationen abgeliefert hatte und vom Textchef regelmäßig Komplimente für meine köstlichen Metaphern einstrich – ich elender Versager kaute und würgte seit Monaten an den ersten Sätzen meines geplanten Werkes herum, fand keine Worte und keine Geschichte.

270

Das war ja so was von ungerecht!

Ich stellte meinen Kaffeebecher auf Narcs Foto, weil ich von dem Kerl nicht angeschaut werden wollte. Für einen kurzen Moment dachte ich, ich könnte die schockierende Nachricht von Narcs plötzlichem Ruhm ja auch als glückliche Fügung betrachten, meinen alten Kumpel einfach mal anrufen, ihn bitten, mir einen Kontakt zu seinem Verlag herzustellen ... Aber selbst wenn Narc so nett wäre, was ich ehrlich gesagt bezweifelte, was sollte ich den Verlagsleuten dann zeigen? Die beeindruckenden Gebrauchsspuren auf meiner *Del*-Taste?

Piet Lehmann, sagte ich zu mir selbst, *du bist ein Versager!*

Und da klapperte der Briefschlitz. Ich hatte es noch nie über mich gebracht, Post lange unbeachtet herumliegen zu lassen, und selbst an diesem selbstmitleidigsten all meiner selbstmitleidigen Tage erhob ich mich deshalb sofort nach dem Klappern, um zu sehen, ob wenigstens diesmal etwas Interessanteres durch den Schlitz gefallen war als *eine wichtige, persönliche Mitteilung der NKL-Klassenlotterie,* eine Rechnung der *Hamburgischen Elektrizitätswerke* oder der neue Katalog von *Zweitausendeins.* Ja, es war: Meine Mutter, die es offenbar leid war, auf einen Besuch von mir zu hoffen, hatte mir einen Brief geschickt. Es war ein DIN-A5-Umschlag. Und ich wusste sofort, was sich in seinem Inneren verbarg: Post von Bernhard!

Es war der mittlerweile neunte Brief meines alten

271

Kirschkernspucker-Kumpels. Die letzten waren aus Zimbabwe, Peru und Tibet gekommen. Dieser stammte aus Birma!

Liebe Kirschkernspucker!

Manchmal denke ich, es müsste mich ein Heimweh packen, ich müsste das Bedürfnis verspüren, mich irgendwo niederzulassen. Doch es kommt nicht. Ich kann es nicht fassen, dass ausgerechnet ich es sagen darf, aber es stimmt: Ich bin bedingungslos glücklich! Ich führe das Leben, das ich leben will!

In mir krampfte sich alles zusammen! Wie gern würde ich das von *mir* behaupten können! Was war das Geheimnis? Warum konnte *ich* nicht zufrieden sein?

Mittlerweile bin ich in Birma angekommen. Ein unglaubliches Land — die Landschaft unfassbar schön, die Menschen so würdevoll. Hier herrscht eine brutale Militärdiktatur, doch es gibt eine starke Opposition, die für Gerechtigkeit und Demokratie kämpft. Ohne Waffen, sondern mit bloßer Beharrlichkeit und einem märtyrerhaften Mut. Es ist ein tapferes Aufbegehren, und manchmal scheint es fast möglich, dass hier eine Diktatur gestürzt werden könnte, ohne dass Waffen benutzt werden müssten.

Ob Bernhard in den entlegenen Ecken der Welt internationale Zeitungen kaufen konnte? Ob er wusste, dass in Deutschland ein Jahr zuvor genau das passiert war: eine Revolution aus Mut und Beharrlichkeit. Wusste Bernhard, dass jetzt nicht mehr Schwäbisch, sondern Sächsisch der scheußlichste Dialekt der Bundesrepublik Deutschland war?

Ich bin kein übermäßig politischer Mensch, wie Ihr wisst. Ich leiste hier, wie üblich, bloß humanitäre Hilfe. Ich arbeite gerade für ein französisches Entwicklungshilfeprogramm. Aber selbst an mir geht der revolutionäre Geist, der über dem Volk schwebt, nicht spurlos vorbei. Ich habe letzte Woche einen Mitarbeiter von Amnesty International getroffen, der mir von brutalen Folterungen der birmesischen Regierung erzählte. Ich spiele mit den Gedanken, AI zu unterstützen, mich zum ersten Mal auf die kämpfende, politische Seite zu schlagen. Doch mir fehlt noch der rechte Mut. Ach, wäre ich doch bloß nicht so feige!

Feige?

Ich konnte es nicht fassen: *Bernhard* fand sich *feige*! Dieser Junge, dieser Mann, war mein Idol geworden! Er hatte noch als Kind die Flucht nach vorn angetreten, hatte sich aus allen Verankerungen gerissen und sich direkt hineingestürzt in das große Abenteuer. *Irgendwo muss das Leben sein*, hatte er gedacht. Und im Gegensatz zu den meisten von uns, im Gegensatz zu *mir*, besaß er den unfassbaren Mut, es zu suchen.

Bernhards regelmäßigen Berichte von der vordersten Front, dort, wo das wahre Leben stattfand, waren mir eine stete, schmerzhaft Mahnung, dass ich mich bewegen sollte, zu etwas drängen, nach etwas gieren. Feige? Ich wünschte, ich besäße nur Spurenelemente von Bernhards Mut! Ich wünschte, ich könnte eine Entscheidung fällen, die mich glücklich macht. Irgendeine!

Wenn ich sage, ich bin bedingungslos glücklich, dann stimmt das nur fast. Manchmal bin ich traurig, dass ich nie eine Antwort von euch bekommen kann. Was macht ihr? Wer seid ihr geworden? Kennt ihr euch überhaupt noch? Ihr seid meine einzige schöne Erinnerung an Deutschland, an mein früheres Leben.

Manchmal nehme ich in den Ländern, in denen ich gerade bin, an religiösen Festen teil. Ich glaube an keinen der Götter, die mir bislang vorgestellt wurden, aber es ist ein Gebot der Höflichkeit, bei diesen Ritualen mitzuwirken. Und all diese Rituale kommen irgendwann zu einem Punkt, der unserem Beten entspricht. Ein Erflehen guter Fügungen für die Menschen, die einem am wichtigsten auf der Welt sind. Ich bete dann immer für Euch. Denn, wer weiß: Vielleicht bringt es ja etwas ...

Ich liebe euch!
Bernhard

Ich fühlte mich so unsagbar klein. Ich war ein Niemand. Ich war *völlig* irrelevant! Was war das für ein Tag, der mir gleich zweimal, direkt hintereinander, dermaßen brutal meine völlige Bedeutungslosigkeit, mein totales Versagen in Sachen Leben vor Augen führte?

Nun, es war der 9. Oktober 1990. Und der Tag hatte erst begonnen!

Als Nächstes – es war früher Nachmittag – rief mich Sven an. Sven und ich waren in den letzten Jahren wieder ganz dicke Freunde geworden, dicker denn je sogar. Ich hatte nämlich angefangen, Sven nicht mehr als Anhängsel zu betrachten, sondern ihn ernst zu nehmen – mehr noch: Manchmal schaute ich mittlerweile sogar zu ihm auf. Denn Sven ließ sich nicht mehr von mir herumkommandieren, sondern hatte seinen sehr eigenen Kopf entwickelt. Sven war eine stete Inspiration geworden. Mein ehemals völlig verschüchterter Sandkistenfreund packte sich das Leben inzwischen mit beiden Händen, anstatt es, so wie ich, einfach ungenutzt vorbeirauschen zu lassen. Er hatte einen grandiosen, ultratrockenen, scharfsinnigen und stets blitzschnell aus der Hüfte geschossenen Humor entwickelt, der seinesgleichen suchte. Und rund um Sven schwirrten die erstaunlichsten Menschen herum, an deren Exotik, Phantasie und Exzentrik ich als Svens Freund teilhaben durfte. Schauspieler, Musiker, Maler – Sven kannte durch seine Arbeit am Theater, durch seine Verankerung in der schwulen, kreativen Szene Hamburgs ganz verblüffende Leute. Selbst den Arschlöchern unter ihnen musste man zumindest eine gewisse Einzigartigkeit unterstellen.

Knut, dem ich mich ebenfalls sehr verbunden gefühlt hatte, war allerdings nicht mehr da. Der war vor zwei Jahren von Chantal als Regisseur und musikalischer Leiter ihres/seines neuen Programms engagiert worden. Die beiden harmonierten offensichtlich nicht nur im musikalischen Bereich, denn nach ihrer ersten gemeinsamen Tournee kehrte Knut nicht mehr nach Hamburg zurück, sondern zog zu Chantal nach Berlin. Sven war natürlich traurig, aber nicht am Boden zerstört. »Die erste Liebe ist nie für ewig«, sagte er damals. Und gerade mal drei Monate später stellte er uns Hakan als seinen neuen Freund vor. Hakan war Bauchtänzer. Und Hakan konnte Baklava zubereiten wie niemand sonst auf diesem Planeten!

Doch zurück zum Wesentlichen. Zurück zu mir. Zurück zum 9. Oktober 1990. Also: Sven rief an.

»Piet«, sagte er, und er klang seltsam ernst, »Piet. Sitzt du gerade?«

»Äh … Nein«, sagte ich.

»Dann setz dich«, befahl Sven. »Ich muss dir etwas sehr Wichtiges sagen …«

Oh Gott! Ich schäme mich, es zuzugeben, aber als leider keineswegs vorurteilsfreier Hetero rechnete ich fest damit, dass Sven mich nun davon in Kenntnis setzen würde, er sei HIV-positiv.

»Sitzt du?«, fragte Sven. Er flüsterte fast, klang erschöpft und voller Traurigkeit.

»Ja«, keuchte ich, mit dem Schlimmsten rechnend.

»Piet …« Es war fast nur noch ein Hauchen. »Piet … es geht um Susann.«

Nein!

276

Susann!

Tot?

»Susann …«, flüsterte Sven – und dann erhob sich plötzlich seine Stimme zu einem kreischenden, triumphierenden, begeisterten Juchzen: »Susann *trennt* sich von Norbert!!!«

Was?

»Susann! Trennt! Sich! Von! Norbert! Susann trennt sich von Norbert! Susann trennt sich von Norbert!«, sang Sven wie einen *Ätschi-Bätschi*-Kinderreim.

Ich war völlig perplex.

»Norbert ist Geschichte!«, jubilierte Sven.

Ich sagte immer noch nichts.

»Piet? Piet?«, fragte Sven. »Bist du noch da?«

»Ja«, murmelte ich. »Wie? Was?«

»Stell dir vor«, begann der immer noch völlig begeisterte Sven zu berichten. »Norbert wird von seiner Firma nach London versetzt. Irgend so ein Mr.-Wichtig-Schlips-und-Sekretärin-Job. Und gerade als Susann Norbert anmeckern will, dass er sie nicht einmal gefragt hätte, ob sie überhaupt bereit sei, nach England umzuziehen, da kommt er plötzlich damit raus, dass sie auch gar nicht mitkommen soll. Er wolle allein fahren! Etwas Abstand brauche er, und all das Gesülze. Und eine Viertelstunde später enthüllt er ihr dann widerwillig die ganze Geschichte: dass er schon seit einem halben Jahr seine Buchhalterin poppt! Und die geht mit nach England.«

»Isnichwahr?«, staunte ich.

»Ist fast zu schön, um wahr zu sein!«, jubelte Sven.

Ich war nicht wie Sven, ich konnte mich nicht freuen. Himmel, da war eine Ehe kaputtgegangen. Das ist doch kein Grund zu jubeln.

Andererseits …

»Komm schon«, stachelte Sven mich auf: »Du hast nie aufgehört, Susann zu lieben. Wir alle wissen das. Hey, selbst Susann weiß das!«

Es stimmte. Ich bestreite es gar nicht: Ich liebte Susann immer noch. Wenn wir uns sahen, als Kumpel, hätte ich jedes Mal heulen können. Wenn ich beobachtete, dass Susann und Norbert sich küssten, sich berührten, war mir hundeelend. Und dass ich in den letzten fünf Jahren insgesamt sieben Freundinnen verschlissen hatte, ließ den berechtigten Rückschluss zu, dass ich zumindest unterbewusst alles tat, um eine Beziehung so kurz und gefühlsarm wie möglich zu halten.

»Es ist deine große Chance!«, sagte Sven. »Versau sie nicht!«

Und dann legte er auf.

An jedem anderen Tag hätte ich mich nach diesem Anruf hingesetzt und gegrübelt. Ich hätte gegrübelt und gegrübelt. Ich hätte Schritte erwogen, mit Worte zurechtgelegt, Konsequenzen überdacht. Und dann hätte ich noch mehr gegrübelt. Und weiter gezögert. Und im Endeffekt hätte ich nichts, aber auch gar nichts getan.

Doch dieser Tag war anders!

Narcs Bestseller, Bernhards Brief – es war wie ein göttliches Zeichen! Mit äußerster Brutalität hatte mich das Schicksal an diesem 9. Oktober kopfüber in die Erkenntnis getaucht, dass ich bislang versagt hatte. Dass mein Leben gepfuscht war. Eine dreißigjährige Abfolge von Feigheiten. Aber diese beiden – Narc und Bernhard – waren der Beweis, dass es auch anders ging. Diese beiden riefen: *Wer nicht wagt, der nicht gewinnt!* Und es ist vielleicht keine tiefsinnige Erkenntnis, keine Weisheit, die mit den Losungen des Lao-Tse konkurrieren könnte, doch es waren diese sechs Wörter, die mir an diesem Tag, in dieser Situation durch den Kopf schossen: *Wer nicht wagt, der nicht gewinnt!*

Tu was, Piet!

Trau dich!

Wer nicht wagt, der nicht gewinnt!

Jawohl! Piet Lehmann fällt eine Entscheidung! Piet Lehmann traut sich! Piet Lehmann lässt *diese* Chance nicht verstreichen!

Ich zog mir Jacke und Schuhe an, und dann rief ich mir ein Taxi. Ich hatte Angst, dass mich auf einer langen U-Bahnfahrt der Mut wieder verlassen könnte.

Fünfzehn Minuten später stand ich vor Susanns Haustür. Fast hätte ich, kurz bevor mein Zeigefinger den Klingelkopf erreichte, noch den Schwanz eingezogen. Doch dann zwang ich mich mit aller Macht zur Entschlossenheit und drückte!

Bing Bong! Schicksalsglocken.

Plötzlich fiel mir ein, was das letzte Mal passiert war, als ich unangemeldet an Susanns Tür geklingelt hatte. Oh Gott! Hatte ich eben gerade den Startschuss zu einer erneuten Katastrophe gegeben? Doch für eine Flucht war es nun zu spät. Die einzige Flucht, die mir blieb, war die Flucht nach vorn.

Susann öffnete die Tür. Und ich öffnete unverzüglich den Mund. Ich hatte mittlerweile so viel Adrenalin und Hormone in mein System gepumpt, dass ich auf Autopilot lief. Ich hatte mich dermaßen in die Vorstellung von Mut und Spontaneität hineingesteigert, dass ich die Kurve zum rationalen Verhalten nicht mehr kriegte. Es ist mir peinlich, aber dies ist, was ich sagte: »Heirate mich!«

Ehrlich!

Kein Hallo, kein Zögern.

Ich sagte einfach nur: *Heirate mich!*

Susann war sprachlos. Und wer wollte ihr das verdenken?

»Heirate mich?«, wiederholte ich. Und die Tatsache, dass ich meine Stimme bei der letzten Silbe etwas anhob, signalisierte, dass ich mich selbst, während ich sprach, fragte, ob ich eigentlich noch ganz dicht sei.

»Bist du betrunken?«, hegte Susann denn auch prompt den nächstliegenden Verdacht.

»Nein«, sagte ich. Und plötzlich platzte es aus mir hinaus: »Ich bin verliebt! Ich bin verliebt in *dich*! Ich *liebe* dich! Ich weiß, es sieht furchtbar plötzlich aus, unüberlegt, verrückt! Aber ich denke seit Jahren an nichts anderes als an dich, an uns. Ich … Ich liebe dich! Ich liebe dich! Heirate mich!« Und dann schossen mir Tränen in die Augen. Tränen der Aufregung, des Glücks, der Angst, einer Vorahnung des Schreckens, dass Susann auf diese erste wirklich mutige Tat meines Lebens ablehnend reagieren könnte. Und trotz der Tränen sah ich dann plötzlich Norbert aus dem Wohnzimmer kommen!

Was machte der denn hier?

»Ich … ich dachte, du bist in England«, stammelte ich Susanns Ehemann an.

»Ich fahre erst in drei Wochen«, sagte der gewohnt kühle Norbert. »Genau genommen diskutieren Susann und ich gerade, ob ich *überhaupt* fahren werde …«

Wie bitte?

»Wir versuchen, unsere Ehe zu retten«, flüsterte Susann.

»Ich denke, du fickst deine Buchhalterin?«, schnauzte ich Norbert an. Und da wurde der Kerl tatsächlich rot! Gut gemacht, Piet!

Ich betrachtete Susann, die so ratlos aussah wie noch nie, hilflos und erschöpft. Und so wunderschön! Und da – ehrlich wahr! – fiel ich auf die Knie!

»Wir haben beide keine Liebe in unserem Leben«, sagte ich und ignorierte es einfach, dass Norbert immer näher kam und sich dabei blöde räusperte. »Dieser Arsch da liebt dich nicht. *Ich* liebe dich! Ich liebe dich seit vielen, vielen Jahren! Und du weißt das! Das ist unsere letzte Chance, unsere *einzige* Chance. Die können wir nicht verstreichen lassen!« Ich heulte schon wieder. »Bitte!«, jammerte ich. »Heirate mich!«

Und als ich armer Wurm dann aufblickte, sah ich, dass auch Susann weinte.

Susann schickte mich an diesem Tag nach Hause. Doch bevor ich ging, umarmte sie mich. Und sie küsste mich zaghaft. Auf die Wange, zugegeben, aber fast auf den Mund.

Tatsächlich hat mein zugegebenermaßen peinlicher, aber auf abstruse Art und Weise ja auch irgendwie romantischer Auftritt wunderbare Folgen gezeitigt: Drei Tage später zog Norbert in ein Hotel, drei Wochen später nach London. Susann nahm sich das, was sie eine Auszeit nannte, und flog für zwei Wochen mit Petra in den Urlaub. Nach Schweden. Petra wollte auf keinen Fall in den Süden, und obwohl Susann nicht verstand, was Petra an der Aussicht auf schöne Strände und sonnige Hotelterrassen so abstoßend fand, akzeptierte sie deren kategorische Weigerung.

»Du wirst keine Zeit haben, mich zu vermissen«, flüsterte Susann mir zu, als Dille und ich die beiden am Flughafen verabschiedeten. »Sorg einfach dafür, dass Dille die Wohnung nicht ganz vor die Hunde gehen lässt.«

Zwei Wochen lang kümmerte ich mich mit Dille um die Kinder. Obwohl ich zwischen Essen kochen, Kinderbücher vorlesen und Dille erklären, dass man weiße und bunte Wäsche nicht zusammen in die Waschtrommel werfen sollte, kaum zur Ruhe kam, vermisste ich Susann doch jede einzelne Sekunde.

Und als die beiden wieder kamen, begann mein Glück.

Susann und ich sahen uns von da an fast täglich. »Lass es uns ruhig angehen«, bat sie mich. »Das Letzte, was ich nach dem Ende meiner Ehe brauche, ist sofort die nächste Beziehung.« Also ließen wir es ruhig angehen. Ganze drei Wochen. Dann küssten wir uns. So wie früher.

»Geht dir das zu schnell?«, fragte ich Susann.

»Ja«, sagte sie ernst.

»Soll ich gehen?«

»Nein.« Susann lachte. »Nein. Auf gar keinen Fall.«

An diesem Abend schliefen wir zum ersten Mal wieder miteinander. Ich verbrachte eine wunderbare Nacht mit der Frau, die ich liebte. Und dann noch eine. Und noch eine.

Vier Monate später zogen wir zusammen. Doch jeden meiner Heiratsanträge lehnte sie ab: »Wir haben doch Zeit«, lächelte sie. Und ich lächelte zurück. Ehrlich: Noch nie habe ich so viel gelächelt wie in diesen Monaten. Sven hatte mir zum Spaß sogar ein Schild gebastelt und umgehängt, auf dem stand: *Honigkuchenpferd. Bitte nicht füttern!*

1994

Findest du nicht, dass es langsam an der Zeit wäre zu heiraten«, fragte ich Susann wieder einmal.

»Vielleicht«, grinste Susann. »Aber wer würde uns beide schon nehmen?«

»Ha ha. Sehr witzig«, grummelte ich.

Susann küsste mich auf die Stirn: »Du gibst nie auf, oder?«

Okay, jetzt war es Zeit für mein Ass im Ärmel: »Falls wir tatsächlich adoptieren müssen«, sagte ich, »dann wäre es gut, wenn wir schon ein paar Jahre verheiratet sind!«

»Wir müssen *nicht* adoptieren! Wir kriegen unser eigenes Kind!«, sagte Susann bestimmt. Und damit war das Thema erledigt.

Das heißt, damit fing es eigentlich erst an! Denn seit zwei Jahren probierten wir schon, Eltern zu werden. Und so viel Spaß der Produktionsprozess auch machte: das Ergebnis war null.

Zu Beginn hatten wir einfach so oft verhütungsfreien Sex, wie es überhaupt nur ging. Und es ging oft! Seit einem Jahr schliefen wir aber größtenteils nur

285

noch während Susanns empfängnisbereiter Tage zusammen, die restliche Zeit sollte die Spermamenge in mir anwachsen. Ich hatte versucht, Susann zu erklären, dass Männer ziemlich grantig werden, wenn sie ihr Sperma zu lange drinlassen, aber das interessierte sie eher weniger.

Ich wollte ein Kind genauso sehr, wie Susann es wollte. Ich war glücklich wie noch nie: Ich wusste, dass ich endlich die Frau gefunden hatte, mit der ich alt werden wollte. Susann und ich hatten uns vom ersten Tag an als nahezu unfassbar harmonisches Paar erwiesen. Wir ergänzten uns perfekt, wir stritten fast nie. Wir schauten uns nach vier gemeinsamen Jahren immer noch so verliebt an, als hätten wir uns gerade erst entdeckt. Susann war die Frau, mit der ich eine Familie haben wollte! Doch im Gegensatz zu Susann hatte ich mittlerweile den Punkt erreicht, an dem ich unsere Unfruchtbarkeit als traurige Tatsache hinzunehmen gedachte und mich mit aller Macht auf die bürokratischen und nervlichen Anstrengungen eines mehrjährigen Adoptionsverfahren konzentrieren wollte.

Susann dagegen wollte das Wunder der Schwangerschaft erleben, gierte nach der Erfahrung einer Geburt und fand, dass sie und ich zwei ganz besonders zauberhafte Exemplare der Gattung Mensch seien und deshalb unbedingt reproduziert werden müssten.

Jeden Monat einmal brach für uns deshalb eine Welt zusammen, weil Susann ihre Tage bekam. Sie weinte, ich weinte. Es war die Hölle. Und so kramte ich schließlich, als Susanns Regelblutung uns wieder einmal den Traum einer Familie zertrümmerte, aus meiner Tasche das Antragsformular hervor, das ich schon vor Wochen bei der Adoptionsbehörde angefordert hatte.

»Nein!«, schrie Susann. »Ich will das nicht!«

»Aber was nicht geht, das geht eben nicht«, hatte ich traurig konstatiert.

»Geht doch!«, hatte Susann gerufen und einen Prospekt auf den Tisch geknallt. Vorne drauf war das Bild eines Fötus. Und darunter stand:

Praxisgemeinschaft
Prof. Dr. Holgenwardt
Prof. Dr. Saknuris
Dr. Farx
Dr. Kaliske-Pommerenke
Dr. Tattinger
Reproduktionsmedizin

Auweia!

* * *

Zuerst war es nur ein vages Gefühl, doch irgendwann war sich Petra sicher: Die Leute tuschelten über sie! Und sie warfen ihr neugierige Blicke zu! Lachten die sie womöglich sogar aus?

Zuerst war es ihr bei Frau Bussinger aufgefallen, der Nachbarin aus dem Erdgeschoss. Die hatte sie an diesem Samstagmorgen anders gegrüßt als sonst.

*Süffisanter irgendwie. Und dann war da Moni gewe-
sen, das Mädchen, das beim Bäcker arbeitete. Die sah
aus, als hätte sie sich bei Petras Anblick nur mit äußerster Mühe ein lautes Losprusten verkneifen können. Und dann bemerkte Petra, dass Karina und
Lotte – zwei Mütter, die Petra schon aus der Krabbel-
gruppe von Lucy und Florian kannte – schlagartig
ihr Gespräch unterbrachen, als sie Petra in den
Supermarkt kommen sahen. Die beiden hatten offensichtlich gerade über Petra getratscht – und das
feiste Grinsen, das immer noch auf Lottes ohnehin
schon ziemlich feistem Gesicht klebte, ließ den Rückschluss zu, dass der Tratsch mit Spott garniert gewesen war.*

Was, zum Teufel, war bloß los?

Als Petra vom Einkauf zurückkam, erfuhr sie es.

Dille, der nach der Schließung seiner Bolle-Filiale
einen Job als Filialleiter bei Penny *angetreten hatte,
rief vom Supermarktbüro aus an und brüllte es ihr
ohne Umschweife ins Ohr:* »Meine Kollegen lachen
sich halb tot über uns! Weißt du, wieso? Als Jan letzte
Woche in München war, angeblich um einen ehemaligen Schulfreund zu besuchen ... da war er in Wirklichkeit als Gast in einer Talkshow! Bei* Bella! *Die wurde gestern gesendet! Und weißt du, was das Thema
war?«*

*Petra stand nur fassungslos, mit weit offenem
Mund am Telefon.*

»Das Thema lautete: ›Hilfe! Meine Eltern sind nicht
ganz dicht!‹«

Durch die verschlossene Tür zu Jans Zimmer drangen dröhnend die harten Rhythmen von Prodigy *– Jans erklärter Lieblingsgruppe. Die Vorliebe für ruppige Musik war so ziemlich das Einzige, was er von seinen Eltern geerbt hatte. Ansonsten ließ nur noch Jans gutes Aussehen darauf schließen, dass er das Kind von Petra und Dilbert war. Mit seinen siebzehn Jahren überragte der Junge mittlerweile seinen Vater um einen ganzen Kopf, steuerte bereits auf die ein Meter neunzig zu. Jan war schlank und als semiprofessioneller Langstreckenschwimmer außerordentlich muskulös. Er hatte Petras ausdrucksstarke Augen und Dilles kantige Kinnpartie geerbt. Doch im Gegensatz zu seinen Erzeugern war er ein überdurchschnittlich stiller, nachdenklicher Mensch geworden.*

Jan ging seit zwei Jahren mit demselben Mädchen – einem eher unscheinbaren Geschöpf namens Sophie. Dille hatte sich Petra gegenüber mehr als einmal völlig fassungslos darüber gezeigt, dass sein Sohn seine Pubertät an die Monogamie verschwendete, dass er eine farblose, erschreckend humorlose Freundin wie Sophie all den scharfen Girls vorzog, die ihn zweifelsohne auf dem Schulhof anhimmelten. »Sophie zieht immer eine Fresse, als hätte gerade jemand ihre Katze überfahren«, lästerte Dille. Und Petra hob mahnend den Zeigefinger an den Mund, damit Dille eventuell weitere Gemeinheiten weniger laut von sich geben würde, so dass Jan sie nicht hören konnte.

Doch so irritiert Petra mitunter auch vom grübleri-

schen, ernsthaften Wesen ihres Sohnes war, so stolz war sie auch auf ihn: Jan würde nächstes Jahr ein vermutlich vorbildliches Abitur abliefern und dann aller Voraussicht nach studieren. Momentan schwankte er zwischen Geophysik und Verfahrenstechnik. Und dass Petra von keinem dieser beiden Studienfächer sagen konnte, was genau dort eigentlich gelehrt wurde und welchen exakten Zweck sie erfüllten, machte sie seltsamerweise umso stolzer.

Jan war ein Junge, der keinen Ärger machte. Anders als die Zwillinge, die in ihren zweimal zwölf Lebensjahren schon mehr Dinge zertrümmert hatten als eine Horde Hooligans nach einem verlorenen WM-Spiel, die die Nachbarn zu dutzenden von wütenden Telefonanrufen wegen unzumutbarer Lärmbelästigung nötigten und keinem Streit aus dem Wege gingen, glänzte Jan seit Jahren schon als wohlerzogener, höchstens mal wortkarger, nie aber als aufsässiger Sprössling.

Und jetzt das!

Dass ausgerechnet Mustersohn Jan sich solch einen Knaller leistete wie diesen Talkshow-Auftritt, war ein doppelter Schock!

Und so riss Petra also die Tür zu Jans Zimmer auf, ohne vorher anzuklopfen. Jan, der gerade auf dem Bett saß und las, schreckte auf und ließ sein Buch fallen. Petra musterte kurz den Titel: Eine kurze Geschichte des Universums. Typisch.

Jan sah seine Mutter an, und sein Blick zeigte, dass er wusste, worum es ging. Er hatte sich offenbar auf

290

diesen Moment vorbereitet. Denn bevor Petra auch nur ein Wort sagen konnte, erhob sich Jan, schaltete den CD-Player aus und nahm eine Videokassette vom Ikea-Schreibtisch. »Bevor du rumbrüllst, schau dir die Sendung erst mal an«, sagte Jan.

»Ich brülle nicht rum!«, brüllte Petra, merkte noch im selben Moment, dass sie sich lächerlich machte, verstummte deshalb und nahm das Video, dass Jan ihr hinhielt.

Jans Gesicht zeigte dabei weder Triumph noch Kampfeswillen. Jan sah sie bloß ernst an, als würde er einer Pflicht nachkommen, die eine höhere Macht ihm auferlegt hatte, die ihm keinerlei Freude bereitete, sondern einfach nur erledigt werden musste. Jans Verhalten war entwaffnend. Petra verließ das Zimmer ihres Sohnes deshalb wortlos, die Kassette in der Hand.

Der Videorekorder im Wohnzimmer nahm gerade irgendein Tennisspiel auf, das Dille sich nachher, wenn er von Penny nach Hause kam, anschauen wollte. Doch Petra hatte nicht die Geduld zu warten, bis dieser Milchbubi Boris Becker den letzten Schlag tätigte. Sie brach die Aufnahme ab, ließ den Rekorder das Band mit dem halben Tennismatch ausspucken und schob dann Jans Bella-Auftritt hinein.

* * *

Frau Dr. Kaliske-Pommerenke war eine Frau, die die Dinge auf den Punkt zu bringen verstand: »Ihr

Sperma ist weit unter Mittelmaß«, tat sie mir kund, nachdem sie einen Bericht des Labors überflogen hatte. »Zu wenig Samen, zu langsam, zu schwach, geringe Lebenserwartung.«

Und während ich noch den Schock darüber verdaute, dass das Innere meiner Hoden einer Leprakolonie glich, wandte sich Frau Dr. Kaliske-Pommerenke Susann zu und konstatierte nüchtern: »Ihre Eierstöcke und Ihre Gebärmutter dagegen sind *vorbildlich*.«

Susann strahlte. Frauen lieben Komplimente. Auch wenn sie sich nur auf ihre Fortpflanzungsorgane beziehen.

Frau Dr. Kaliske-Pommerenke beugte sich ein wenig über dem Schreibtisch vor, so dass mein Blick ungewollt in den Ausschnitt ihres weißen Kittels fiel. Ich sah die Knochen ihres Brustbeins hervortreten und konnte den Ansatz zweier nicht mehr frischer, ziemlich faltiger Brüste erkennen, die von einem schnörkellosen, fleischfarbenen BH davon abgehalten wurden, erbarmungslos der Erdanziehungskraft nachzugeben. Ich betete zu Gott, dass mich dieser Anblick nicht verfolgen würde, wenn ich das nächste Mal in der kleinen Kabine sitzen und mir eine Spermaprobe herunterhobeln musste.

»Ergo«, sagte Frau Dr. Kaliske-Pommerenke, »empfiehlt es sich, ausgewählte, isolierte Spermien ihres Mannes, die zumindest die Grundanforderungen der Reproduktionswerte erfüllen, zielgerichtet bei Ihnen einzuführen.«

Die Ärztin sprach jetzt nur noch mit Susann. Ich war höchstens noch als Zaungast geduldet, hatte mich als Besitzer trantütiger, halbtoter Samenfäden offenbar als Gesprächspartner disqualifiziert und durfte froh sein, nicht für den Rest von Frau Dr. Kaliske-Pommerenkes Ausführungen nach draußen ins Wartezimmer geschickt zu werden, wo all die anderen schwachsamigen Kerle saßen, die versuchten ganz cool dreinzuschauen, als ob wir nicht alle wüssten, dass wir bloß aus einem Grunde herbestellt worden waren: zum medizinisch kontrollierten Wichsen.

Susann hatte all meine Einwände über einen Besuch in der *Kinderfabrik*, wie ich die Fertilisationsklinik gern nannte, weggewischt: »Du musst doch nichts anderes tun, als dich selbst zu befriedigen. Das hast du als Teenager tausende Male getan, und ich habe gehört, dass sei wie Fahrradfahren: Man verlernt es nicht. *Ich* dagegen«, und jetzt nahm ihre Stimme einen deutlich ernsthafteren Ton an, »werde etliche, teilweise *schmerzhafte* Untersuchungen über mich ergehen lassen müssen. Ich werde Hormone gespritzt bekommen, die die übelsten Nebenwirkungen haben können. Ich werde Sex mit einer unterarmlangen, luftpumpendicken Spermaspritze haben. Also fang bloß nicht an, mir etwas von *deiner* Belastung vorzujammern!«

Und so hielt ich den Mund. Denn wo Susann Recht hatte, hatte sie Recht. Was war es schon für ein Opfer, sich von einem Arzt ein paar Mal an die Nudel greifen zu lassen und auf einer mit Papiertüchern bedeckten

Krankenliege unter Zuhilfenahme abgegriffener Schmuddelheftchen etwas Glibber in einen Plastikbecher zu schießen, wenn man dafür am Ende mit einem Kind belohnt wurde. Einem Kind! So richtig konnte ich es mir eigentlich gar nicht vorstellen: *Ich als Vater?*

Mannomann!

* * *

»Ich weiß nicht, ich weiß nicht…«, wand sich Amelie. »Ich halte nichts davon. Und dann all die seltsamen Leute, die da kommen. Mir wäre furchtbar unwohl. Ihr könnt doch einfach so weiterleben wie bisher, das Ganze nicht an die große Glocke hängen…«

Sven unterbrach seine Mutter: »Genau darum geht es ja. Dass die Heimlichtuerei ein Ende hat! Ich will meine Beziehung zu Jörn nicht verstecken. Ich liebe ihn! Ich bin stolz auf unser Glück! Und ich will es feiern!«

»Aber gleich…«, Amelie verzog den Mund, »heiraten? Ich meine, gesetzlich geht das doch auch gar nicht…«

»Es wird aber Zeit, dass es geht. Wir setzen ein Zeichen!«, sagte Sven. »Aber es geht nicht nur um den symbolischen Wert«, ergänzte er. »Ich liebe diesen Mann, und er liebt mich. Wir möchten uns unsere Liebe schwören!«

»Ich weiß nicht, ich weiß nicht….«, wiederholte Amelie.

Es war schon mehr, als Sven zu hoffen gewagt

294

hatte: dass seine Mutter überhaupt die Erwägung zuließ, zur Hochzeit ihres Sohnes zu erscheinen. In den letzten Jahren hatte sie sich mehr oder weniger damit abgefunden, dass Sven schwul war, tolerierte es unter äußerster Anstrengung. Doch selbst Jörn, mit dem Sven nun seit über drei Jahren zusammen war, der charmant und höflich, als kaufmännischer Leiter eines kleinen, unabhängigen Theaters, wo Sven mittlerweile arbeitete, auch noch beruflich erfolgreich war, selbst diesem Inbegriff eines perfekten, seriösen Schwiegersohnes gegenüber blieb Amelie immer noch reserviert.

Amelie hätte ihren rechten Arm und eine Niere gegeben, wenn Sven sich durch ein Wunder über Nacht in einen Hetero verwandeln würde. Aber sie hatte nach vielen schmerzhaften Jahren angefangen zu begreifen, dass Schwulsein keine Phase ist, dass ihr Sohn auf ewig Männer lieben würde. Und sosehr sie sich auch bemühte, sosehr sie Sven auch liebte: Wenn sie sich ihren Sohn mit Jörn, den sie ja eigentlich mochte, oder irgendeinem anderen Mann nackt im Bett vorstellte, war ihre Schmerzgrenze erreicht. Sie fand es eklig.

»Bitte«, sagte Sven. »Bitte komm! Es ist meine Hochzeit!«

Amelie schluckte.

»Bitte!« Und jetzt flehte Sven ganz offen. »Bitte!«

Fast unmerklich nickte Amelie. »Ja«, sagte sie. »Ich komme. Aber ich werde nicht lange bleiben, ja?«

Sven lächelte. »Ich liebe dich!«, sagte er und umarmte seine Mutter. Die klopfte ihm verlegen auf die Schulter, während er ihr einen dicken Kuss auf die Wange gab.

»Ich liebe dich auch«, flüsterte Amelie.

Sven lockerte seine Umarmung ein wenig, zog den Kopf zurück, so dass er seiner Mutter in die Augen sehen konnte: »Da ist noch etwas, was du wissen solltest.«

Amelie sah ihren Sohn schicksalsergeben an.

Svens Stimme wurde ernst: »Ich wollte es nicht zur Überraschung machen, euch vor vollendete Tatsachen stellen. Deshalb sage ich es dir vorab: Papa wird auch kommen!«

Amelie zuckte zusammen, löste sich gänzlich aus der Umarmung ihres Sohnes: »Du weißt, wo Papa ist?«, stammelte sie fassungslos.

»Ich weiß es seit neun Jahren«, sagte Sven leise. »Wir haben uns ein paar Mal besucht. Wir schreiben uns. Wir telefonieren. Ich wusste bislang einfach nicht, wie ich es dir sagen sollte.«

Amelie war aufrichtig entsetzt. »Wie konntest du nur?«, rief sie mit brüchiger Stimme. Sven blieb ruhig, obgleich auch seine Stimme zitterte: »Ich habe dir verziehen, dass du mir die gesamte Kindheit lang meinen Vater vorenthalten hast. Jetzt musst du mir verzeihen, dass ich diesen Wahnsinn nicht mehr mitmache.«

* * *

Als Petra Dilbert den Schlüssel im Türschloss umdrehen hörte, lief sie in den Flur. Sie wollte ihren Mann zur Seite nehmen, bevor er auf Jan stieß. Denn das wäre typisch für ihn: nicht einmal vorher Petra zu begrüßen, nicht einmal vorher die Schuhe auszuziehen, sondern ohne Umschweife in Jans Zimmer zu stürmen, ihn mit einem Schwall Gebrülltem zu attackieren und so vielleicht nie wieder gutzumachenden verbalen Schaden anzurichten.

Und richtig: Dille hatte schon fast die Hand auf der Klinke von Jans Zimmertür, als Petra ihm zuzischen konnte: »Nicht!«

Dille sah sie verdutzt an.

»Nicht!«, wiederholte sie. »Komm erst mal ins Wohnzimmer!«

Dilbert zögerte kurz, zuckte dann mit den Achseln, zog Jacke und Schuhe aus und folgte ihr ins Wohnzimmer. Das Erste, was er sah, war das Video auf dem Tisch.

»Ist das die Talkshow?«, fragte er.

»Nein«, antwortete Petra. »Das ist das Tennisspiel.«

Dille sah auf seine Armbanduhr und schrie dann entsetzt auf: »Aber das ist doch noch gar nicht zu Ende! Hast du die Aufnahme etwa abgebrochen?«

Petra schnappte sich ohne ein weiteres Wort das Video und schmiss es mit beträchtlicher Wucht in Richtung Dille. Der konnte jedoch noch ausweichen, so dass das Tape durch die offene Wohnzimmertür in den Flur flog und dort gegen die Garderobe krachte.

Sowohl Petra als auch Dille blickten in diese Richtung und sahen dort Jan, dessen Kopf das Wurfgeschoss nur um Zentimeter verfehlt hatte und der sich nun seine Jacke anzog und seufzend den Kopf schüttelte. Bevor Dille noch etwas sagen konnte, verließ der Junge die Wohnung.

»Also«, knurrte Dille nun seine Frau an, »was ist?«

Petra nahm die Fernbedienung und drückte auf Play: »Sieh es dir an.« Dille setzte sich ohne ein weiteres Wort in den Sessel, Petra nahm auf dem Sofa Platz.

Petra hatte das Band bereits bis an die relevante Stelle gespult: »Als Nächstes«, quakte Talkshow-Moderatorin Bella in ihrer gewohnt aufgeregten Stimme, »kommt Jan. Jan ist siebzehn und findet, dass seine Eltern sich scheiden lassen sollten!«

Dille wand den Blick vom Monitor ab und warf Petra einen entsetzten Blick zu. Doch Petras Gesicht blieb erstaunlich neutral.

Jan betrat das Studio, das Gesicht zu einem fast unmerklichen, nervösen Lächeln verzogen. Unten im Bild erschien eine Schrift eingeblendet: Jan, 17: »Meine Eltern machen sich gegenseitig das Leben zur Hölle!«.

Die Kamera schwenkte durch die Zuschauerreihen, wo ausnahmslos Teenager saßen, die größtenteils applaudierten, teilweise kicherten, teilweise miteinander tuschelten.

Jan ging zu dem Stehpult, an dem Bella ihre Verhöre durchzuführen pflegte.

298

»Jan«, sagte die Moderatorin. »Was ist denn so verrückt an deinen Eltern?«

»Meine Eltern haben mich bekommen, als sie selbst noch Kinder waren«, begann Jan. »Mein Daddy hat deshalb schon mit sechzehn anfangen müssen zu arbeiten. Und meine Mutter war von Anfang an Hausfrau. Die hat nie einen Beruf gelernt.«

»Und das macht sie unzufrieden?«, hakte Bella ein.

»Ja, total«, sagte Jan. »Sie wissen es nur nicht.«

Bella grinste: »Aber du weißt Bescheid?«

Jan ließ sich nicht provozieren: »Mein Vater«, fuhr er fort, »ist ein totaler Kindskopf. Ich hab ihn echt gern, aber der hatte einfach nicht genug Zeit, sich auszutoben. Und deshalb ist er jetzt eigentlich immer scheiße drauf. Und ich glaube, der weiß nicht mal, woran das liegt.«

»Und deine Mutter?«, fragte die Moderatorin.

»Meine Mutter hat in ihrem ganzen Leben glaube ich nie mit einem anderen Mann geschlafen als mit meinem Vater ...«

Petra hatte das Band ja schon einmal gesehen, doch trotzdem wurde sie an dieser Stelle wieder rot. Es war irgendwie peinlich, von seinem eigenen Sohn ein sexuelles Manko unterstellt zu bekommen.

»... und, na ja, eigentlich ist meine Mutter auch gar kein Muttertyp.«

»Du meinst, sie kann mit dir und deinen Geschwistern gar nichts anfangen?«, stichelte Bella, der dieses Gespräch noch nicht genug fetzte.

»Nein, das nicht. Sie liebt uns. Klar«, betonte Jan. »Aber sie hat so tierisch viel auf der Pfanne, was sie nie ausprobieren konnte. Ich glaube, meine Mutter hat keine Ahnung, wie cool sie ist und was sie alles drauf hat. Na ja, genau genommen fängt sie wohl gerade an, es zu ahnen ...«

Bella meinte zu erkennen, dass hier endlich der griffige Teil des Gespräches kommen könnte, dass jetzt endlich ein paar Worte fallen würden, bei denen das Publikum zu johlen, zu gackern und klatschen anfangen würden. »Jaaa?«, trieb sie Jan also an.

»Na ja, seit meine Geschwister und ich sie nicht mehr so brauchen, hat sie einen Job angefangen. Sie arbeitet jetzt bei so einer Firma, die Glückwunschkarten herstellt. Zuerst war sie nur Sekretärin, na ja, eigentlich nicht mal das. Sie saß am Empfang und in der Telefonzentrale. Aber meine Mutter ist ein ziemlich munterer Feger, und irgendwann hat sie mal als Gag so ein paar Sprüche gemacht, die man auf die Glückwunschkarten schreiben sollte. Total schräger Kram, echt! Und, na ja, einer ihrer Chefs hat das gehört und darüber nachgedacht. Und dann haben sie diese Karten tatsächlich gemacht! Und dann stellte sich heraus, dass das kein Zufallstreffer meiner Mutter war, sondern dass sie echt ganz viele, voll durchgeknallte Ideen hat, und da haben sie sie befördert. Und jetzt sitzt sie manchmal bis spät in die Nacht bei irgendwelchen Meetings und war auch schon auf Geschäftsreisen und so ... Und, na ja, mein Alter findet das voll Scheiße!«

Dilbert zwang sich, nicht zu Petra hinüberzusehen. Er schluckte unbehaglich.

»Wieso denn?«, fragte Bella scheinheilig. »Jetzt verdient deine Mutter doch bestimmt ganz gut Geld, oder?«

»Na ja«, sagte Jan. »Das ist ja eines der Probleme. Mein Vater findet es echt voll ungeil, dass meine Mutter mittlerweile mehr verdient als er. Und er ist supereifersüchtig! Ich meine, meine Mutter sieht voll toll aus! Echt super! Gar nicht wie eine alte ..., äh, wie eine ... äh, ich meine: echt stark für ihr Alter!«

Petra wurde schon wieder rot.

»...und ich bin mir sicher, dass mein Vater denkt, die Typen, die sie jetzt bei der Arbeit trifft, rennen alle mit hängender Zunge hinter ihr her. Tun sie ja vielleicht auch tatsächlich. Und er, na ja, er hängt da in seinem Supermarkt rum ...«

»Er macht jetzt den Einkauf für die Familie?«, fragte Bella nach.

»Nee, der arbeitet *da!«, erklärte Jan. »Als Marktleiter. Bei* Penny.*«*

»...und es gibt natürlich auch noch Pro *und* Aldi *und* Lidl *und* Spar *...«, quakte Bella den alten Schleichwerbungs-Witz und freute sich, dass das Publikum lachte und klatschte.*

»Na ja«, fuhrt Jan fort, »er hängt da halt zwischen Dosenfutter und alten Omis rum, die das Sonderangebots-Shampoo suchen, und hat das Gefühl, seine Frau rutscht ihm durch die Finger ...«

»Ja, und? Tut sie das?«, fragte Bella.

»Ich glaube, die hat er eigentlich schon lange nicht mehr zu fassen gehabt«, sagte Jan. Und seine Stimme wurde leiser. »Ich weiß echt nicht, wann ich das letzte Mal gesehen habe, dass sie sich geküsst haben. Die bereden nur noch organisatorischen Kram oder pissen sich an, weil der eine irgendetwas nicht erledigt hat, was der andere von ihm wollte, oder so. Meine Mutter findet jetzt natürlich, dass mein Daddy auch mal staubsaugen muss oder die Fenster putzen und so. Weil sie ja keine Hausfrau mehr ist. Aber echt: Mein Alter hat null Bock auf Hausarbeit! Und manchmal schnauzen die beiden voll rum. Echt, die können sich höllisch anblöken. Und alles wegen nix!«

»Und du findest jetzt, dass sie sich trennen sollten?«, steuerte Bella den Höhepunkt des Gesprächs an.

»Wieso nicht?« Jan zuckte mit den Schultern. »Meine Geschwister und ich, wir sind jetzt alt genug. Wir würden das überstehen. Und, na ja, die beiden lieben sich doch einfach nicht mehr. Falls sie sich früher überhaupt mal geliebt haben. Die sind ja nur zusammengekommen, weil ich unterwegs war. Nee, echt: Man hat doch nur ein Leben! Das sollte man doch nicht mit jemandem vergeuden, für den man nichts Dolles fühlt. Mit dem man eh nur streitet. Ich finde, die beiden sollten noch mal durchstarten. Sich jeder jemanden suchen, der sie glücklich macht!«

»Das war Jan!«, brachte Bella das Gespräch zu einem Ende. »Und er findet, seine Eltern sollten sich trennen!«

Das junge Publikum applaudierte.

Petra sah zu Dille herüber, der fassungslos auf den Monitor starrte, wo jetzt ein dralles Mädchen mit viel zu engem Pulli zum Gesprächspult marschierte. Wieder wurde Schrift eingeblendet: Denise, 15: »Mein Vater hat das Haus verkauft und will mit einer Harley Davidson durch Kalifornien fahren!«.

Petra schaltete mit der Fernbedienung den Fernseher aus. Dille blickte noch ein paar Sekunden ins Leere. Dann erhob er sich, aus Verlegenheit nicht einen Blick auf Petra werfend, und verließ das Zimmer. Nicht einmal eine halbe Minute später hörte Petra die Wohnungstür zuschnappen.

* * *

Dorothy war dreiundzwanzig, Stewardess, liebte das Meer, Spaziergänge im Nebel und war ein riesiger *Bon Jovi*-Fan.

Verdammt!

Ich nahm die Hand vom Schwanz und blätterte den *Playboy* um. Dorothy war von den vier nackten Models im Heft die Einzige, die zumindest ansatzweise sexy auf mich wirkte. Gaby, Celine und Jolande waren alle drei von dieser wenig ansprechenden Bauart, die völlig ohne Hüften auskam. Drei Frauen, kerzengerade, klapperdürr und oben dann mit zwei Brüsten geschlagen, in deren Innerem sich Silikonkissen befanden und die völlig unproportional riesig und anorganisch steif wie zwei mit Alleskleber befestigte Basketbälle an ihren instabilen Oberkörpern pappten.

Dorothy hatten wenigstens Hüften und naturbelassene Brüste, die sich irgendwann einmal, wie es sich für Brüste eben gehörte, ein wenig nach unten neigen würden. Doch Dorothy liebte *Bon Jovi*! Ich konnte unmöglich mein Sperma im Gedanken an eine Frau produzieren, die *Bon Jovi* liebte. *Bon Jovi* ist Scheiße! Solch eine Tussi sollte, wenn auch indirekt, an der Zeugung meines Kindes beteiligt sein? Niemals!

Was lese ich Idiot auch die blöden Fragebogen neben den Fotos?

Ich griff mir eine *Penthouse*-Ausgabe. Das war das Einzige, was diese Praxis als gedruckte Stimulation anzubieten hatte: *Playboy*, *Penthouse* und die *Neue Revue*. Ich zwang mich, nicht zu lesen, wie die erste nackte Frau, auf die ich stieß, hieß und was für Hobbys sie hat. Ich schaute sie mir einfach nur an, die Hand zu jeder Schandtat bereit im Schritt. *Mist!* Diese Schnalle hatte auch keine Hüften! Und ihr Gesichtsausdruck ließ die Vermutung zu, dass sie womöglich sogar *Take That* für dufte Typen hielt. Meine Glied baumelte schlaff wie eine zu lang gekochte Canelloni zwischen meinen Beinen.

So würde das nie etwas werden mit der Spermagewinnung!

Ich zog die Hose hoch, schloss den Gürtel und öffnete leise die Tür, nur einen Spalt. Davor saß Susann, die sich wahrscheinlich schon fragte, was ich um Himmels willen seit 25 Minuten da drinnen täte. Ich lugte aus der offenen Tür und flüsterte leise ihren Namen. Sie drehte sich zu mir um.

»Fertig?«, fragte sie hoffnungsvoll.

Ich verzog das Gesicht zu einer entschuldigenden Grimasse. »Kannst du nicht kurz hereinkommen und mir, *äh* ... helfen?«

Susann warf mir einen kühlen Blick zu. »Ich warte selbst darauf, dass ich gleich zur Untersuchung aufgerufen werde. Das geht nicht!«, sagte sie. »Du schaffst das schon!«

»Komm her«, sagte ich. Und als sie zwei Schritte auf mich zutat, schnappte ich sie mir und küsste sie. Hingebungsvoll. Ein knappes Minütchen knutschten wir vorspielreif im Türrahmen meines Onaniekabuffs, und ich griff ihr sogar kurz wie ein aufgeregter Vierzehnjähriger unter den Pulli. Mit diesen süßen Erinnerungen hopste ich flink zurück in die Kabine und produzierte binnen dreißig Sekunden den Samen, der hoffentlich mal mein Kind werden sollte.

* * *

Dilberts Kopf drohte zu platzen. Er lief ziellos die Straße entlang und versuchte in das Gewirr von Gedankenfetzen, Erinnerungen, halb fertigen Sätzen und Gefühlsfragmenten in seinem Kopf so etwas wie eine Ordnung zu bringen.

Unser Sohn will, dass seine Eltern sich scheiden lassen! *Dilbert konnte es nicht fassen. Sein ältestes Kind war in der Überzeugung aufgewachsen, dass*

305

seine Eltern sich nicht lieben würden, sondern sich bloß arrangiert hätten. Dass sie womöglich sogar nie, nicht mal zu Beginn, große Gefühle füreinander gehegt hätten, sondern sich bloß wegen einer ungeplanten Schwangerschaft als Team wider Willen zusammengefunden hätten.

War es denn wirklich so schwer zu erkennen, wie sehr er Petra liebte?

Dille war am Boden zerstört. Mein Vater ist ein totaler Kindskopf, hatte Jan gesagt. So sah er seinen Vater: als unglückliches Kind, das zu früh erwachsen werden musste. Nicht als Mann, der seine Kinder anbetete. Als Mann, der für seine Familie sorgte. Gut für sie sorgte, wie Dilbert fand. Aber das zählte ja nichts.

Seltsam, dachte Dille. Immer wieder liest man, dass Hausfrauen für mehr Anerkennung kämpfen, dass ihre Leistungen honoriert werden müssten. Und seit jenen denkwürdigen Tagen, als Petra sich an der Algarve sonnte und Dille sich als Survivalist mit Waschmaschine, Kindern und Herd versuchen musste, wusste er, dass diese Forderungen berechtigt waren. Doch im Gegenzug wurden Männer, die Überdurchschnittliches leisteten und sich für die Familie aufopferten, als Karrieremenschen geschmäht und als miese Chauvis verdammt. Ja, glaubten die Leute denn, es mache Spaß, von früh bis spät, Samstage inklusive, in Büros, Werkstätten oder, in Dilles Fall, Supermärkten herumzuhängen, Formulare auszufüllen, Idioten anzuleiten und mit Arschlöchern zu verhan-

306

deln? Dille tat das für seine Familie! Für den Anteil, den Lucy an einem Pony im Reitstall hatte, für den beträchtlichen Mitgliedsbeitrag in Florians Hockeyverein und, ja, für Jans sich anbahnendes Studium.

Und Jan lag falsch, wenn er glaubte, sein Vater wäre unglücklich über das Geld, das Petra mittlerweile nach Hause brachte. Im Gegenteil: Er freute sich darüber. Es nahm ihm etwas Druck. Aber, ja: Die Tatsache, dass Petra als Kaltstarterin gleich so viel Furore gemacht hatte, dass sie aus dem Stand einen originelleren und interessanteren Beruf als ihr Mann gefunden hatte, wurmte ihn. Wenn sie sich mit Freunden trafen, fragten die Leute Petra jetzt nach ihrem Job. Sie rezitierte dann ein paar ihrer zugegebenermaßen echt witzigen Glückwunschkarten-Sprüche, und die Leute lachten. Und seit sie neulich eine Delegation von fünf japanischen Geschäftsleuten, die an ihrer Idee von rülpsenden, kichernden und glucksenden Klappkarten interessiert waren, durchs Hamburger Nachtleben führen musste, hatte Petra Anekdotenstoff für drei Jahre. Wie der völlig abgestürzte Yuki-San der Stripperin in den Schoß gekotzt hatte, konnten die Leute gar nicht oft genug hören! Noch nie hatte dagegen jemand Dille nach seinem Job gefragt (außer Piet natürlich, der in der Ödnis eines Supermarktes kurzfristig genau den richtigen Stoff für seinen Jahrhundertroman vermutet hatte, dann aber schnell von der Idee abgekommen war). Wieso auch: Es war ein öder Standardberuf, den er ausübte: Soso, es gibt eine Endverbraucher-Absatzkrise im Bereich niedrigpreisiger Quark- und Frischkäseprodukte. Sehr interessant. *Schnarch.*

Und was die Eifersucht anging: War das nicht irgendwie auch eine Liebeserklärung? Okay: Dille übertrieb. Er war sich einfach sicher, dass Petra über kurz oder lang eine der Chancen zum Fremdgehen nutzen würde, weil er selbst es an ihrer Stelle auch täte. Mein Gott, Petra hatte wirklich noch nie Sex mit irgendjemandem außer ihm. Da musste sie doch neugierig *sein! Ging doch gar nicht anders! Selbst Dille, der ja wenigstens mit ein paar anderen Mädchen geschlafen hatte, bevor er mit Petra zusammenkam, sehnte sich manchmal insgeheim nach einer kleinen Abwechslung. Doch ihm fiel es leichter, sich zu beherrschen, weil er wusste, dass Sex mit jemand anderem nichts weltbewegend anderes wäre. Im Gegenteil: Vermutlich wäre es sogar eine Enttäuschung, weil man noch nicht aufeinander eingespielt war, die Vorlieben und Abneigungen des anderen nicht kannte, den Rhythmus noch suchen musste. Petra dagegen konnte es nicht einschätzen. Herrgott, sie hatte ja nicht einmal eine Vergleichsmöglichkeit, ob Dilles Schwanz überdurchschnittlich klein oder groß war, ob Sex ansonsten länger dauerte, glücklicher machte, schweißtreibender war.*

Ja, Dille fand es plausibel, dass Petra die Erfahrung mit einem anderen Mann suchen könnte. Und sie müsste ja nicht mal suchen – so wie sie aussah, so wie sie war, würden die geilen Böcke bei ihr Schlange stehen. Doch Dille würde es nicht ertragen. Deshalb *rannte er mittlerweile immer als Erster zum Telefon, wenn es klingelte, und schöpfte bei jeder fremden Männerstimme den schlimmsten Verdacht.* Deshalb *drängte er darauf, sie von späten Arbeitsterminen mit dem Auto abzuholen, anstatt sie einfach ein Taxi nehmen zu lassen.* Deshalb *machte er spitzfindige Bemerkungen, wenn sie allzu hübsch, allzu chic, allzu wohlriechend das Haus verließ. Nicht weil er irgendeinen machohaften Besitzanspruch an sie hatte, weil es seine Eitelkeit kränken und sein Ego verkratzen würde. Nein: Weil er sie liebte. Weil er sie wirklich liebte!*

Warum, zum Teufel, glaubte denn niemand, dass er lieben konnte?

Würde ihn seine Unfähigkeit, seine Liebe nach außen zu tragen, sicht- und greifbar zu machen, seiner Ehe berauben? Würde seine Unromantik ihn die Familie kosten?

Als Jan im Fernsehen das böse Wort Scheidung *ausgesprochen hatte, hatte Petra da entsetzt geschaut? Ihn beruhigend angesehen? Irgendeine Form von Widerwillen über die Idee einer Trennung an den Tag gelegt?*

Nein.

Sie hatte ganz kühl dagesessen.

Als ob ihr Sohn etwas sehr Plausibles gesagt hätte.

War's das jetzt?

Verdammte Scheiße: Wie konnte er Petra zeigen, dass er sie liebte? Wie sehr er sie liebte! Und würde das überhaupt noch etwas bringen?

»Sag's ihr einfach«, schlug Sven vor.

»Das wirkt Wunder«, bestätigte Jörn.

Dille rutschte unglücklich auf dem Stuhl hin und her. Was machte er hier eigentlich: Er saß in der Küche seines schwulen Kumpels und dessen Verlobten und fragte die beiden um Rat in Sachen Frauen! Das ist doch, als würde man mit einem grünen Berufspolitiker über Sportwagen reden. Oder mit Helmut Kohl über Schonkost.

»Ich habe ihr doch schon gesagt, dass ich sie liebe«, sagte Dille.

»Ja, aber wie?«, fragte Sven.

»Was: wie? Mit dem Mund. In Deutsch«, knurrte Dille.

Jörn lachte.

»In welchem Tonfall? In welcher Situation?«

»Boah!«, seufzte Dille, »Weiß nicht. Einfach so.«

Jetzt lachte auch Sven.

»Petra ist doch selbst nicht romantisch!«, wandte Dille ein. »Himmel, Ich musste mit ihr Armdrücken, damit sie mich heiratet! Das sagt doch wohl alles!«

Jörn staunte: »Armdrücken?«

Sven legte seinem Zukünftigen die Hand auf die Schulter: »Erklär ich dir später.«

»Das ist doch alles Scheiße«, knurrte Dille. »Susann und Piet haben doch auch keine Krise. Und Susann ist superromantisch, während Piet … ich meine, das ist ja auch nicht gerade ein Rote-Rosen-Freak.

»Piet ist vor Susann auf die Knie gefallen und hat geheult, damit sie ihn nimmt«, belehrte in Sven.

»*Ich* heule *nicht!*«, *rief Dille entsetzt.* »*Kommt gar nicht in Frage!*«

Jörn lachte schon wieder.

»*Schön, dass meine Ehekrise euch erheitert*«, *knurrte Dilbert und stand auf.* »*Ich sehe schon, dass ihr mir auch nicht helfen könnt.*«

Nachdem Dille die Wohnung verlassen hatte, setzte sich Sven wieder zu Jörn an den Tisch. Er kratzte sich nachdenklich am Kopf: »*Armer Kerl.*«

* * *

Vierzehn Tage. Etwa vierzehn Tage mussten Susann und ich warten, bis sich herausstellte, ob unser erster klinischer Befruchtungsversuch mit Erfolg gekrönt sein wurde. Frau Dr. Kaliske-Pommerenke hatte ein paar meiner phlegmatischen Spermien so tief wie möglich in Susann hineingepumpt und jetzt blieb uns nur zu hoffen, dass wenigstens einer dieser schlappen Genossen sich aufraffen würde, über Susanns empfangsbereites Ei herzufallen.

Susann war voller Optimismus. Aber ich hatte sehr wohl die mahnenden Worte der Frau Doktor zur Kenntnis genommen, die uns erklärt hatte, dass Paare im Durchschnitt fast zwei Jahre auf einen Erfolg warteten, dass manche gar acht Jahre entwürdigender und erschöpfender Prozeduren auf sich genommen hätten und dass so manches Paar sich am Ende den Familientraum komplett abschminken und stattdessen einen Hund anschaffen musste.

Von einem Wauwi ging ich selbst als passionierter Skeptiker nicht aus, wohl aber von einer Adoption. Ich traute meinen Spermien einfach nicht über den Weg. Auch aus diesem Grunde hatte ich meinen Schriftstellertraum begraben und mich wieder fest als Redakteur einstellen lassen. Mehrere Jahre in einem geregelten Job würden unsere Chancen bei den vermutlichen Betonköpfen der Adoptionsbehörde sicher erhöhen.

Ich arbeitete jetzt also im Axel-Springer-Gebäude für die Wochenendbeilage des *Hamburger Abendblatts* und versuchte den humoristischen Aspekt der Tatsache zu entdecken, dass mein Gehalt nun von einem Verlag überwiesen wurde, zu dessen Boykott ich vor knapp zwanzig Jahren noch aufgerufen hatte. Susann hatte mir zum ersten Arbeitstag eine antiquarische Taschenbuchausgabe von Wolfgang Leonhards *Die Revolution entlässt ihre Kinder* geschenkt. Ziemlich scharfsinnig, meine Süße!

Was meine Versuche als Literat anging, war ich schmählich gescheitert. Ich hatte im wer weiß wievielten Anlauf die ersten 130 Seiten eines relativ blutrünstigen Kriminalromans geschrieben, der bei kritischer Analyse jedoch keinerlei Sinn machte und deshalb unvollendet blieb. Ich hatte ein paar Kurzgeschichten verfasst und mich dabei unverhohlen von Kurt Vonneguts anbetungswürdigen Short Storys in der Anthologie *Geh zurück zu deiner lieben Frau und deinen Kindern* inspirieren lassen. Bei nochmaligem Durchlesen musste ich jedoch zu der tragischen Erkenntnis gelangen, dass nicht einmal ein Elektronenmikroskop auch nur Partikel von Vonneguts Genie in meinem Geschreibsel entdecken könnte.

Zuletzt hatte ich mich dann noch an einem Kinderbuch namens *Pit, die kleine Qualle* versucht, es sogar beendet und einem Verlag geschickt. Als die dortige Lektorin mir schriftlich mitteilte, dass Kinder durchaus kritische Leser seien und es sehr wohl spüren würden, wenn man sie nicht ernst nähme, beschloss ich, meinen Traum der Schriftstellerei endgültig zu begraben. Fortan verriss ich, wie es sich für einen gescheiterten Literaten gehörte, als Kritiker die Bücher anderer Leute.

Susann, die mittlerweile an einer Realschule unterrichtete und ihren Job liebte, versuchte mich zu motivieren, es weiter zu probieren, doch ich war nicht mehr Willens, mir weitere schmerzhafte Erkenntnisse über mein Unvermögen zuzumuten. Ich konnte nicht schreiben, ich konnte nicht zeugen!

Regelmäßig griff ich zu Bernhards Briefen, die ich all die Jahre sorgfältig gesammelt hatte. Der letzte war aus Moskau gekommen, wo man jetzt, nach dem Zusammenbruch der Sowjetunion, auch als Westler leben durfte. Bernhard half dort, unter der Ägide der *UNICEF*, Straßenkindern. Hier lebten acht-, zehnjährige Knirpse mutterseelenallein, schliefen in der Kanalisation, weil es dort wärmer war, schnüffelten Klebstoff, tranken lebensgefährlichen Industriealkohol. Bernhard versuchte, wenigstens einigen von ihnen ein menschenwürdiges Leben zu erkämpfen.

313

Bernhard war mein Held. Bernhard war der Beweis, dass der Mensch an sich zu Großem fähig ist. Ich sah mir mein eigenes Leben an, das, seit Susann darin vorkam, zwar viel besser geworden war, doch das mir immer noch seltsam unerheblich und wertlos schien. Ich war froh, dass es Bernhard gab! Auch wenn ich es ihm nicht gleichtun konnte, weil mir die Entschlossenheit und der Mut fehlten, war es gut, von ihm zu hören. Es war gut zu erfahren, dass die Welt eben doch keine stete Abfolge von Banalitäten, unvermeidlichen Schicksalsschlägen und Zynismen war.

Was hätte ich dafür gegeben, Bernhard treffen zu können! Nur eine Stunde mit ihm zu reden. Seine Kraft und seine Güte spüren zu dürfen!

* * *

Warum war er aufgestanden und gegangen? Warum sagte er nichts? Hatte Jan womöglich Recht gehabt? Waren sie kein liebendes Paar mehr? Warum konnte Dilbert nicht irgendwie reagieren? Irgendwie!

Den TV-Auftritt ihres Sohnes empfand Petra zwar als peinlich, aber auch als Chance. Es war eine Chance, sich auszusprechen. Petra liebte Dilbert. Daran hatte sie keinen Zweifel. Doch so, wie sie jetzt miteinander lebten, konnte es nicht weitergehen. Seine Eifersucht nahm krankhafte Züge an – und er ahnte ja nicht, wie überflüssig sie war!

Ja, Petra hatte ihn betrogen. Vor vier Monaten schon. Doch die kurze, einmalige Affäre, die sie mit dem gut aussehenden Vertreter aus Mannheim im Hamburger Airport-Hotel hatte, hatte sie ein für alle Mal vom Fantasieren über außereheliche Amouren kuriert. Noch nie hatte sie sich so benutzt gefühlt! Mal ganz abgesehen davon, dass der Kerl nach dem Schnaps der Minibar stank und sich nicht einmal die Zähne geputzt hatte, bevor er ihr albern und nur seiner Meinung nach sinnlich in den Ohren geleckt und an ihrer Unterlippen herumgesabbert hatte. Ganz zu schweigen davon, dass drei Minuten Penetration nicht der Zeitspanne entsprachen, die Petra beim Sex gewohnt war. Sie war noch nicht einmal warm gelaufen, als der Typ schon röchelnd auf ihr zusammensackte. Das war sie, ihre Affäre.

Schöne Scheiße.

Dilbert wusste nichts davon und sollte es auch nie erfahren. Denn sie war gleichgültig, weil sich Derartiges nie wiederholen würde! Diese Affäre war den Schmerz nicht wert, den ihre Enthüllung bei Dille hervorrufen würde.

Wie sehr hatte sie gehofft, dass Dille sich nach Jans Fernsehvorwürfen zu ihr umdrehen und ihr sagen würde, dass er sie liebte. Dass er das Bedürfnis hätte, sich zu vergewissern, dass sie noch eine Einheit waren. Trotz aller Streitereien. Petra erwartete keine großen Liebesschwüre, keine Romantik, keine Rosen und keinen Kerzenschein. Mit dieser Rosamunde-Pilcher-Kacke konnte man ihr getrost gestohlen blei-

315

ben. Petra war eine pragmatische Frau. Doch auch die brauchen die Gewissheit geliebt, zu werden. Ein paar simple Worte, kleine Gesten, eine vernünftige Dosis Aufmerksamkeit.

Aber Dille hatte einfach die Wohnung verlassen und war erst Stunden später wieder aufgetaucht. Sie hatte nicht gefragt, wo er gewesen war. Und er hatte es ihr nicht gesagt. Er hatte das Video aus dem Rekorder geholt, war damit in Jans Zimmer gegangen und hatte es ihm wieder gegeben.

»Du hast ein Recht, deine Meinung zu sagen«, hatte er seinem Sohn erklärt. »Aber ich verstehe nicht, warum du es in dieser schwachsinnigen Fernsehsendung getan hast.« Das war alles, was er dazu gesagt hatte.

Über eine Woche war seitdem vergangen, doch nicht ein Mal, kein einziges Mal hatte er auch nur eine Andeutung gemacht, dass er über die zweifelsohne vorhandene Krise reden wollte. Und auch Petra sagte nichts dazu. Sie wusste nicht, wieso sie es nicht tat. Sie tat es einfach nicht. Sie war sich unsicher, welche Worte passend wären. Und vielleicht ging es ihm genauso.

Vielleicht.

Petra hatte jedoch bemerkt, dass ihr Mann durchaus sein Verhalten änderte. Teils zum Positiven, denn er staubsaugte nun plötzlich unaufgefordert, kochte eines Abends sogar mal Miracoli, putzte am Sonntag völlig unvermutet die Wohnzimmerfenster, was sehr edel war, aber nicht besonders effektiv, weil er dafür

316

Geschirrspülmittel benutzte, Unmengen von Geschirr-spülmittel, die beeindruckende Schlieren auf dem Glas hinterließen.

Teils änderte sich sein Verhalten aber auch zum Negativen. Zum sehr Negativen! Denn seit genau acht Tagen hatte er sie schon nicht mehr berührt! Nicht nur, dass sie seit acht Tagen keinen Sex mehr hatten – das war nichts Besonderes –, nein, er küsste sie morgens nach dem Aufstehen und abends beim Zubettgehen nicht mehr. Er kraulte ihr nicht mehr wie früher manchmal gedankenverloren die Füße beim Fernsehen. Er vermied buchstäblich jeden physischen Kontakt.

Und sie wusste nicht, wieso!

Hatte er Angst vor ihr bekommen?

Oder wollte er sie langsam entwöhnen?

Tat sie etwas dagegen? Nein. Berührte sie ihn? Nein. Irgendwann würde es nicht mehr möglich sein herauszufinden, wer überhaupt mit der Distanzierung begonnen hatte. Mehrmals am Tag sagte sich Petra, sie müsse über ihren Schatten springen, ihn umarmen, ihn küssen, ihn zum Reden bringen. Doch sie konnte es nicht! Und wer weiß: Vielleicht ging es ihm ja genauso. Vielleicht trieben sie voneinander ab, weil keiner sich die Blöße einer ersten Bewegung geben wollte.

Es war verrückt!

Aber es schien nicht zu ändern zu sein.

* * *

Ich sah Susann erwartungsvoll an, als sie aus dem Klo kam. Doch sie verzog resigniert das Gesicht. Ich kannte diesen Ausdruck. Ich kannte ihn seit zwei Jahren. Er hieß: Ich habe meine Tage bekommen! Selbst die Elitesoldaten meiner antriebsarmen Samenarmee vermochten es also nicht, den Feind zu überrumpeln. Nicht mal dann, wenn man sie direkt am Hügel, den es zu erstürmen galt, absetzte und sie bloß noch ein paar lausige Millimeter zurückzulegen hatten. Susanns innere Organe hatten also mal wieder völlig umsonst ihren komplexen Zyklus vollführt.

Obwohl ich es selbst nicht glaubte, sagte ich zu Susann: »War ja erst der erste Versuch. Vielleicht brauchst du eine andere Hormondosierung. Wir schaffen das schon!«

Susann seufzte. »Es sind noch keine Blutungen«, sagte sie. »Aber ich habe schon dieses Ziehen im Unterleib. Damit fängt die Periode immer an.«

Ich küsste sie. Mehr gab es nicht zu tun.

Ich betrachtete meine Freundin: Sie sah wieder hinreißend aus! Ein langer, dunkelbrauner Rock, eine rostrote Bluse. Ihr Haar, das sie mittlerweile ziemlich lang trug, hatte sie geschickt und überaus dekorativ hochgesteckt. Ich schnüffelte an ihr wie ein Jagdhund, und sie musste kichern, weil ich sie mit der Nase absichtlich am Hals kitzelte.

»Oh, là, là«, schwelgte ich mit affektiertem französischem Akzent, »Ein 'auch von *Vetiver*, isch bin fürschterlisch errägt, Madame!«

Susann lachte und stupste mich. »Blödmann!«

Ich verneigte mich: »Zu Ihrän Diensten!« Dann, mit normaler Stimme, fügte ich an: »Im Ernst: Du siehst toll aus. Ich würde dich glatt heiraten, weißt du?«

Susann seufzte, ob meiner einhunderttausendsten Eheavance: »Nun bringen wir heute erst mal Sven und Jörn unter die Haube!«

»Mit einer Trauzeugin wie dir steht ihre Ehe unter einem guten Stern«, lächelte ich.

Susann, die Unbefruchtete, küsste mich. Wir wussten beide, dass unser albernes Geschäker bloß unsere Enttäuschung übertünchen sollte.

* * *

Es herrschte ein ziemlicher Trubel vor der kleinen Kirche. Sven und Jörn hatten in St. Pauli einen evangelischen Pastor gefunden, der in seiner Kirche eine »eheähnliche Zeremonie« durchführen wollte. Eine exakte Hochzeit durfte er nicht simulieren, selbst mit dieser Feierlichkeit lehnte er sich schließlich schon recht weit aus dem Fenster und riskierte Repressalien durch die Kirchenfürsten. Doch wenn eine Gemeinde es sich herausnehmen durfte, ein wenig in unorthodoxem Verhalten, Liberalität und einer sehr praktischen Umsetzung der christlichen Maxime von Nächstenliebe und Toleranz zu schwelgen, dann war es eindeutig diese: Die Kirche lag direkt in der berühmten Großen Freiheit, war umzingelt von einer Hardrock-

Kneipe, der Discothek Kaiserkeller, diversen Peep-Shows, Dönerbuden und Striplokalen.

Sven und Jörn trugen beide Smokings. Um sie herum wuselte ein recht wilder Haufen. Gemeinsame Freunde, vorwiegend aus der Theaterszene, die diesen Anlass für schrille Selbstdarstellung nutzten. Männer in Frauenkleidern, in Fracks oder blütenweißen Anzügen, die selbst Tom Wolfe vor Neid hätten erblassen lassen. Der weibliche Teil der Gäste legte zumeist mehr Dezenz an den Tag, nur wenige trugen Abendkleider. Francesca, eine Bedienung aus der kultigen Kiez-Bar Angie's Nightclub, hatte es sich jedoch nicht nehmen lassen, mit Federboa zu erscheinen. Dazwischen haufenweise schick, aber unexzentrisch gekleidete Zeitgenossen, die auch (oder gerade) im Angesicht der anwesenden Lokalpresse nicht den Anschein erwecken wollten, Homosexualität sei zwingend identisch mit Subkultur. Und schließlich waren ja auch nicht alle Gäste schwul oder lesbisch. Einige Verwandte von Jörn standen in einem separaten Grüppchen und gaben ihr Bestes, so zu tun, als wäre dies eine ganz normale Hochzeit.

Als Piet und Susann erschienen, suchten sie in dem Gewirr vor dem Kirchenportal nach Dilbert und Petra. Als sie sie schließlich entdeckten, spürten sie sofort, dass die Krise, von der Sven ihnen neulich berichtet hatte, noch im vollen Gange war. Die beiden standen nicht direkt Rücken an Rücken, aber dermaßen voneinander abgeneigt, dass man kein Experte für Kör-

persprache sein musste, um zu sehen, dass sie nicht miteinander sprechen wollten.

Die vier begrüßten einander kurz. Dann ging Susann zum Bräutigamspaar hinüber, während Piet versuchte, mit dem wortkargen Ehepaar ein Gespräch zu beginnen.

Es war ein mühsames Unterfangen, das Piet – selbst ja nicht gerade ein Meister des Geplauders – denn auch schnell aufgab. Schweigend standen die drei Freunde da.

Susann gab Jörn und Sven je einen Kuss auf die Wange. »Das ist er also, der große Tag!«, strahlte sie. Sven lächelte, leicht gequält.

»Mein Vater sitzt schon in der Kirche. Er ist sehr scheu«, sagte er.

Susann brauchte die Frage nicht zu stellen, sondern ihren Freund bloß anzuschauen.

»Nein«, sagte Sven leise. »Meine Mutter ist noch nicht gekommen. Und ich glaube auch nicht, dass sie es tun wird …«

Gerade, als Susann etwas Tröstendes sagen wollte, erklangen die Glocken vom Kirchturm. In der Kirchentür erschien der Pastor – ein ziemlich junger Typ mit relativ langen, blonden Locken – und bat die Hochzeitsgäste mit einer Geste herein.

»Oh mein Gott, wie wunderschön!«, dachte Susann, als sie gemeinsam mit Uwe, einem bekannten Daily-Soap-Schauspieler, der als Jörns Trauzeuge fun-

gierte, zwei Schritte hinter dem Hochzeitspaar durch den langen Gang zwischen den Stuhlreihen auf den Altar zuschritt. Alle Gäste hatten sich erhoben, und oben auf der Empore stand Chantal, die – von Knut am Klavier begleitet – eine hinreißende Interpretation des Country-Klassikers Stand by your man *zum Besten gab.*

Es war perfekt!

Bis auf dieses entsetzliche Ziehen im Bauch! Susanns Periode kündigte sich immer mit diesen leichten Krämpfen an, doch diesmal war es so schlimm wie noch nie. Das müssen diese blöden Hormone sein, die die mir spritzen, *dachte Susann.*

Sven und Jörn waren beim Pastor angekommen. Susann und Uwe platzierten sich rechts und links von ihnen.

»Liebe Freunde«, sagte der Pastor mit einem ironischen Lächeln, »denn ›liebe Gemeinde‹ träfe es wohl heute nicht. Wir sind hier zusammengekommen, um zwei Menschen, die sich lieben und diese Liebe besiegeln wollen, mit Gottes Segen zu bedenken. Wir sind zusammengekommen, um ...«

»Aaargh«, zischte Susann plötzlich, die diesen Schmerzenslaut nicht mehr unterdrücken konnte. Es war kein lauter Aufschrei, doch die kuppelhafte Architektur der Kirche verstärkte das Geräusch um ein Vielfaches. Aaargh! *Was für ein verfluchter Krampf!*

Der Pastor hielt inne, und alle Hochzeitsgäste wandten ihren Blick der Trauzeugin zu, die sich nun leicht zusammenkrümmte. Der Pastor sah sie fragend an. Piet hatte sich bereits von seinem Platz erhoben und war ein paar Schritte in Richtung Altar geeilt, als Susann sich wieder aufrichtete und beschwichtigend die Hand hob.

»Nur ein kleiner Krampf. Schon vorbei«, sagte Susann und lächelte dem Hochzeitspaar entschuldigend zu.

»Wirklich alles okay?«, fragte Sven.

»Peachy«, sagte Susann und signalisierte dem Pastor, dass er fortfahren könne.

Während der wieder zu sprechen anhob, drehte sich Susann um und sah Piet, der immer noch unschlüssig im Gang stand. Sie nickte ihm beruhigend zu, und zögernd ging ihr Freund zu seinem Platz zurück.

»Die Liebe kennt keine Grenzen und keine Konvention. Die Liebe entsteht im Herzen, nicht im Geist«, fuhr der Pastor fort. »Und so ...«

Susann hörte nicht mehr zu. Verbissen versuchte sie das Beben in ihrem Leib zu unterdrücken. So hatten sich die Krämpfe noch nie angefühlt! Sie waren ein wenig weiter oben diesmal. Fast schon in der Magengegend. Überfallartiger waren sie. Erbarmungsloser. Und sie ließen sich nicht wegatmen, nicht durch Konzentration mildern. Sie waren hundsgemein, diese Krämpfe!

»... und so ist es in Gottes Sinne, dass das Versprechen von Liebe und Treue, von geteiltem Leid und Freud, von gemeinsam getragener Sorge bei allen Menschen gesegnet werden soll, nicht nur bei Mann

323

und Frau. Doch bevor wir diesen Segen erbitten, wollen wir singen. Unser Paar wünschte sich das Lied«, und jetzt grinste der Pastor unverhohlen, »Wind beneath my Wings *von der unvergleichlichen Bette Midler.*«

Das Publikum lachte herzhaft, war dies doch eine regelrechte Schwulenhymne, fast schon eine Parodie auf den vermeintlich typischen homosexuellen Musikgeschmack. Doch die Gäste verstummten schnell, als Knut auf der Empore die ersten Töne des Liedes auf dem Klavier anschlug. Als Chantal zu singen begann, hielt es Susann nicht mehr aus! Sie rannte eilig durch die kleine Tür rechts neben dem Altar, landete in einem dunklen Flur, suchte eine Toilette, fand auf die Schnelle keine und erbrach sich deshalb in einen Papierkorb, der Gott sei Dank in einer Ecke stand.

Die Hochzeitsgäste stockten kurz, als sie die Trauzeugin so panisch davonrennen sahen. Doch als Chantal weitersang und sowohl Piet als auch der Pastor und Sven der Frau hinterhereilten, stimmten sie den Gesang wieder an.

»Geht es Ihnen gut?«, fragte der Pastor, der als Erster bei Susann ankam, die vor einem Papierkorb kniete und sich Reste von Erbrochenem vom Mundwinkel wischte.

Susann erhob sich, und zur großen Überraschung des Gottesmannes lachte sie. »Mir geht's blendend, Herr Pastor!«, strahlte sie.

Jetzt standen auch Sven und Piet neben ihr. Susann grinste Piet an: »Ich schätze, auf dem Weg zur Feier sollten wir zwischendurch bei einer Apotheke anhalten und einen Schwangerschaftstest kaufen.«

»Halleluja«, lachte Sven.

»Ein Wunder!«, strahlte Piet, half seiner Freundin aus der Hocke hoch und küsste sie, den säuerlichen Geruch, den sie ausströmte, einfach ignorierend.

Der Pastor schüttelte lächelnd den Kopf. So spannend wie heute könnte Gemeindearbeit für seinen Geschmack gern häufiger sein!

* * *

Während alle Gäste zum *Schmidt's*-Theater gingen, wo die Hochzeitsfeier stattfinden sollte und das nur fünf Minuten Fußweg von der Kirche entfernt lag, hakte sich Susann bei mir ein, und wir machten uns auf die Suche nach einer Apotheke. In einer Seitenstraße wurden wir schon bald fündig. Wir kauften zuerst ein paar extra starke *Fisherman's Friends*, um Susanns Atem in einen für alle Umstehenden tragbaren Zustand zurückzuversetzen, dann gingen wir zu dem Regal, in dem sich die Schwangerschaftstests befanden. Wir wählten von den fünf im Angebot befindlichen Sorten die teuerste, als würden wir damit irgendwie die Chance auf einen positiven Befund erhöhen. Dann schlenderten wir, zwischendurch immer wieder anhaltend und uns küssend, zum *Schmidt's*.

Bevor wir auch nur den Saal betraten, verschwand Susann mit dem Test und einem leeren Glas, das sie sich von einem am Eingang stehenden Kellner hatte

325

geben lassen, in die Damentoilette, die vom Foyer abging. Ich griff mir vom Tresen ein Glas Sekt. Meine Hand zitterte.

Ich war nicht der Einzige, der im Vorraum stand. Ein paar Schritte weiter lehnte Svens Vater am Tresen. *Ich* wartete hier auf die dramatische Beantwortung der Frage, ob ich bald Vater werden würde. Welchen Grund hatte wohl *er*, nicht in den Saal zu gehen, in dem die Feier im vollen Gange war und aus dem lauter, tanzbarer Folkrock dröhnte? *Paddy goes to Holyhead* – Jörns Lieblingsband, und praktischerweise eine, die auch für Privatfeier-Engagements erschwinglich war.

Ich ging zu Svens Vater hinüber, der wie ein Häufchen Elend dastand, hob das Glas und sagte: »Prost!« Er nahm sich ebenfalls ein Sektglas und stieß mit mir an. Mann, sah der Kerl unglücklich aus!

»Alles okay?«, fragte ich.

Franz sah mich an und zwang sich zu einem Lächeln. Es war eine seltsame Situation. Das letzte Mal, dass wir ein Wort miteinander gewechselt hatten, war, als ich vier Jahre alt war und er mich fragte, ob ich ein Stück Kuchen haben wolle. Und jetzt stand ich – gewachsen und gereift – neben ihm und erkundigte mich sorgenvoll nach seinem Wohlbefinden.

»Es tut mir so Leid für Sven, dass seine Mutter nicht gekommen ist«, sagte er.

Ich hatte ehrlich gesagt gehofft, er würde meine Frage mit einem höflichen *Ja, alles okay* abtun, und ich wäre meiner Pflicht zur zwischenmenschlichen

Aufmerksamkeit nachgekommen, ohne wirklich Beistand leisten zu müssen. Doch Franz, der einen leicht holländischen Akzent angenommen hatte, hatte sich entschlossen, mir sein Herz auszuschütten.

»Es ist meine Schuld, weißt du«, sagte Franz. »Sie wäre gekommen, wenn *ich* nicht hier wäre.«

»Sie hat ein Problem damit, dass Sven schwul ist«, sagte ich. »Ich glaube, Ihre Anwesenheit ist bloß eine willkommene Ausrede für sie, nicht hier erscheinen zu müssen.«

Franz schüttelte den Kopf.

»*Sie* sind hier«, sagte ich. »Wenigstens *Sie* sollten jetzt in Svens Nähe sein.«

Und erstaunlicherweise nickte Franz da, klopfte mir mit der Hand auf die Schulter und ging in den Saal.

Ich trank noch einen Schluck aus dem Sektglas, als Susann aus der Klotür stürzte. Sie schwenkte ein kleines Plastikdingsda und kreischte: »Lila! Es ist lila!«

»Und das heißt, wir haben eine Tafel *Milka*-Schokolade gewonnen?«, fragte ich, um die unglaubliche Gefühlswallung, die in mir zu beben begann, mit einem Kalauer einzudämmen.

»Das heißt«, schrie Susann, »dass wir *schwanger* sind!« Und dann fiel sie mir um den Hals! Ich ruderte mit den Armen, um das Gleichgewicht nicht zu verlieren, fegte dabei ein knappes Dutzend Gläser vom Tresen und ging dann trotzdem zu Boden. Und Susann fiel auf mich drauf! Wir küssten uns innig, als wir auf dem Boden lagen. Und wir lachten.

Und küssten uns.

Und lachten.

Und küssten uns!

Die Musik im Saal war verstummt. Wir erhoben uns vom Boden, immer noch lachend und strahlend, zupften unsere Klamotten zurecht und gingen zu den Feiernden.

»… und so erhebe ich mein Glas auf die beiden Bräutigame«, sagte der Mann auf der Bühne, der mir vorhin als Jörns Vater vorgestellt worden war, ins Mikro. »Und wünsche ihnen eine lange, glückliche, gemeinsame Zeit!«

Gläser klirrten, ein paar Leute applaudierten, einige Gäste riefen etwas. Jörns Vater sah sich suchend im Saal um, hielt die Hand über die Augen, weil ihn die Scheinwerfer blendeten. »Wo ist denn der Vater des anderen Bräutigams? Kommen Sie, Franz, ein Rede!« Die Gäste stimmten ein, johlten: »Eine Rede! Eine Rede!«

Ich sah zu Franz hinüber, der neben Sven stand und dessen Gesicht blanke Panik widerspiegelte. Dieses Häufchen Elend würde dort oben, im Rampenlicht, mit einem Infarkt zusammenbrechen.

»Eine Rede! Eine Rede!«, johlten die Gäste. Und Jörns Vater suchte immer noch das Publikum nach Franz ab. »Wo steckt Schwiegervater Nummer zwei?«, lachte er. Sven sah seinen Vater hilflos an, schüttelte nur den Kopf, während Franz angstvoll seine Augen aufriss. Um die Katastrophe perfekt zu machen, strahlte ihn jetzt auch noch ein Scheinwerfer an, und alle Blicke wandten sich ihm zu. Die Gäste, nicht ahnend, was sie anrichteten, applaudierten noch lauter und riefen immer wieder: »Eine Rede! Eine Rede!«

Und da betrat plötzlich Dilbert die Bühne! Von allen unbemerkt, hatte er die fünf Stufen am Bühnenrand erklommen und stand nun neben Jörns Vater, der ihm zögernd das Mikro in die ausgestreckte Hand drückte.

Der Scheinwerfer auf Franz' Gesicht verlosch, Jörns Vater verließ die Bühne. Neugierig ruhte nun jeder Blick auf Dille, der bierernst dreinschaute.

Dille räusperte sich und klopfte auf das Mikrofon, um zu testen, ob es noch an war. Als Antwort erhielt er eine laute Rückkopplung. Einige Leute im Saal zuckten aufgeschreckt zusammen.

»*Äh*«, sagte Dille. »Ich bin Dilbert. Ein alter Freund von Sven.« Er überlegte kurz und blickte dann in die Richtung, in der Sven und Jörn standen. »Herzlichen Glückwunsch euch beiden.« Die Gäste klatschten höflich. Uns Kirschkernspuckern aber stand eine Frage deutlich ins Gesicht geschrieben: *Was hat Dille vor?*

»Also«, sagte Dille, der nervös von einem Bein auf das andere trat, »der Pastor vorhin in der Kirche sagte, die Liebe komme nicht vom Kopf, sondern vom Herzen. Und Sven versuchte mir neulich zu erklären, dass es viele Arten gibt, *Ich liebe dich* zu sagen. Und ich weiß nicht, ob irgendjemand von euch das auch kennt oder ob ich der Einzige bin, dem es so geht, aber ich habe keine Ahnung, wie man sein Herz sprechen lässt. Ich bin einer dieser Idioten, die immer dachten, fürs Sprechen ist der Mund zuständig.«

Die Gäste lachten anerkennend. Manche flüsterten einander etwas zu.

»Ich meine«, fuhr Dilbert fort, »heute reden alle von der Liebe. Weil das hier eine Hochzeit ist und so. Aber was ist in ein paar Jahren, wenn der Alltag da ist? Wie kann man dann noch *Ich liebe dich* sagen? Etwa noch mal heiraten?« In Dilles Stimme hatte sich ein brüchiger Unterton eingeschlichen, so als ob er gleich zu weinen beginnen würde.

Einige Leute im Saal räusperten sich nervös. Ich suchte mit den Augen das Publikum nach Petra ab. Sie stand relativ weit vorn an der Bühne, stocksteif, mit fassungslosem Gesichtsausdruck, als hätte sie der Blitz getroffen.

»Oh mein Gott! Dille!«, hörte ich Susann seufzen.

»Es gibt einen Menschen, den ich mehr liebe als alles andere auf der Welt«, fuhr Dille fort. »Und ich fürchte, sie weiß es nicht. Und deshalb versuche ich es ihr heute zu sagen. Mit dem Herzen!«

Es war mucksmäuschenstill im Saal geworden. Alle starrten Dilbert gebannt an. Ich konnte sehen, dass sich einige Paare in den Arm genommen hatten. Dilberts Auftritt, den ich ehrlich gesagt ein kleines bisschen peinlich fand, schien sie berührt zu haben. Wir konnten ja alle nicht ahnen, was uns noch erwartete.

Dille hängte das Mikro in die Verankerung des Ständers, was eine erneute schrille Rückkopplung zur

Folge hatte, und drehte sich um. Für einen kurzen Moment dachte ich, es wäre vorbei. Dille hätte begriffen, dass er sich lächerlich machte. Doch dann sah ich, dass er sich die E-Gitarre umhängte, die noch von der Band dastand, dass er den Verstärker aufdrehte und zum Mikro zurückkehrte.

Ich wusste gar nicht, dass Dille Gitarre spielen kann, schoss es mir durch den Kopf. Und als er den ersten Akkord anschlug, mussten ich und alle anderen Anwesenden schmerzhaft erfahren, dass er es tatsächlich *nicht* konnte! Es klang, als hätte die Nachtschicht im Sägewerk begonnen.

Dille schrammelte ein paar Akkorde, deren Griffe er sich mühsam und nicht immer ganz korrekt eingeprägt haben musste, und sang dazu, nicht schön, aber laut und voll Inbrunst, Chris de Burghs *Lady in Red*. Jetzt lachten eine Menge Gäste. Die ersten vermuteten vielleicht sogar, sie würden hier einer besonders genialen Kleinkunst-Darbietung, einem völlig verrückten Comedy-Sketch beiwohnen. Manche hielten sich demonstrativ die Ohren zu. Andere schüttelten nur noch ungläubig den Kopf.

Als die erste Strophe zu Ende war, gab es nur einen kurzen Moment der Hoffnung. Einige Leute klatschten und johlten demonstrativ, um Dille die Chance zum Aufhören zu geben. Dille krähte und schrammelte jedoch unbarmherzig weiter!

Doch dann erschienen, unter erleichtertem Applaus der Gäste, die Musiker von *Paddy goes to Holyhead*, schnappten sich ihre Instrumente und fielen in

Dilles Lied ein. Dille blickte irritiert um sich, hielt für eine Textzeile und vier Takte inne, setzte dann aber wieder ein. Plötzlich klang es besser, Bass und Schlagzeug brachten so etwas wie einen nachvollziehbaren Rhythmus in die Darbietung, und der Sänger, der Dille kumpelhaft einen Arm über die Schulter legte, sang nun mit und wies Dille so zumindest hin und wieder den Weg zur richtigen Tonlage.

Uff!

Selbst Dille fing nun an zu grinsen. Chris de Burghs Schnulze setzte sich in einer immer noch schwer geschundenen, aber zumindest nicht mehr unerträglichen Version für drei weitere Strophen fort. Und als unser Freund und seine unfreiwillige Begleitband schließlich den Schlussakkord anstimmten (wobei sich Dille und die anderen Musiker nicht ganz einig waren, welcher Akkord das denn nun genau sei), war Petra auf die Bühne geklettert. Und es war unglaublich: Sie fiel Dille um den Hals, weinte vor Glück und vergrub ihr Gesicht an seiner Schulter!

Susann und ich sahen uns an und mussten lachen. Peinlichkeit ist eben relativ. Und wie der Pastor richtig bemerkt hatte: Liebe kennt keine Konvention. Im Gegenteil: Wer wirklich liebt, der schämt sich nicht. Genau genommen gab es allen Grund, Dilbert zu bewundern.

Während Dille und Petra, von gelöstem Gelächter und nahezu frenetischem Applaus begleitet, Arm in Arm die Bühne verließen und nun Hakan auftauchte, der sich für eine Bauchtanz-Darbietung bereitmachte, kam Sven von hinten zu uns heran und legte uns beiden die Arme über die Schulter.

»Naaa?«, fragte er bedeutungsvoll.

»Schwanger!«, strahlte Susann.

»Ist das Leben nicht wunderbar?«, lächelte Sven.

»Es tut mir Leid, dass deine Mutter nicht gekommen ist«, sagte ich – und bereute es noch im selben Moment, dass ich diesen perfekt harmonischen Augenblick mit einem Wermutstropfen vergiftete.

Doch Svens Lächeln hielt meiner Bemerkung stand. Sven sah zu Franz hinüber, der sich angeregt mit Jörn unterhielt.

»Man kann eben nicht alles haben«, sagte Sven. Und gab uns beiden nacheinander einen Kuss auf die Wange.

2000

Nele saß neben mir auf dem Sofa und lachte – wie immer, wenn ich ihr vom bösen Zauberer Petrosilius Zwackelmann vorlas. Meine Tochter hatte ein herzerfrischendes Lachen, ein hemmungsloses Glucksen, das ansteckend war. Und so musste auch ich kichern, sah mir meine Nele an, die so ziemlich alles von ihrer Mutter geerbt hatte: die natürliche Anmut, die Fröhlichkeit, die Gutmütigkeit und den Humor. Ein zauberhaftes Kind.

Plötzlich klingelte das Telefon. Ich legte das *Räuber Hotzenplotz*-Buch zur Seite, erhob mich und ging in den Flur zum Telefon.

»Hallo«, meldete ich mich.

»Herr Lehmann? *Piet* Lehmann?«, fragte eine weibliche Stimme.

»Genau der«, sagte ich.

»Mein Name ist Köhlberger, vom Allgemeinen Krankenhaus Wuppertal.«

»Ja?« Ich war verdutzt.

»Ich habe Ihre Nummer von Ihren Eltern bekommen. Einer unserer Patienten hatte einen an Ihren

Namen, aber die Anschrift Ihrer Eltern adressierten Brief in der Tasche. Wir wissen nicht, an wen wir uns sonst wenden sollen. Wir müssen Ihnen leider einen Todesfall melden.«

Ich schluckte. War das ein Irrtum? Ich kannte niemanden in Wuppertal. Wo genau lag Wuppertal überhaupt?

»Herr Lehmann, ich bedauere, Sie von Bernhard Pöllckens Ableben informieren zu müssen!«

»Bernhard?«, rief ich fassungslos.

»Es tut mir Leid«, sagte Frau Köhlberger mit sachlicher Stimme.

»Woran ist er gestorben?«, fragte ich. »Und was machte er in Wuppertal?«

»Was er hier gemacht hat, weiß ich nicht«, sagte Frau Köhlberger, jetzt schon eine winzige Spur genervt. »Herr Pöllcken starb an einer Vergiftung.«

Hatte er sich in den Tropen irgendeinen fiesen Virus geholt oder etwas Verhängnisvolles gegessen? War er deshalb zurück nach Deutschland gekommen, um sich von Spezialisten helfen zu lassen? »Was für eine Art von Vergiftung?«, fragte ich.

»Das weiß ich nicht«, sagte Frau Köhlberger. »Ich sitze hier nur in der Verwaltung. Ich bin keine Medizinerin. Können Sie uns bitte sagen, ob Herr Pöllcken Verwandte hatte und welche Bestattung Sie wünschen?«

Ich schluckte. Bestattung? *Bernhard?* So richtig war die Information noch nicht bei mir angekommen.

»Ich bin morgen bei Ihnen«, sagte ich. »Geben Sie mir bitte Ihre genaue Adresse.«

Das tat Frau Köhlberger. Ich legte auf, setzte mich zurück zu Nele aufs Sofa und las, während sich meine Tochter an mich kuschelte, mechanisch weiter. Ich nahm keines der Worte auf, die ich rezitierte.

Mein Gott!

Bernhard war tot!

Zwei Stunden später – Nele lag inzwischen im Bett – brach die Erkenntnis endgültig über mir zusammen. Bernhard war tot! Die Tränen schossen mir mit Druck und in enormen Mengen aus den Augen. Es war eigentlich absurd – ich hatte Bernhard seit fast 25 Jahren nicht mehr gesehen. Doch seine Briefe hatten ihn nie aus meinem Bewusstsein verschwinden lassen. Im Gegenteil: Jeder dieser Briefe brachte ihn mir ein Stück näher. Ich betrachtete Bernhard nach wie vor als einen von uns, als einen der Kirschkernspucker. Er war mein Freund. Und er war mein steter Mahner für mehr Mut und ein besseres Leben.

Als ich so dasaß, schluchzend, nahm mich Susann in den Arm und strich mir tröstend über den Kopf. Sie hatte mir bereits eine kleine Tasche gepackt, da ich sicherlich in Wuppertal ein-, zweimal übernachten würde. Bernhards Mutter war vor einigen Jahren in der Klinik gestorben, auch seine Oma war schon lange tot. Es gab allem Anschein nach keine weiteren Verwandten. Und so würde ich die Formalitäten regeln. Das war ja wohl das Mindeste. Mein Zug ging am

nächsten Morgen, um kurz nach acht ab Hauptbahnhof.

Ich wartete fast eineinhalb Stunden im Wartezimmer
der internistischen Abteilung, bis Bernhards behan-
delnder Arzt für mich Zeit hatte.

»Herr Lehmann«, begrüßte mich der grauhaarige,
durchtrainierte Mittfünfziger. »Mein Name ist Graef.
Mein Beileid.«

Ich nickte. »Woran ist er gestorben?«, fragte ich.

»Alkoholvergiftung«, sagte Dr. Graef. »Wir hatten
Herrn Pöllcken in den letzten Jahren schon mehrmals
in der Notaufnahme, zweimal wurde er auch schon
eingewiesen. Doch er sperrte sich gegen einen statio-
nären Entzug. Er war ein akuter Fall, und es war leider nur eine Frage der Zeit, bis sein Körper aufgeben
würde.«

Ich schluckte. Das war unmöglich! Das *musste* ein
Missverständnis sein! Bernhard war in der Welt unterwegs. Er war ein Samariter, ein Reisender! Er saß
doch nicht saufend in Wuppertal herum! Mein Gott,
war dieser Tote womöglich gar nicht *der* Bernhard,
unser Bernhard?

»Ich will ihn sehen«, forderte ich.

»Darum hätte ich sie ohnehin gebeten«, sagte Dr.
Graef. »Wir brauchen einen offizielle Identifizierung.«

Ich erkannte Bernhard sofort, obgleich sein Gesicht
inzwischen von überdurchschnittlich vielen Falten bedeckt war. Er war völlig ausgemergelt, wog sicherlich

nicht mehr als fünfzig Kilo. Und die Tatsache, dass das Blut schon vor 24 Stunden aufgehört hatte, in seinem Körper zu zirkulieren, bewirkte eine extreme Blässe, die den scheußlichen Anblick meines Freundes nur noch verschlimmerte. Er hatte viele geplatzte Adern, im Gesicht, am Oberkörper, die jetzt blassrosa schimmerten. Seine Fingernägel waren abgeknabbert. Auf seinem Kopf ruhte ein wirrer Haufen bereits angegrautes Haar, der offenbar schon seit Jahren nicht mehr in eine vorzeigbare Frisur verwandelt worden war.

Ich schluckte und nickte dem Pathologen zu. Der reichte mir, ohne mir in die Augen zu sehen, ein Klemmbrett mit einem Formular, das ich unterschrieb.

Ich stand vor der Wohnungstür und probierte nacheinander jeden der Schlüssel am Bund aus. Die Krankenhausverwaltung hatte mir seine Sachen mitgegeben, darunter befanden sich auch seine Geldbörse mit seinem Personalausweis und der Schlüsselbund, mit dem ich nun zugange war. Bernhard hatte relativ zentral gewohnt, nicht allzu weit vom Bahnhof entfernt. Es war ein Hochhaus, sieben Stockwerke. Einer jener streng funktionalen, grauen, schlichten Klötze, die so ziemlich jede deutsche Stadt verunzierten. Bernhard hatte im dritten Stock gewohnt. Die Innenwände des Fahrstuhls waren mit Edding-Kritzeleien bedeckt.

Es war der vierte Schlüssel, der passte. Als ich die Wohnungstür öffnete, schlug mir ein muffiger Geruch entgegen. Hier war schon lang nicht mehr gelüftet worden. Ich zog die Gardinen im Wohnzimmer zurück und öffnete die Tür, die zu dem kleinen Balkon führte. Dort standen ein paar leere Bierkisten. Auch im Rest der Zweizimmerwohnung fanden sich überall Beweise für Bernhards Sucht: Dosen und Flaschen. Bier, Wein, Schnaps. In Bernhards Schlafzimmer stand ein schlichtes Holzbett, dessen Wäsche völlig verdreckt war. Auf dem Nachttisch stand eine Halbliterflasche Wodka, lagen mehrere Bücher und zwei GEO-Hefte. Es waren die beiden aktuellsten Ausgaben.

»Aber die Poststempel waren doch echt«, wunderte sich Dilbert. Er hatte seinen Arm um Petra gelegt. Der Schock von Bernhards Tod hatte ihren letzten Ehekrach vorzeitig beendet. Momentan herrschte bei den beiden wieder die kuschelintensive Versöhnungsphase. Wir anderen hatten längst aufgegeben, die Konflikte und Krisen im Hause Kasinski nachzuvollziehen, und hatten es einfach schulterzuckend zur Kenntnis genommen, dass dieses Paar ohne Streit wohl nicht existieren konnte. Aber eben auch nicht ohne einander. Immer wenn sich ein Zwist zwischen Petra und Dille zur dramatischen Phase hochgeschaukelt hatte, gab einer von beiden plötzlich nach und läutete die Versöhnung ein. Was soll man sagen: So waren sie halt, die beiden.

Ihre Kinder hatten sich inzwischen aus der Schusslinie gerettet. Jan war seit zwei Jahren als Funkingenieur mit der Marine unterwegs, die Zwillinge Lucy und Florian waren vor zwei Wochen ausgezogen. Sie hatten sich eine gemeinsame Wohnung genommen und feierten immer noch die Einweihung. Angeblich hatten sich die ersten ihrer Nachbarn bereits wegen der permanenten nächtlichen Ruhestörung beim Vermieter beschwert.

»Wie konnte Bernhard die Originalbriefmarken und die echten Poststempel auf seine Briefe kriegen?«, fragte Dilbert.

Ich hatte in Wuppertal drei Tage damit verbracht, Bernhards Leben zumindest in groben Zügen zu rekonstruieren. In seiner Wohnung hatte ich alte Gehaltsabrechnungen einer großen Spedition entdeckt. Hier hatte Bernhard nach seiner Flucht aus Hamburg eine Lehre begonnen und fast zehn Jahre lang gearbeitet. Er hatte Kontakte zu Handelspartnern in aller Welt, und einige von denen erklärten sich wohl bereit, die Briefe, die er ihnen schickte, mit lokalen Briefmarken zu versehen und in ihrem Heimatland aufzugeben.

Das erklärte ich meinen Freunden. Jörn, der die ganze Geschichte immer noch nicht ganz verstand, bekam von seinem Mann gelegentlich weiterreichende Erklärungen zugeflüstert.

»Ich habe auch so eine vierteljährliche Zeitschrift für Briefmarkensammler entdeckt«, erläuterte ich weiter. »Die bieten so einen ominösen Frankierservice an. Ich hab das nicht wirklich verstanden, aber Sammler können sich wohl so ziemlich jede Marke mit jedem beliebigen Stempel versehen schicken lassen.

341

Auch aus dem Ausland. Und, na ja, seit der Erfindung des Internets war das Ganze ja irgendwann sowieso kein Problem mehr.«

Dille, der ganze Nächte mit Internet-Ballerspiel-Duellen verbrachte, nickte bestätigend. Ein Computernetzwerk, das es ihm ermöglichte, in Echtzeit einen Teenager aus Oklahoma beim *Quake*-Duell zu besiegen, war zu allem fähig!

»In Bernhards Wohnzimmer stand ein Computer. Und ich habe einen Kontoauszug gefunden«, berichtete ich. »Bernhard zahlte über 200 Mark im Monat an AOL.«

Ich stellte mir vor, wie mein Freund jeden Tag, vom Alkohol benebelt, durchs Netz surfte, Bilder und Menschen aus aller Welt sammelte, sich das Leben zusammenträumte, das er uns dann in seinen Briefen schilderte. Da saß er dann, verfilzt und verwahrlost, und fantasierte sich in die Rolle eines Abenteurers, eines Menschenretters, eines Helden. Es war eine schreckliche Vorstellung, trauriger als alles, was ich je zuvor durchdacht hatte.

Ich hatte in Wuppertal niemanden gefunden, der Bernhard näher kannte. Alle Nachbarn und ehemaligen Kollegen, mit denen ich sprach, schilderten ihn als verschreckten Zeitgenossen, der – nicht zuletzt wegen seines extremen Stotterns – jedes Gespräch vermied. Bernhard hatte in der Stadt, in der er lebte, keine Freunde. Er hatte keine Bekannte, nicht einmal Saufkumpanen. Bernhard war so allein, wie ein Mensch nur sein konnte.

»Wovon hat er denn überhaupt gelebt?«, wollte Sven wissen.

»Sozialhilfe«, sagte ich. »Gelegentlich putzte er abends auch in einem Imbiss. Und er hatte ein steifes Bein, irgendein Unfall. Dafür gab es, wenn ich die Unterlagen richtig verstanden habe, eine kleine Rente von der Versicherung. Er kam zurecht, glaube ich. Der Schnaps in seiner Wohnung, das waren nicht nur Billigsorten.«

Sollte das ein Trost sein? Es war zum Heulen! Mein Leben wankte. Mit Bernhard war nicht nur ein Freund, sondern mein Ideal gestorben.

Epilog

13.7.2000

Heute ist mein Geburtstag. Mein Vierzigster. Aber mir ist weiß Gott nicht nach Feiern zu Mute.

Ich stehe hier an einem offenen Grab und wünschte, es würde regnen. Doch die Julisonne brennt, durch kein Wölkchen gemildert, auf uns herab. Der Pastor redet irgendetwas, Phrasen, nichts als Phrasen. Aber was soll er auch sagen – den Menschen, der in diesem Sarg liegt, hat er schließlich gar nicht gekannt. Genauso wenig wie wir. Obwohl wir wirklich dachten, wir täten es.

In wenigen Minuten wird die schlichte Holzkiste in dieses Loch versenkt werden. Und all meine Fragen werde ich auf ewig für mich behalten müssen. Der Trost, den ich hätte spenden können, wird in mir eingesperrt bleiben. Und ich werde damit leben müssen, dass vieles, woran ich geglaubt habe, eine Illusion war. In diesem Sarg liegt ein Mensch, den ich für meinen Freund hielt. Doch ich war nicht Freund genug, um das Wesen seines Geheimnisses zu erkennen. Ich habe nicht einmal geahnt, dass er überhaupt ein Geheimnis mit sich herumtrug. Ein Geheimnis, das ihn schließlich umgebracht hat.

Die anderen stehen neben mir. Keiner von ihnen weint, aber ich weiß, dass sie alle den selben Schmerz empfinden. Es tut weh, einen Teil seiner Träume begraben zu müssen.

Ich hole eine kleine, zerknitterte Tüte aus meiner Jackentasche. Als ich sie öffne, knistert es ziemlich, und ich merke, wie der Pastor, obwohl er immer weiterredet, kurz aufschaut. Ich nehme ein paar Kirschen heraus, die ich heute Morgen extra noch besorgt habe, und gebe jedem meiner Freunde um mich herum eine.

Die anderen sind erst ein wenig überrascht, doch dann begreifen sie. Wir grinsen schief, als wir uns die Kirschen in den Mund stecken. Der Pastor wirft uns einen missbilligenden Blick zu. *Jetzt fangen die schon an, bei Beerdigungen kleine Snacks zu verteilen*, denkt er vermutlich.

Als die sinnlose Rede endlich zu Ende ist, lassen zwei Männer den Sarg in das Grab hinab. Wir sehen uns an, nicken, und gehen dann alle gleichzeitig an den Rand der Grube. Den kleinen Kübel mit Sand, in dem eine Schaufel steckt, ignorieren wir. Wir werden Bernhard nicht mit Dreck beschmeißen. Stattdessen legen wir alle gleichzeitig, als hätten wir's wochenlang geübt, den Kopf zurück. Und dann spucken wir, in hohem Bogen, unsere Kirschkerne in das Grab. Der Pastor funkelt uns mit wütenden Augen an.

Doch was weiß der schon!

Susann und ich gehen die Wege des Ohlsdorfer Friedhofs entlang. Von den anderen haben wir uns verabschiedet, wir haben uns alle umarmt, geküsst. Wir haben kaum geredet.

Jetzt schreite ich mit Susann, Arm in Arm, eine fast endlose Folge von Gräbern ab. Unter jedem Grabstein liegt eine Geschichte, manchmal vielleicht sogar ein Schicksal wie Bernhards.

»Vielleicht sind *wir* die Helden«, sage ich plötzlich zu Susann. »Bernhard hat aufgegeben, weil ihn das Leben ums Verrecken nicht anlächeln mochte. Er hat sich nach Indien geträumt, nach Afrika – so weit weg wie möglich von der kleinen Hölle des Alltags. Die schien ihm unbezwingbar. Doch was ist mit Sven? Der hat auch viel ertragen müssen, doch der ist nicht geflohen. Er hat gekämpft und sich am Ende selbst gerettet!«

Susann sagt nichts.

»Und Dille und Petra?«, fahre ich fort. »Die führen immer noch jeden Tag Krieg für ihre Liebe. Die könnten doch auch einfach aussteigen, den Ausweg ins Mittelmaß nehmen. Aber sie geben nicht auf. Und du und ich?«

Susann drückt sich an mich.

»Wir haben *uns*. Wir haben Nele. Und es war weiß Gott ein harter Weg dahin.« Ich grinse: »Und ich werde übrigens auch so lange weiterkämpfen, bis du mich endlich heiratest!«

Susann lacht.

»Vielleicht sind wir alle Helden«, murmele ich.

»Vielleicht solltest du *darüber* ein Buch schreiben«, schlägt Susann vor. »Über uns Helden.«

Wir gehen eine Weile schweigend nebeneinander.

»Ja«, sage ich schließlich, »vielleicht sollte ich das tun.«

Danksagung

Obwohl die Geschichte der Kirschkernspuckerbande frei erfunden ist und ich Wert auf die Feststellung lege, dass keine der Hauptfiguren von einer realen Person inspiriert wurde, so gibt es doch einige Absätze, Beobachtungen und Randfiguren, die ich direkt aus der Wirklichkeit zwischen die Buchdeckel gezerrt habe. So wie die Kindergärtnerin Frau Mastenfeld (die in der Realität natürlich anders hieß), der alte Mann, der die Kinofreikarten verloste, und die Erbsen auf dem Kinderteller. Ich danke deshalb allen entsprechenden Leuten (und Erbsen), die irgendwann einmal meinen Weg gekreuzt, sich dabei in mein Gedächtnis eingebrannt und dieses Buch somit vielleicht einen Tick lebendiger gemacht haben.

Ich danke außerdem meinem hoch geschätzten Lektor Timothy Sonderhüsken, der auch diesmal wieder viele wertvolle Ideen hatte und mit dem es wirklich Spaß macht zusammenzuarbeiten. Ich danke beim Knaur-Verlag auch der engagierten Iris Bauer sowie der emsigen Barbara Plückhahn, die zweifelsohne eine Klasse für sich ist.

Vielen lieben Dank auch meinen Eltern fürs dänische Schreibasyl inklusive Vollpension. Und natürlich meiner Frau Stefanie. Für alles.

Last, but not least verneige ich mich noch tief vor jenen Leuten, die meinen letzten Roman *Die Herren Hansen erobern die Welt* nicht nur gelesen und gemocht haben, sondern ihn auch selbstlos an den unterschiedlichsten Stellen des Internets lobten und anpriesen, die mir teils nette, teils sogar zauberhafte E-Mails und Briefe schrieben. Leute wie Axel Schulz, Andrea Biedermann, Wolfgang Kirchner, Isabel Haug, Maria Hassemer-Kraus, Hervé Laclau, Sandra aus Neubrandenburg und einige mehr versicherten mir auf diese Art, dass es da draußen tatsächlich Leute gibt, die an meinen Hirngespinsten Freude haben. Das tut gut und motiviert ungemein.

Gernot Gricksch,
im März 2001